LOS BESOS EN EL PAN

colección andanzas

Obras de Almudena Grandes
en Tusquets Editores

ALMUDENA GRANDES
LOS BESOS EN EL PAN

TUSQUETS
EDITORES

1.ª edición: noviembre de 2015

Diseño de la colección: Guillemot-Navares
Reservados todos los derechos de esta edición para
Tusquets Editores, S.A. - Diagonal, 662-664 - 08034 Barcelona
www.tusquetseditores.com
ISBN: 978-84-9066-191-8
Depósito legal: B. 22.959-2015
Fotocomposición: Moelmo, S.C.P.
Impresión: Romanyà Valls, S.A.
Impreso en España

Índice

A mis hijos,
que nunca han besado el pan

I

Antes

Estamos en un barrio del centro de Madrid. Su nombre no importa, porque podría ser cualquiera entre unos pocos barrios antiguos, con zonas venerables, otras más bien vetustas. Este no tiene muchos monumentos pero es de los bonitos, porque está vivo.

Mi barrio tiene calles irregulares. Las hay amplias, con árboles frondosos que sombrean los balcones de los pisos bajos, aunque abundan más las estrechas. Estas también tienen árboles, más apretados, más juntos y siempre muy bien podados, para que no acaparen el espacio que escasea hasta en el aire, pero verdes, tiernos en primavera y amables en verano, cuando caminar por la mañana temprano por las aceras recién regadas es un lujo sin precio, un placer gratuito. Las plazas son bastantes, no muy grandes. Cada una tiene su iglesia y su estatua en el centro, figuras de héroes o de santos, y sus bancos, sus columpios, sus vallados para los perros, todos iguales entre sí, producto de alguna contrata municipal sobre cuyo origen es mejor no indagar mucho. A cambio, los callejones, pocos pero preciosos, sobre todo para los enamorados clandestinos y los adolescentes partidarios de no entrar en clase, han resistido heroicamente, año tras año, los planes de exterminio diseñados para ellos en las oficinas de urbanismo del Ayuntamiento. Y ahí siguen, vivos, como el barrio mismo.

Pero lo más valioso de este paisaje son las figuras, sus vecinos, tan dispares y variopintos, tan ordenados o caóticos como las casas que habitan. Muchos de ellos han vivido siempre aquí, en las casas buenas, con conserje, ascensor y portal de mármol, que se alinean en las calles anchas y en algunas estrechas, o en edificios más modestos, con un simple chiscón para el portero al lado de la puerta o ni siquiera eso. En este barrio siempre han convivido los portales de mármol y las paredes de yeso, los ricos y los pobres. Los vecinos antiguos resistieron la desbandada de los años setenta del siglo pasado, cuando se puso de moda huir del centro, soportaron la movida de los ochenta, cuando la caída de los precios congregó a una multitud de nuevos colonos que llegaron cargados de estanterías del Rastro, posters del Che Guevara, y telas hindúes que lo mismo servían para adornar la pared, cubrir la cama o forrar un sofá desvencijado, rescatado por los pelos de la basura, y sobrevivieron al resurgir de los noventa, cuando en el primer ensayo de la burbuja inmobiliaria resultó que lo más *cool* era volver a vivir en el centro.

Después, la realidad empezó a tambalearse al mismo tiempo para todos ellos. Al principio sintieron un temblor, se encontraron sin suelo debajo de los pies y creyeron que era un efecto óptico. No será para tanto, se dijeron, pero fue, y nada cambió en apariencia mientras el asfalto de las calles se resquebrajaba y un vapor ardiente, malsano, infectaba el aire. Nadie vio aquellas grietas, pero todos sintieron que a través de ellas se escapaba la tranquilidad, el bienestar, el futuro. Tampoco reaccionaron todos igual. Quienes renunciaron al combate ya no viven aquí. Los demás siguen luchando contra el dragón con sus propias armas, cada uno a su manera.

Los mayores no tienen tanto miedo.

Ellos recuerdan que, no hace tanto, en las mañanas heladas del invierno las muchachas de servicio no andaban por las calles de Madrid. Las recuerdan siempre corriendo, los brazos cruzados sobre el pecho para intentar retener el calor de una chaqueta de lana, las piernas desnudas, los pies sin calcetines, siempre veloces en sus escuetas zapatillas de lona. Recuerdan también a ciertos hombres oscuros que caminaban despacio, las solapas de la americana levantadas y una maleta de cartón en una mano. Los niños de entonces los mirábamos, nos preguntábamos si no tendrían frío, nos admirábamos de su entereza y nos guardábamos la curiosidad para nosotros mismos.

En los años sesenta del siglo xx, la curiosidad era un vicio peligroso para los niños españoles, que crecimos entre fotografías —a veces enmarcadas sobre una cómoda, a veces enterradas en un cajón— de personas jóvenes y sonrientes a quienes no conocíamos.

—¿Y quién es este?

—Pues... —eran tías o novios, primas o hermanos, abuelos o amigas de la familia, y estaban muertos.

—¿Y cuándo murió?

—¡Uy! —y los adultos empezaban a ponerse nerviosos—. Hace mucho tiempo.

—¿Y cómo, por qué, qué pasó?

—Fue en la guerra, o después de la guerra, pero es una historia tan fea, es muy triste, mejor no hablar de temas desagradables... —ahí, en aquel misterioso conflicto del que nadie se atrevía a hablar aunque escocía en los ojos de los adultos como una herida abierta, infectada por el miedo o por la culpa, terminaban todas las conversaciones—. ¿Qué pasa, que ya has acabado los deberes? Pues vete a jugar, o mejor ve a bañarte, corre, que luego os juntáis todos y se acaba el agua del termo...

Así, los niños de entonces aprendimos a no preguntar, aunque a los españoles de hoy no les gusta recordarlo. Tampoco acordarse de que vivían en un país pobre, aunque eso no era ninguna novedad. Los españoles siempre hemos sido pobres, incluso en la época en que los reyes de España eran los amos del mundo, cuando el oro de América atravesaba la península sin dejar a su paso nada más que el polvo que levantaban las carretas que lo llevaban a Flandes, para pagar las deudas de la Corona. En el Madrid de mediados del siglo xx, donde un abrigo era un lujo que no estaba al alcance de las muchachas de servicio ni de los jornaleros que paseaban por las calles para hacer tiempo, mientras esperaban la hora de subirse al tren que los llevaría muy lejos, a la vendimia francesa o a una fábrica alemana, la pobreza seguía siendo un destino familiar, la única herencia que muchos padres podían legar a sus hijos. Y sin embargo, en ese patrimonio había algo más, una riqueza que los españoles de hoy hemos perdido.

Por eso los mayores tienen menos miedo. Ellos hacen memoria de su juventud y lo recuerdan todo, el frío, los mutilados que pedían limosna por la calle, los silencios, el nerviosismo que se apoderaba de sus padres si se cruzaban por la acera con un policía, y una vieja costumbre ya olvidada, que no supieron o no quisieron transmitir a sus hijos. Cuando se caía un trozo de pan al suelo, los adultos obligaban a los niños a recogerlo y a darle un beso antes de devolverlo a la panera, tanta hambre habían pasado sus familias en aquellos años en los que murieron todas esas personas queridas cuyas historias nadie quiso contarles.

Los niños que aprendimos a besar el pan hacemos memoria de nuestra infancia y recordamos la herencia de un hambre desconocida ya para nosotros, esas tortillas francesas tan asquerosas que hacían nuestras abuelas para no desperdiciar el huevo batido que sobraba de rebozar el pescado. Pero no recordamos la tristeza.

La rabia sí, las mandíbulas apretadas, como talladas en piedra, de algunos hombres, algunas mujeres que en una sola vida habían acumulado desgracias suficientes como para hundirse seis veces, y que sin embargo seguían de pie. Porque en España, hasta hace treinta años, los hijos heredaban la pobreza, pero también la dignidad de sus padres, una manera de ser pobres sin sentirse humillados, sin dejar de ser dignos ni de luchar por el futuro. Vivían en un país donde la pobreza no era un motivo para avergonzarse, mucho menos para darse por vencido. Ni siquiera Franco, en los treinta y siete años de feroz dictadura que cosechó la maldita guerra que él mismo empezó, logró evitar que sus enemigos prosperaran en condiciones atroces, que se enamoraran, que tuvieran hijos, que fueran felices. No hace tanto tiempo, en este mismo barrio, la felicidad era también una manera de resistir.

Después, alguien nos dijo que había que olvidar, que el futuro consistía en olvidar todo lo que había ocurrido. Que para construir la democracia era imprescindible mirar hacia delante, hacer como que aquí nunca había pasado nada. Y al olvidar lo malo, los españoles olvidamos también lo bueno. No parecía importante porque, de repente, éramos guapos, éramos modernos, estábamos de moda... ¿Para qué recordar la guerra, el hambre, centenares de miles de muertos, tanta miseria?

Así, renegando de las mujeres sin abrigo, de las maletas de cartón y de los besos en el pan, los vecinos de este barrio, que es distinto pero semejante a muchos otros barrios de cualquier ciudad de España, perdieron los vínculos con su propia tradición, las referencias que ahora podrían ayudarles a superar la nueva pobreza que los ha asaltado por sorpresa, desde el corazón de esa Europa que les iba a hacer tan ricos y les ha arrebatado un tesoro que no puede comprarse con dinero.

Así, los vecinos de este barrio, más que arruinados, se encuentran perdidos, abismados en una confusión paralizante e inerme, desorientados como un niño mimado al que le han quitado sus juguetes y no sabe protestar, reclamar lo que era suyo, denunciar el robo, detener a los ladrones.

Si nuestros abuelos nos vieran, se morirían primero de risa, después de pena. Porque para ellos esto no sería una crisis, sino un leve contratiempo. Pero los españoles, que durante muchos siglos supimos ser pobres con dignidad, nunca habíamos sabido ser dóciles.

Nunca, hasta ahora.

Esta es la historia de muchas historias, la historia de un barrio de Madrid que se empeña en resistir, en seguir pareciéndose a sí mismo en la pupila del ojo del huracán, esa crisis que amenazó con volverlo del revés y aún no lo ha conseguido.

En este barrio viven familias completas, parejas con perro y sin perro, con niños, sin ellos, y personas solas, jóvenes, maduras, ancianas, españolas, extranjeras, a veces felices y a veces desgraciadas, casi siempre felices y desgraciadas a ratos. Algunos se han hundido, pero son más quienes resisten por sí mismos y por los demás, y se obstinan en cultivar sus viejos ritos, sus costumbres de antes, para no dejar de ser quienes son, para que sus vecinos puedan seguir llamándoles por su nombre.

La peluquería de Amalia estuvo a punto de cerrar cuando abrieron una manicura china justo enfrente, pero sus clientas le fueron leales aunque no le quedó más remedio que bajar los precios.

El bar de Pascual sigue abierto, aunque cada día es menos un bar y más una sede, la de los vecinos que pelean por conservar los pisos de alquiler social que el Ayuntamiento vendió a traición a un fondo buitre, la de la Asociación de Mujeres que tuvo que cerrar su local cuando se quedó sin subvenciones, la del AMPA del colegio que ya no abre por las tardes porque le recortaron los fondos para extraescolares... A su dueño no le importa. Pascual es un hombre tranquilo, bienhumorado, que se conforma con exigir que, al menos, uno de cada tres socios de la asociación que sea pida de vez en cuando una cerveza. A los otros dos, si no hay más remedio, les sirve un vaso de agua con una sonrisa en los labios.

Muchas tiendas antiguas han cerrado. Han abierto otras nuevas, casi siempre baratas, aunque no todas son orientales. La churrería, la farmacia, la papelería, el mercado, siguen en el mismo sitio, eso sí, como los puntos cardinales del barrio de antaño, el barrio de ahora.

Por lo demás, en septiembre empieza el curso, en diciembre llega la Navidad, en abril brotan las plantas, en verano, el calor, y entretanto pasa la vida.

Vengan conmigo a verla.

II
Ahora

La familia Martínez Salgado vuelve de las vacaciones y parece que de pronto se llena el barrio de gente.

Tres coches entran en la ciudad en fila india, en el mismo orden que adoptaron esta mañana para abandonar un pueblo de la costa situado a casi cuatrocientos kilómetros de Madrid.

En el primero, que ha pasado ya dos ITV, pero sigue siendo grande y está muy limpio, vuelve Pepe Martínez con sus padres y su hija Mariana.

En el segundo, un poco más modesto, sin pegatinas a la vista y tan sucio como si su dueña hubiera pretendido traerse media playa de recuerdo, vuelve Diana Salgado con su madre y su hijo pequeño, Pablo, que ha amenizado el viaje repitiendo la misma pregunta —¿cuánto falta?— cada dos o tres kilómetros.

En el tercero, que primero fue de Pepe, después de Diana, y durante años ha seguido acumulando adhesivos de todos los colores hasta completar la admirable colección que exhibe el lateral derecho del parabrisas, vuelve Jose, el hijo mayor, con su novia y *Tigre*, el gato de la familia, recluido en ese infernal instrumento de tortura que se llama transportín.

—Bueno, pues ya estamos otra vez aquí —exclama Pepe mientras mete la última maleta en el ascensor de la casa de sus padres—. ¡Las vacaciones se hacen siempre tan cortas! Qué pena.

—¡Ay sí! —su madre se cuelga de su cuello, le besa en las mejillas con expresión compungida—. Nos lo hemos pasado tan bien...

—Muchas gracias por todo, hijo —y su padre le abraza sólo un poco, como si, desde el día en que cumplió diez años, le diera vergüenza abrazarlo del todo—, pero vete ya, anda, a ver si te van a poner una multa por estar en doble fila.

Pepe vuelve al coche y espera a que su padre se asome a la terraza del salón, para certificar que todo está en orden, antes de marcharse. Lo que nunca podría adivinar es lo que está diciendo su madre mientras su marido mueve una mano en el aire.

—¡Qué gusto, Dios mío! ¿Sabes lo que voy a hacer ahora mismo?

—Claro que lo sé —él va hacia ella, la abraza—. Quitarte el sujetador.

—No, eso después. Primero voy a bajar a la calle, voy a comprar la oreja de cerdo más grande que encuentre y voy a poner en remojo unas lentejitas...

—¡Ay, sí! —a él se le hace la boca agua—. Ya se han acabado las ensaladas de espinacas con champiñones crudos.

—Y la pechuga de pavo para cenar. Esta noche voy a hacer una tortilla paisana con su chorizo, su jamón, sus guisantitos...

—Qué alegría. Voy a poner a Bambino para celebrarlo.

—¡Muy bien! —ella se ríe, se levanta la falda con una mano, ensaya dos pasos de rumba al ritmo de una música que suena sólo en su cabeza—. Que ya está bien del *chilaut* ese...

Al rato, Diana acompaña a su madre hasta la puerta a pesar de sus protestas.

—Bueno, pues ya estamos otra vez aquí —exclama al dejar la última bolsa en el recibidor de la casa donde se ha criado—. ¡Qué pena!, ¿verdad, mamá? Qué cortas se hacen siempre las vacaciones.

En un solo movimiento, su madre la abraza, la besa con fuerza y empieza a empujarla hacia la escalera.

—Sí, pero vete ya, corre, que hemos dejado al niño solo y yo estoy bien, hija, no necesito nada, de verdad...

Después cierra la puerta, se descalza sin mirar adónde van a parar las sandalias, sale al balcón para decirle adiós a su nieto con la mano, y mientras pierde de vista el coche de su hija, abre los brazos, da una vuelta completa sobre los talones y suspira.

—¡Qué gusto, Dios mío!

A continuación abre la maleta, mete una mano hasta el fondo como si supiera dónde está exactamente lo que busca, saca un paquete de tabaco, enciende un cigarrillo y da tres caladas con los ojos cerrados. Antes de la cuarta, se dirige a la cocina y, tras la quinta, se hace un café del color exacto que su hija le tiene terminantemente prohibido, más negro que el alma de Satanás. Armada con la taza, entra en su despacho, enciende el ordenador, mueve el ratón para activar un icono con forma de casco de guerrero antiguo y hasta se emociona al escuchar esa musiquilla que ha echado tanto de menos.

—Griegos malditos... —murmura mientras se registra con su nick en *¡Que arda Troya!*, estrategia, *multijugador, on-*

line—. ¡Andrómaca ha vuelto! —y enciende otro pitillo mientras selecciona la partida que dejó inconclusa antes de su viaje a la playa—. Te vas a cagar, Aquiles.

Pepe llega a casa antes que su mujer y se encuentra con el pobre *Tigre*, metido aún en el transportín, encima del felpudo.

—¡Joder con el niño este! —murmura mientras libera al animal de su cárcel para ponerse la camisa perdida de pelos húmedos, impregnados en el clásico aroma a pis de gato—. ¿Qué tendrá que hacer con tantas prisas?

—Papá... —Mariana, diecisiete años muy espabilados, pasa a su lado como una exhalación y se vuelve a mirarle un segundo antes de cerrar la puerta de su cuarto con pestillo—. A veces pareces tonto.

—Ya, ya.

A pesar de todo, cuando deja al gato en el suelo y mira a su alrededor, está a punto de pronunciar las mismas palabras que grita Mariana mientras enciende su superordenador, con todos los cachivaches del mundo acoplados y una conexión superferolítica que la ha metido en Google en menos que se tarda en decir amén.

—¡Qué gusto, Dios mío!

Porque ya no tiene que pelearse con el resto de su familia por un único portátil, ni compartir dormitorio, ni esperar turno para ducharse al volver de la playa, ni ir a la playa, ni entrar en el mar con sus dos abuelas cogiéndola de la mano como si todavía tuviera cinco años.

—¡Qué gusto! —repite en voz baja como si necesitara acomodarse a su suerte, y mueve el ratón, acaricia el teclado, contempla la pantalla con la más amorosa de las devociones, hasta que entra en Facebook y se encuentra con un nombre que la descoloca—: ¡Andrómaca! ¿Otra vez Andrómaca? ¡Pero qué petarda! Mira que es pesada...

Intenta eliminarla de todos sus contactos pero, como de costumbre, vuelve a aflorar con la persistencia de una mancha de fuel en la costa del Mediterráneo.

—¿Y quién será, la tía esta?

Mientras tanto, Pepe ya ha tenido tiempo de quedar con dos amigos para ir al fútbol al día siguiente, la primera jornada en casa y con un recién ascendido, un regalo de bienvenida del calendario, y las cañitas de antes, y las copas de después, y el lunes a trabajar, tan ricamente, él solito, en su despacho con aire acondicionado, diseñando sistemas y motores para aviones, que es precisamente lo que sabe hacer, y no montar sombrillas que se le vuelan, ni asar chuletas que se le queman, ni pasear ancianos que se le cansan, ni esperar colas de media hora en los supermercados para que su hija le eche una bronca después, encima, porque los yogures están a punto de caducar, y te los he pedido con fibra, no con soja, que la de la soja es mamá, a ver si te enteras...

—¡Qué gusto, Dios mío! —proclama al fin mientras va a la nevera a por una cerveza, para ir preparando el partido.

Y desde la ventana de la cocina ve pasar el coche de su mujer, que va a tener que aparcar en la calle porque él ya ha metido el suyo en el garaje.

Pablo, por supuesto, no espera a que su madre encuentre un sitio libre.

Lo suyo es visto y no visto, porque sus amigos estaban al acecho y llegan corriendo casi al mismo tiempo que él,

Felipe con un balón de baloncesto, Alba con los brazos abiertos. Los tres se abrazan en el recibidor como si hubieran pasado varios años, y no veintidós días, desde que se vieron por última vez. Luego Pablo va a su cuarto, abre la puerta, tira su bolsa en el suelo, la empuja hacia dentro con una patada, vuelve a cerrar y se larga a la calle sin más preámbulo que el habitual.

—¡Papáááá, que me voy!

Él es el único miembro de la familia Martínez Salgado que no dice esta tarde ¡qué gusto, Dios mío!, pero en el descansillo lo reemplaza con una expresión equivalente.

—¡Menos mal que ya estoy aquí! Tenía unas ganas de volver... Ya no podía más con la peña, os lo juro.

La peña era su abuela Aurora cogiéndole de la barbilla, ¡ay, qué guapo es mi nieto!, y su abuela Adela revolviéndole el pelo y diciéndole a la otra, ¿has visto, Aurora, qué nieto tan guapo tenemos?, y su abuelo Pepe empeñándose en que le enseñara a montar un cubo de Rubik, y su padre diciéndole, Pablo, juega con el abuelo, y su madre diciéndole, pero, Pablo, ¿qué trabajo te cuesta jugar con el abuelo?, y su hermana diciéndole, enséñale, Pablo, pobrecito, y su hermano diciéndole, mira que eres borde, Pablo, ¡móntale ahora mismo el cubo al abuelo!

Diana es la última porque le toca abrir las maletas, aunque no las deshace del todo, porque como mañana vuelvo a tener asistenta, recuerda con una sonrisa.

Luego llena el cubo de la ropa sucia pero no pone la lavadora, porque como mañana vuelvo a tener asistenta, y su sonrisa crece un poco más.

Después estudia la nevera y hace una lista de la compra, pero no baja al súper, porque como mañana vuelvo a tener asistenta y me queda una semana de vacaciones, y la sonrisa ya no le cabe en la boca.

—¿A alguien le importa que pidamos pizzas para cenar? —grita al aire del pasillo.

Nadie contesta, ni le recuerda por tanto que es endocrinóloga, así que se encierra en su dormitorio, enciende el ventilador del techo, se quita la ropa, se tumba en la cama, abre los brazos, las piernas, y vuelve a sonreír.

—¡Qué gusto, Dios mío!

La primera vez que lo escucha, Sofía Salgado no reconoce el eco del llanto.

El apartamento es feo, pequeño y sofocante. Con vistas a un mar tan lejano que ni siquiera parece azul, ningún entendimiento madrileño lograría concebir cómo es posible que todo en él, paredes, cristales, sábanas y los correspondientes muebles provenzales de oferta —*¡amueble su piso entero por 500 euros!*—, pueda rezumar tanta humedad, con el sol de justicia que las ha achicharrado en los doscientos metros escasos que han tardado en llegar desde el aparcamiento. Lo primero que ve Sofía al entrar es un espantoso payaso triste de cristal de colores sobre una repisa y un triángulo de agujeros de cigarrillo estampando un ominoso tejido de color teja, pero no dice nada. Su amiga Marita, tan decidida y eficiente como de costumbre, abre las cortinas de par en par, mete el payaso en un cajón, se acerca a ella, le pasa un brazo por los hombros y los sacude con energía.

—¿Mejor?

Sofía asiente con la cabeza, intenta sonreír, le sale regular e insiste hasta que lo consigue. Porque Marita, su mejor amiga desde el colegio, no tiene la culpa de que su vida sea un desastre.

Ella también se casó mal, también se separó después de muchos años de matrimonio, también tuvo un hijo que está pasando los últimos días de agosto con su padre, pero tiene más suerte que Sofía. A Marita dejó de gustarle su marido mucho antes de que él decidiera que le gustaba otra, pero además, sobre todo, fundamentalmente, nunca le pilló en su despacho con su entrenadora personal, los dos desnudos, haciendo ejercicio sobre la alfombra.

Eso fue lo que le pasó a Sofía, maestra de Educación Infantil, hace un par de meses, una mañana de primavera en la que salió de una reunión antes de lo que había calculado y no tuvo mejor idea que ir a buscar a Agustín para pedirle que la invitara a comer. Al recordarlo, siente el impulso de precipitarse sobre el cajón, sacar el payaso triste de cristal de colores y mirarlo fijamente hasta estallar en sollozos, igual que el día en que salió corriendo como una loca de aquel despacho para buscar refugio en casa de Marita.

—Y lo peor de todo es que tendrías que verla —aquella misma tarde se lo contó todo—, treinta años, un cuerpo acojonante, una melena rubia y ondulada, con mechas doradas, cayéndole en cascada sobre las tetas... La Venus de Botticelli, pero como si no se la arreglara, ¿sabes?, como si hubiera nacido con ese pelo, la muy puta...

—¿Y qué? —Marita la interrumpió antes de darle la oportunidad de añadir que, encima, aquellas tetas ni siquiera parecían operadas—. Tú tienes treinta y seis años, Sofía, y dos tallas de sujetador más que ella, seguro. ¿Y qué? Más caro le saldrá el mantenimiento a tu marido. Que se joda.

—Ya, es tan fácil decir eso...

Y era verdad. Era tan fácil que Marita se calló y no volvió a sacar el tema. Se limitó a cuidarla, a hacerle compañía, a perder el tiempo a su lado hasta que pudo proponerle un plan mejor.

—Mira, he pensado que lo que vamos a hacer tú y yo es irnos juntas a la playa una semanita, ¿qué te parece? A no hacer nada, sólo comer, emborracharnos, ligar con hombres fascinantes...

Así han venido a parar a este apartamento infernal que por la noche, cuando vuelven del pueblo, sin ningún hombre fascinante pero con varias copas de más, a Sofía ya no le parece tan mal. Y sin embargo, le cuesta dormir. No han pasado ni tres meses desde que su marido duerme con su entrenadora y meterse en la cama sola sigue siendo un suplicio para ella.

Por eso, mientras intenta imponerse a la estrechez del colchón, a la humedad de las sábanas, lo escucha, un ruido sordo al principio, como un ronroneo grave y rítmico que asciende de pronto para hacerse casi estruendoso, más agudo, y caer de nuevo en una sofocada sordina. La primera noche no logra identificarlo, un perro, piensa, o un niño, pero no, porque ella conoce bien el llanto de los niños. Se queda dormida antes de resolver el enigma y en el desayuno le pregunta a Marita, pero ella ha dormido como un tronco, siempre me pasa cuando estoy al nivel del mar, confiesa, así que no he oído nada. Durante el día —playa, chiringuito, sardinas a la plancha, mojitos, y más playa, más chiringuito, más mojitos— Sofía olvida el misterio del apartamento de al lado, pero por la noche vuelve a escucharlo y comprende al fin lo que ocurre al otro lado de la pared.

Desde entonces dedica más atención a su vecino que a su propio programa de diversiones. Porque aquel llanto tenaz, desconsolado, proviene del cuerpo y el espíritu de un hombre solo, a medio camino entre los cuarenta y los cincuenta, cabeza afeitada para disimular la calvicie, barriga apenas prominente gracias a las largas carreras que, mañana y tarde, le devuelven a su apartamento empapado en sudor, y piernas flacas. No es ni guapo ni feo pero resulta atractivo de esa manera instintiva, brusca, hasta asombrosa, de los machos rapados que al andar parecen derrochar testosterona, y sin embargo está triste. Es, sobre todo, un hombre triste.

Este ha pillado a su mujer con su entrenador personal, piensa Sofía, y día tras día acumula indicios que parecen darle la razón. Porque el apartamento de su vecino es de tres dormitorios, pero sólo uno tiene la ventana abierta.

—¿Dónde están Javi y Elena? —un día se lo encuentra en el portal, hablando con unos niños—, ¿cuándo vienen?

—Pues... —él contesta mirando al suelo—, este año creo que ya no van a venir. Lo siento, ya les diré que habéis preguntado por ellos.

Otro día coinciden en el supermercado y Sofía le ve escoger una caja de seis cartones de leche entera. La pone en su carrito, la mira con extrañeza, la saca de allí, la devuelve a su lugar y coge un solo cartón de leche con Omega 3. Así que encima tienes el colesterol alto, piensa ella, pobrecito mío, mientras siente una misteriosa oleada de ternura sin nombre hacia el desconocido.

—No estarás pensando en liarte con él, ¿verdad? —le pregunta Marita, forzando un gesto de escándalo casi teatral que se apresura a corregir sobre la marcha—. Aunque a lo mejor tampoco sería mala idea, fíjate lo que te digo...

—Que no —replica ella—, que no es eso.

No es eso, y sin embargo, el desconsuelo del hombre que duerme al otro lado de la pared le hace compañía incluso cuando deja de llorar y los sonidos de un insomnio más pacífico, el repiqueteo del interruptor, los quejidos del somier, los paseos entre la cama y el baño, la arrullan cada noche como una canción de cuna.

Nunca se ha atrevido a hablar con él, ni siquiera sabe cómo se llama. El primer día de septiembre, tan rotundamente veraniego y deslumbrante como sólo saben ser los últimos de vacaciones, los dos se cruzan por la escalera. Sofía baja con su maleta, su vecino sube con un cartel impreso en letras muy grandes, SE VENDE, sobre un número de teléfono de Madrid. La escalera es estrecha y no cabe tanto bulto. Él cede el paso con una sonrisa, ella se la devuelve y sigue su camino sin decir nada.

—Mira, Sofi... —Marita señala hacia el edificio con el dedo antes de encender el motor del coche—. Ya ha colgado el cartel. ¿Quieres que apunte el teléfono?

—No. Arranca de una vez y vámonos ya, no seas tonta.

En la escalera, Sofía Salgado ha tenido tiempo de sobra para leer con el rabillo del ojo el nombre de la inmobiliaria encargada de vender el apartamento.

No tiene la menor intención de llamar a Soluciones Inmobiliarias Prisma en lo que le queda de vida pero, aunque ni siquiera ella acierta a explicarse por qué, vuelve a Madrid de mucho mejor humor.

Carlos abre con su llave y enseguida se da cuenta de que pasa algo extraño.

—¿Abuela?

Desde que empezó la carrera, viene casi todos los días a comer a esta casa antigua, tranquila, un tercer piso de suelos de tarima brillante de puro encerada y muebles tan bien cuidados que no aparentan su edad. Del recibidor arranca un largo pasillo que, a un lado, conduce a la cocina y de frente desemboca en los balcones del salón, vestidos con unos visillos de encaje que transparentan una orgía de geranios de todos los colores. Su dueña está a punto de cumplir ochenta años, pero no sólo se vale por sí misma. Su nieto sabe mejor que nadie por cuántas mujeres vale, porque ninguna otra le mima tanto ni le cuida tan bien como ella.

—Abuela...

Al enfilar el pasillo, distingue al fondo un resplandor absurdo, intermitente y coloreado, cuyo origen no alcanza a explicarse. Al principio supone que habrán colocado un neón en la fachada de alguna tienda de la acera de enfrente, pero son las dos y media de la tarde de un día del otoño recién estrenado, aún templado, luminoso, cálido incluso mientras luce el sol. Al precio que se ha puesto la luz, nadie derrocharía electricidad en un anuncio a estas horas, piensa Carlos, así que avanza con cautela, un paso, luego otro, descubre que el suelo del pasillo está sucio y empieza a asustarse de verdad. Definitivamente, allí pasa algo raro. La suciedad, en cualquiera de sus variantes, es por completo incompatible con la naturaleza de su abuela, y sin embargo, al agacharse encuentra un fragmento de algo blanco, un poco más allá otro, y otro más. Parecen migas de pan, pero al apretarlos con la uña se da cuenta de que son pedacitos de poliuretano expandido, ese material que se usa para proteger los objetos en sus embalajes. Esto ya le parece demasiado y por eso llama a su abuela a gritos, por tercera vez y por su propio nombre.

—¡Martina!

Sigue avanzando hasta que su nariz le obliga a detenerse. Su abuela está bastante sorda, pero continúa cocinando como los ángeles y en el recodo que lleva a la cocina huele a pisto. Y no a un pisto corriente, como el que hace su madre en ese robot sin el que no sabe vivir y del que sale un puré anaranjado, aturdido y confuso, donde es imposible distinguir el pimiento del calabacín, sino al pisto de su abuela, tomates de verdad fritos por separado, y el pimiento, pimiento, la cebolla, cebolla, el calabacín, ya, no digamos... Un guiso prodigioso, donde lo que tiene que estar blando está blando, lo que tiene que estar duro está duro, y todo exquisito, eso detecta la nariz de Carlos, y el delicioso aroma le tranquiliza hasta que le da tiempo a pensar que Martina quizás se haya desmayado después de hacer el sofrito. Entonces corre a la cocina y la encuentra desierta.

—¡Uy, hijo mío, qué susto me has dado! —tiene que volverse para encontrarla en la puerta, con una mano apoyada en el pecho—. Espera, que voy a enchufarme el aparato... —y sólo después de hurgarse un rato en el oído abre los brazos y va hacia él—. ¿Cómo estás, cariño? ¿Qué tal las clases?

Carlos la abraza y la besa muchas veces antes de confesarle que él sí que se ha asustado, y mucho, porque en aquella casa pasa algo raro.

—¡Te has dado cuenta! —Martina sonríe como una niña gamberra—. ¡Qué listo eres, Carlitos! Ahora lo verás, pero tienes que cerrar los ojos, ¿eh?, porque es una sorpresa.

Él obedece de buena gana, paladeando aún la tranquilidad que ha sucedido al pánico, y tiende la mano hacia la anciana para que vuelva a guiarle como cuando era un niño. Ella tira de él por el pasillo, le anuncia los obstáculos, las curvas, y su nieto calcula sin dificultad que se dirigen hacia el salón, ese resplandor multicolor donde todo ha empezado.

—Ahora ya puedes mirar —también la obedece en eso—. *¡Tachán!*

El enorme árbol de Navidad que él mismo tendría que haber montado tres meses más tarde, está repleto de bolas, estrellas, angelitos, duendes, casitas y dos centenares de luces encendidas parpadeando sin descanso entre la purpurina y el cristal. Carlos lo mira un instante con la boca abierta, reconoce los adornos, la bola tornasolada que sus padres trajeron de la luna de miel, los angelitos de porcelana que su abuela ha ido comprando en la primera Navidad de cada uno de sus nietos, la estrella de cartulina que él mismo hizo un año en el colegio, los venerables adornos de vidrio de colores, alargados como llamas brillantes, puntiagudas, que Martina conserva desde su remota infancia... Entonces lo entiende todo, el resplandor al fondo del pasillo, el suelo sucio, el silencio de su abuela, pero eso no le tranquiliza. Ella se da cuenta y vuelve a sonreír.

—No me he vuelto loca, ¿sabes? Sé de sobra que estamos en septiembre, tengo la cabeza perfectamente, no te asustes, pero... Tú sales, ¿no?, y entras, andas por la calle, te diviertes, pero yo... Yo estoy todo el santo día aquí, oyendo la radio, la televisión, y que no hay futuro, que no hay trabajo, que privatizan los hospitales, que quieren cerrarnos el Centro de Salud, que me van a rebajar la pensión... Sólo salgo para ir a la peluquería, y allí, no veas, todo el día hablando de lo mismo. Que si ponte mechas, mujer, que no, que no tengo dinero, y tu hermana, ¿ya no viene?, es que como han echado a su marido, pues al mío se le acaba el contrato el mes que viene, pues mi hijo no ha encontrado nada todavía, así una, y otra, y otra, todo el tiempo igual, tristezas y más tristezas...

Martina hace una pausa para apoyarse en el brazo de un butacón. Saca un pañuelo del bolsillo del delantal, se seca unos ojos que aún estaban secos, y vuelve a mirar a Carlos.

—Hasta que tu madre perdió el trabajo, lo llevaba bien. ¡Pobre Marisa, tan lista, tan estudiosa, con lo bien que lo hace todo! No hay derecho, ¿verdad? Tantos años en la misma empresa y de repente, de un día para otro... Pero si era funcionaria, ¿o no? ¿Cómo se puede consentir que echen a la gente de una televisión pública?

—Haciendo leyes para que eso sea legal, abuela —Carlos se acerca a Martina, se sienta a su lado, la abraza—. Pero mamá encontrará trabajo antes o después, no te preocupes.

—No sé yo, a su edad... —el nieto se da cuenta de que su abuela se ha aficionado de verdad a los informativos—. Y además es tan feo lo que pasa, somos todos tan egoístas que vamos viendo caer a los demás, uno detrás de otro, y pensamos, bueno, mientras a mí no me toque... Y nos ha tocado, claro, nos tenía que tocar, ¿por qué íbamos a librarnos nosotros si todos los demás están cayendo como moscas? Y si fuera más joven no estaría tan preocupada, porque para crisis, las que he tenido que chuparme yo, hijo mío. Pero nosotros podíamos, nosotros éramos fuertes, estábamos acostumbrados a sufrir, a emigrar, a pelear, y sin embargo, ahora... No te ofendas, pero ahora sois de una pasta más blanda. Os ahogáis en un vaso de agua, así que me puse a pensar... ¿Qué podría hacer yo para animarme, para animarles a ellos? ¿Qué podría hacer para que entiendan que no hay que resignarse a lo que venga, sino imponerse a las cosas, enderezarlas, negarse a aceptar toda esta ruina? Y ya sé que parece una tontería, pero estoy harta de ver gente triste y no deben quedarme muchos años de vida, así que...

—No digas eso, abuela.

—¿Ah, no? ¿Y qué quieres que diga? Voy a cumplir ochenta. ¿Cuántos me quedarán, cinco, diez?

—O veinte —aventura Carlos sin mirarla a los ojos.

—Bueno, pues veinte —Martina sonríe al optimismo de su nieto—. Esos son los que tienes tú, y no has vivido nada todavía. El caso es que no quiero pasar el tiempo que me queda viendo cómo se amontona la tristeza a mi alrededor. No me da la gana, así que me dije, pues mira, de momento, vamos a empezar por llevarle la contraria al calendario. Y ya sabes cómo me gusta a mí poner el árbol, y encender velas, y todas esas cosas navideñas.

Su nieto la mira, mira al árbol, vuelve a mirarla.

—Feliz Navidad en septiembre, abuela.

Ella se echa a reír y le abraza.

—Feliz Navidad, cariño. Feliz Navidad...

Las chinas llegan de repente, sin hacer ruido.

—Amalia, se me va a pasar el tinte.

—Que no, mujer, que te quedan diez minutos...

Un buen día, al abrir la peluquería, Amalia ve barullo en el local de enfrente, la puerta abierta, una furgoneta aparcada en doble fila, ocho chicas monísimas, pequeñas y esbeltas, con el mismo pelo negro, liso, cortado a la altura de la nuca, descargando latas de pintura. Las ocho van vestidas igual, camiseta blanca, pantalones blancos. Las ocho calzan idénticas, inmaculadas zapatillas de lona, también blancas, y se cubren la boca con una mascarilla. Las ocho se mueven con la gracia de las hadas de los cuentos infantiles. Mira qué bien, piensa la peluquera entonces, qué rápido han alquilado el local de los pollos asados, qué suerte han tenido.

—¿Pero qué haces ahí mirándolas, todo el santo día?

—¿Y a ti qué te importa lo que hago o lo que dejo de hacer? Te quedan... —consulta el reloj— ocho minutos. Mira la revista y déjame tranquila.

Aquel mismo día empiezan a pintar. Serias, disciplinadas, tenaces como hormiguitas, forman cuatro parejas, una por pared, y empiezan a trabajar enseguida, una pintando la zona superior de cada muro con una brocha fija en una vara larga, la otra pasando el rodillo. Desde el escaparate de su peluquería, Amalia las mira con la boca abierta de admiración. No tenía ni idea de que los chinos, mucho menos las chinas, se dedicaran también a pintar locales, pero se le ocurre que podría contratarlas para que le den un repaso al suyo este verano, porque nunca ha visto a nadie pintar tan bien y tan deprisa al mismo tiempo. La verdad es que da gusto verlas trabajar, llega a comentar en voz alta ante las empleadas, las clientas a las que invita a disfrutar del espectáculo. No puede imaginar cuántas veces deseará después haberse tragado la lengua al recordar ese comentario.

—Hala, siéntate en el lavabo, que te van a lavar.

—¿Pero han pasado ya ocho minutos? ¿Estás segura? A ver si no va a cubrirme bien las raíces...

Cuarenta y ocho horas más tarde, la cosa empieza a torcerse. Porque las mismas chicas, con las mismas ropas blancas, las mismas inmaculadas zapatillas, vuelven a descargar la furgoneta pero ya no bajan latas de pintura, sino tablones de madera lacada en blanco. O sea, que no son pintoras, concluye la peluquera, pero entonces... ¿qué son? Carpinteras, aprende enseguida, es decir, carpinteras además de pintoras, porque con la misma admirable y serena eficiencia que derrocharon dos días antes, trabajando siempre por parejas, están montando unos muebles pequeños, a medio camino entre una mesa y un mostrador, que a Amalia, de pronto, le dan mala espina.

—Lo que quiere es ver si son las de siempre o si van cambiando... —susurra Lorena en el oído de la señora preguntona mientras le lava la cabeza.

—¿Y por qué?

Hasta que se enfrenta con el aspecto de las mesas, de las sillas que las chinas montan a continuación, Amalia cree que el antiguo asador de pollos va a convertirse en lo que se dice un chino, una tienda de alimentación con chucherías, o una tienda de chucherías con algunas latas de conservas y un par de neveras con bebidas. Al comprobar que no es así, se siente menos perpleja que decepcionada, como si esas chicas a las que ha prestado tanta atención no tuvieran derecho a sorprenderla con una tienda distinta de la que ella había previsto. Porque si lo que tiene delante no es un chino, no se le ocurre qué puede ser, qué clase de negocio puede requerir dos hileras de cuatro mesas, cada una con dos puestos de trabajo alternos y otras tantas sillas vacías frente a ellos.

—¡Anda! Pues para denunciarlas, o sea, a ellas no, a sus jefes o al encargado, yo qué sé —pero como parecen todas iguales, por mucho que las mira, no adelanta nada.

—Pues anda que... Ni que fuera un puticlub.

Habría sido mejor un puticlub.

Un puticlub, una discoteca de pistoleros, hasta un supermercado de la droga habría sido mejor, piensa Amalia mientras sigue mirando hacia delante, haciendo como que no se entera de los murmullos del lavabo. Porque lo que hacen las chinas de enfrente es puro terrorismo, manicura permanente a ocho euros, eso es lo que hacen, robar, estafar, competir deslealmente con ella y con todas las demás peluquerías del barrio. El día que un letrero luminoso, MANICURA SHANGHAI, disipó todas sus dudas, Amalia volvió a la infancia. Pasó horas enteras gritando, llorando y pataleando entre taza y taza de tila. Al día siguiente no fue a trabajar. A las ocho de la mañana se presentó en el Ayuntamiento, intentó denunciar, no la dejaron, le informaron de que los chinos tienen todos los papeles en regla, y desde entonces vive pegada al escaparate de la peluquería y se atiza dos cápsulas de valeriana cada noche para poder dormir.

—Si es que no puede ser...

Amalia se aparta del cristal, se gira hacia el interior de su peluquería y se explica por fin con sus clientas, que hoy sólo son tres y las tres para teñir, porque a peinarse ya no viene nadie.

—Es que es imposible, no lo entiendo. A ver, yo pago todos mis impuestos, el IBI, la Seguridad Social de las chicas, la luz, el agua... Y tuve que despedir a la pobre Mercedes porque, con bono-descuento y todo, teníamos que cobrar el esmalte permanente a dieciocho euros, de ahí no podíamos bajar, y eso que no os apliqué la última subida del IVA, que esa me la como yo, ya lo sabéis. ¿Y estas? ¿Cómo pueden cobrar ocho euros, estas, pagando los mismos impuestos que yo? Es que no lo entiendo, de verdad que no lo entiendo... ¿Qué está pasando aquí?

Nadie responde. Lorena, que ha entrado antes del verano como aprendiza, se concentra en la cabeza que está lavando porque gana muy poco y no quiere darle ideas a su jefa. Marisol, la oficiala de más antigüedad, se acuerda de la pobre Mercedes mientras llena de rulos la cabeza de la señora de Domínguez. Sandra, la más joven, más nerviosa porque su despido cuesta menos que el de su compañera, maneja el cepillo y el secador de mano con una intensidad casi dolorosa. No sólo para ella.

—¡Ay! Ya me has quemado otra vez...

Ha debido de quemarla de verdad, porque María Gracia no se queja nunca. Tampoco viene demasiado por aquí. Ella, que es española aunque emigró con sus padres de niña a Venezuela, de donde trajo acento caribeño y nombre compuesto, no cobra mucho más que las manicuras chinas por cada hora de trabajo, aunque está segura de que trabaja más. María Gracia limpia casas por horas y trabaja como una burra, pero apenas puede permitirse a sí misma dos lujos baratos, desayunar por las mañanas en un bar del metro y venir de vez en cuando a la peluquería, sólo a teñirse, por supuesto.

—Lo siento, perdóname —Sandra la mira, sonríe a través del espejo—. Es por acabar antes, como siempre vas con prisas...

Amalia se vuelve de pronto a mirarla. Si fuera uno de esos dibujos animados en los que las chinas de enfrente resultarían ser hadas, en este instante acabaría de encenderse una bombilla dentro de su cabeza.

—Y por cierto, María Gracia, cuando veas a doña Martina dile que nos haga una visita de vez en cuando —porque lleva la cuenta de todas las clientas que han desertado, de las que se han ido a una peluquería más barata, de las que remolonean más de la cuenta—, que debe de tener las canas amarillas ya desde la última vez.

—Vale —María Gracia se para a pensar, piensa, decide que no hay nada malo en contar la verdad, nada deshonroso en perder un empleo—. Se lo diré, aunque me parece que está ahorrando. Como han despedido a Marisa...

—¿Han despedido a Marisa? —las cuatro peluqueras lo

preguntan a la vez, pero Amalia responde por todas—. Claro, por eso no viene ella tampoco.

—Sí, es muy triste. Doña Martina ha puesto ya el árbol de Navidad. Dice que es para animarse, pero lo está pasando fatal, la pobre.

¡Qué horror!, piensa Amalia para sí misma, ¡qué horror!, y mira sin querer hacia el lavabo, porque si siguen así las cosas, a Lorena, la aprendiza que esquiva su mirada y no será capaz de sostenerla como mínimo hasta la hora de comer, le tocará seguir el camino de Mercedes.

Malditas chinas, se dice. Malditas chinas, repite. Malditas chinas, insiste una vez más, como si esa maldición fuera una jaculatoria, una oración íntima, un sortilegio eficaz contra un destino implacable. Como no es así, busca otro camino.

—Voy al baño un momento —anuncia donde debería haber proclamado *necesito fumarme un pitillo,* pero no llega a moverse porque escucha a tiempo la campanita de la puerta y una voz conocida.

—Hola, no tenemos cita, pero si no estáis muy liadas...

—Muy ¿qué? —pregunta Amalia—. Ese verbo ya no lo usamos mucho por aquí, ¿sabes?

—¡Qué bien! —Diana Salgado entra sola, aunque sigue hablando en plural—. Entonces nos quedamos.

—¿Quiénes?

—Pues... —la recién llegada mira hacia delante, descubre en el espejo que nadie la acompaña, y vuelve la cabeza hacia la calle—. ¿Y mi hermana? —entonces desanda el camino, sale del local, y empuñando el picaporte todavía, la llama a gritos—. ¡Sofi! ¿Pero qué haces ahí?

La más pequeña de las Salgado entra enseguida y misteriosamente sofocada, porque el violento color de sus mejillas ofrece un contrapunto inexplicable a un gesto congelado por el asombro.

—Lo siento, es que estaba mirando... Ahí enfrente...

—A las chinas, ¿a que sí? —Amalia se da la razón con la cabeza—. Yo las miro todo el rato. Lo que pasa ahí es rarísimo, no me digas que no, yo creo que las cambian todas las semanas, porque nadie puede aguantar ese ritmo de trabajo, desde las nueve de la mañana hasta las once de la noche, eso no puede ser legal, no puede...

—¿Qué chinas? —Sofía Salgado la mira como si no existieran en el mundo otras que las piedrecitas que ruedan por la calle—. No, lo que estaba mirando es ese edificio nuevo de la esquina, ¿lo habéis visto?

—No —responde Amalia—. O sea, sí lo he visto, pero no me he fijado. ¿Por qué, le pasa algo?

—Soluciones Inmobiliarias Prisma —pronuncia Sofía en voz alta—. ¿No os parece...? —entonces se da cuenta de que la que acaba de hablar en chino es ella—. Nada, nada, que quiero cortarme y ponerme un vegetal. Puedo, ¿no?

Marisa recuerda aquel cansancio.

Entraba a trabajar a las nueve, pero el despertador sonaba a las seis y media. Diez minutos para espabilarse, cinco en el baño y estallaba la guerra.

En media hora preparaba el desayuno, levantaba a Roberto, desayunaba a toda prisa y empezaba con la comida. Él se tomaba un café antes de emprender su parte de la ofensiva, despertar a los niños, vestirlos y llevarlos a la cocina. El segundo *round,* leche caliente, cacao soluble, tostadas para uno, cereales para el otro, solía pillarla con la comida enjaretada. Mientras preparaba los bocadillos para el recreo, la olla rápida ya había empezado a pitar.

—¿Otra vez lentejas? —preguntaba alguno, pero ella contraatacaba implacablemente.

—¿Llevas todos los cuadernos? —o...

—¿Hoy te toca gimnasia? —o...

—¿Has cogido el dinero para la excursión?

Luego los abrigaba bien, les daba muchos besos y gritaba las últimas instrucciones.

—Acordaos de que hoy va la abuela a buscaros, no salgáis tarde y haced los deberes, que si no, me enfado...

Cuando bajaban las escaleras trotando en pos de su padre, que los dejaba en el cole o en el instituto antes de ir al trabajo, Marisa volvía a su dormitorio, se ponía la ropa que había dejado preparada la tarde anterior, cogía el bolso y salía pitando. Esa operación, que tenía perfectamente cronometrada, rara vez le llevaba más de cinco minutos. Después se pintaba en la parada del autobús, en el autobús o en el baño de la primera planta. Y a las nueve en punto de la mañana entraba en su despacho como una campeona.

Cuando empezaba a trabajar, ya estaba cansada, pero eso era una ventaja y no un inconveniente. La rutina de la casa, los niños, las reuniones de padres de alumnos, los disfraces de Navidad, de carnaval, de fin de curso, las citas con los tutores, el calendario de vacunaciones y todo lo demás, la agotaba de tal manera que los días laborables no se lo parecían tanto. Ella era una periodista talentosa, una trabajadora capaz, concienzuda, y cuando su programa, Madrid Directo, salía bien, que era casi siempre, su trabajo representaba un oasis de paz en medio de la vorágine. Pero no se consideraba una persona desgraciada. Se sentía, al contrario, una mujer con suerte, con una vida plena, llena de cosas, demasiado llena, eso sí.

Ese era su problema, porque le gustaba su trabajo, le gustaba su marido, le gustaban sus hijos, no los cambiaría por ninguna otra opción de sus respectivas categorías, pero necesitaba que los días fueran un poco más largos, disponer de dos o tres horas de más para sentir que tenía tiempo, para perderlo, para tirarse un rato en un sofá a no hacer nada. Eso era lo único que echaba de menos. De vez en cuando, alguna amiga le contaba que había descubierto las sales del Mar Muerto, los aceites esenciales, las velas relajantes.

—Tú llenas la bañera hasta arriba... —le decían, y en ese punto Marisa detenía su relato con una carcajada y un aspaviento.

—Déjalo, anda. ¿Tú sabes la cantidad de tiempo que hace que no me meto en una bañera? —porque la ducha también la tenía cronometrada—. Tardo entre dos y tres minutos en ducharme, ni uno más. Y en verano, me da tiempo a depilarme y todo.

Ahora, su propia vida le parece mentira. La recuerda vagamente, como si la hubiera visto en una película, una comedia amable y femenina con un final tan feliz como el que ella ya no espera. Y la memoria de aquel cansancio fecundo, que nacía de una actividad incesante para producir cosas buenas, útiles, le duele como un remordimiento, la cicatriz de una culpa inexistente. Porque ahora que se acuesta sin poner el despertador para levantarse, y se levanta cuando se cansa de estar acostada, nada le resulta tan duro, tan amargo como la tentación de sentirse culpable por lo que le ha pasado. ¿Quién me mandaría a mí quejarme tanto?, se pregunta, y ni siquiera se acuerda de que nunca llegó a quejarse en voz alta.

Los días de Marisa siguen teniendo veinticuatro horas, pero le sobran más de las que le faltaban cuando iba todas las mañanas a trabajar. Y le bastaría con abrir los grifos de la bañera para sumergirse en el agua caliente hasta que se enfriara, pero no lo hará en todos los días de su vida, porque eso sería como dar su brazo a torcer, ahora que ha pasado todo eso que nunca jamás iba a pasar.

Marisa, redactora de plantilla en el área de programas informativos de Telemadrid durante casi treinta años, tenía un contrato indefinido en una empresa pública, uno de esos empleos que parecían eternos por siempre jamás. Hasta que cambiaron las reglas del juego. Hasta que el Gobierno de España se propuso convencer a los ciudadanos de que los funcionarios son unos vagos que se pasan la vida tomando café. Hasta que el gobierno autonómico empezó a alegar que la cadena era deficitaria, como si una televisión pública tuviera que dar beneficios. Hasta que un ERE le pasó por encima como las orugas de un carro blindado, y le tocó una indemnización de veinte días por año trabajado, y como a Roberto le han recortado el sueldo aunque siga siendo el jefe de Internacional de su diario, la guardó para poder pagar el máster de su hija mayor, la carrera de su hijo pequeño.

Hoy, en la cola del Inem, Marisa recuerda su cansancio como la época dorada de su vida, y la rabia le pesa más que la tristeza.

Desde hace casi un año se encuentran todos los días, a las ocho y media de la mañana, en la misma barra del mismo bar de la misma estación de metro.

María Gracia nunca se ha sentido guapa, pero tuvo una edad luminosa que se prolongó en el tiempo, y buen tipo, un cuerpo donde las formas cóncavas y las convexas se acoplaban en una dichosa armonía. Tenía además un pelo espectacular, una melena castaña, larga y rizada que llamaba la atención, restándola de los rasgos de un rostro vulgar de ojos pequeños, mandíbula cuadrada y labios casi inexistentes, de tan finos, que casaban muy mal con su acento venezolano. El paso del tiempo se ha cebado en el espesor de sus cabellos y en las curvas de su silueta, anulándolos por igual para dejarla a solas con sus labios borrosos, su mandíbula cuadrada, sus ojos pequeños, y un odioso flotador de grasa insoluble donde antes, en aquellos tiempos en los que al mirarse en el espejo veía un cuerpo y no un fardo rectangular, recuerda que solía ponerse un cinturón.

Hace mucho tiempo que no la mira nadie. La primera vez que él lo hace, se repasa discretamente a sí misma para comprobar que no ha pisado una caca de perro, ni ha reventado las costuras de los pantalones, ni ha salido de casa con la parte de arriba del pijama. Cuando descubre que todo está en orden, piensa que será una casualidad.

Antonio jamás ha sido guapo, en su juventud menos que nunca. La edad ha ido secando los granos de su cara, eliminando el exceso de grasa que convirtió durante décadas su nariz en un bulto informe, sustituyendo las ondas espesas, apelmazadas, de su flequillo, por una calvicie que le amarga aunque le favorece, o viceversa. Todo lo demás es obra del alcohol. De adolescente envidiaba a los chicos muy delgados, y a fuerza de beber ha logrado quedarse en los huesos. Como nada sale gratis, el coñac le ha asignado a otra raza. Ahora parece un piel roja, rojiza su cara en general, en particular sus pómulos, repletos de venillas rotas que se ramifican día tras día para conquistar ya la base de su nariz.

Todos los días, a las ocho y media de la mañana, se encuentran en la misma barra del mismo bar de la misma estación de metro. Ella va a trabajar, a limpiar casas por horas. Él ya no trabaja, pero pone el despertador todas las noches, igual que antes, porque no puede permitirse en su derrota la humillación suprema de quedarse en la cama hasta el mediodía. Además, al despertar siempre tiene sed, pero sobre todo soledad, tanta y tan variada que no puede con ella. Por eso va al bar, para estar rodeado de gente, para que el dueño le salude por su nombre, para encontrarse con su amigo Serafín, otro parado de larga duración, tan parecido a él como su dependencia de una máquina tragaperras se parece a las dos copas de coñac que Antonio necesita tomarse cada mañana, aunque apenas mitiguen la amargura de su despertar.

María Gracia también está sola. También ha estado casada, tampoco ha tenido hijos, también la ha abandonado su pareja, tampoco ha encontrado otra, también ha vivido mejor, tampoco ha vivido nunca peor que ahora. La primera vez que la ve, Antonio lee todo esto en su rostro como en un libro abierto y recuerda aquel refrán que solía decir su madre, siempre hay un roto para un descosido. El roto, sin duda, es él, pero si pudiera contar con alguien, si pudiera descansar en alguien, si pudiera compartir su miseria con alguien, aún encontraría fuerzas para recomponer alguno de sus pedazos. El descosido tendría que ser una mujer no muy joven, ni muy guapa, ni lo suficientemente atractiva como para no estar desesperada de su propia soledad. Porque sólo una mujer rotunda, abrumadora, definitivamente desesperada, podría estar dispuesta a aferrarse a un clavo al rojo vivo, tan ardiente y doloroso como la única vida que Antonio puede ofrecer. Por eso se fija en aquella mujer que le parece mucho para él, pero también perfecta de puro triste. Perfecta de puro sola.

La mira después de que hayan pasado muchos, demasiados años sin que haya recibido una mirada de nadie y María Gracia colecciona, una por una, sus miradas. Las clasifica, las estudia, las contempla y acaba poniéndose de parte de su admirador, distinguiendo en él cierta aura romántica, el encanto alcohólico de los detectives fracasados de las novelas baratas, el atractivo de los perdedores contumaces. Nunca en su vida ha distinguido esa clase de auras, nunca ha sucumbido a ese encanto ni ha hallado en nadie un atractivo semejante. Sabe que se está engañando, pero no le importa. Las mujeres como ella no pueden elegir, así que cuando termina de estafarse a conciencia, decide que no le disgusta. Si se le acerca, no le importaría conocerle.

Así llevan casi un año.

Cada vez que él se promete a sí mismo que se acercará para darle los buenos días, María Gracia deja unas monedas sobre el mostrador y se marcha a toda prisa. Cada vez que ella se atreve a sonreírle, Antonio vuelve la cabeza un instante antes de contemplar la curva de sus labios.

Esta mañana de septiembre con vocación de octubre, ventosa y desapacible, parece definitiva. Ella, que ayer fue a teñirse a la peluquería de Amalia, ha estado ausente casi un mes, el que se han tomado de vacaciones los dueños de las casas donde trabaja. Él ha tenido casi un mes para pensar, aunque al verla llegar se pone muy nervioso.

—Hola —dice, tan bajo que nadie le escucha.

María Gracia percibe que ha dicho algo, sonríe, y le saluda inclinando la cabeza, mientras pide el café con leche y las dos porras de todas las mañanas.

Antonio no está seguro de si el saludo iba dirigido a él o a Mari Carmen, la dueña del bar.

Mañana será otro día, piensa él.

Mañana será otro día, piensa ella.

El lunes, al abrir el bar, Pascual lo entiende todo.

—Oye, hijo... ¿Yo te he hablado alguna vez de Edelmira?

El primer día del otoño su madre todavía está en el hospital. Ha ingresado a finales de julio y el pronóstico aún no es irremediable, pero lleva unos días muy nerviosa. Sus hijos se han dado cuenta, aunque las enfermeras insisten en que tiene la tensión bien y los resultados de las últimas pruebas están dentro de lo esperable.

—¿Edelmira? No, nunca me has hablado de ella.

—¡Ah!, pues te voy a contar...

—Pero, mamá... —Pascual acerca su silla a la cama de la anciana, la coge de la mano, la besa en el dorso—. Lo que tienes que hacer tú es estar tranquila.

—Ya, pero hablar no me cansa y quiero hablarte de Edelmira, pon atención, verás... Era una amiga mía que estaba casada con un hombre que se llamaba Juan y vivía en la casa de sus suegros, con su marido y un hermano suyo, algo mayor, que se llamaba... Bueno, con su cuñado, que había emigrado y acababa de volver de Alemania...

Quince días después de la muerte de su madre, Pascual va con sus hermanos a la casa del pueblo. Ya han tomado la decisión de venderla, pero antes de encontrar comprador tienen mucho que hacer, encontrar a alguien que vaya a limpiarla, a alguien que se encargue de vaciarla, a alguien interesado en comprar los muebles. Y antes de nada, tienen que abrir los cajones, los armarios, rescatar cualquier objeto con valor sentimental, disponer de la herencia material de la familia. No es una tarea agradable. Se reparten la casa por habitaciones y a Pascual le toca la cocina, pero cuando apenas ha tenido tiempo de hacerse una idea de lo que hay, su hermana Ana, la pequeña, les convoca a todos a gritos en el dormitorio de sus padres.

—¿Vosotros habéis visto alguna vez esta foto?

En un cartón grueso, de bordes dentados, Pascual ve a un hombre sonriente, de unos treinta años, con la cara tostada por el sol, una camisa de cuadros y un pantalón de trabajo sujeto con un cinturón desobediente, abrochado por encima de las trabillas.

—No —admite—, pero esta es mamá.

Y señala a una mujer algo más joven, tan bronceada como si volviera de unas vacaciones, una blusa blanca, una falda azul marino, una sonrisa aún más radiante.

—¿En serio? —duda su hermano Alfredo—. Me lo había parecido, pero... Está muy guapa, ¿verdad?

—Sí, quizás por eso la guardaba en el cajón de su mesilla —supone Ana—. La he encontrado allí, metida dentro de un pasaporte caducado hace la torta de años, debajo de un montón de papeles.

Y en ese momento, Pascual no se acuerda del hospital, ni de la voz de su madre, ni de la vida de Edelmira.

—Era buena chica, lo que pasó fue que tuvo mala suerte, o bueno, a lo mejor no, yo qué sé. El caso es que un día pensaba ir con su marido a la feria de ganado de Talavera, pero la noche anterior él se levantó varias veces para vomitar. Creyeron que no era nada, algo que le habría sentado mal, pero todos habían cenado lo mismo y al día siguiente él fue el único que amaneció con fiebre. No importa, dijo Edelmira, vendemos los terneros el mes que viene, pero su marido no quiso. Que no, Edelmira, le dijo, que no y que no. Necesitamos el dinero ahora para pagar a los braceros de la vendimia, así que vas tú y que te acompañe mi hermano. ¿Te estás enterando?

—Sí, mamá, me entero...

Pero Pascual no presta mucha atención a la historia de Edelmira. La tele de la habitación está encendida y mientras su madre habla, él mira de reojo un episodio de la serie favorita de su mujer, un culebrón romántico donde los niños perdidos de pequeños reaparecen a los treinta años y resulta que no son hijos de quienes creían que eran sus padres, pero por el camino se enamoran de sus primas que al final son sus hermanas. Y sin embargo se da cuenta de que su madre se está divirtiendo. Por alguna razón, le gusta mucho la historia de esa amiga suya y charlar la tranquiliza. Su hijo lo celebra, pero no se molesta en preguntarse por qué.

—¿Y él? —tres meses más tarde, en la casa del pueblo, su hermano coge la foto y se la acerca a los ojos—. ¿Sería un hermano? ¿Un novio?

—A ver... —Pascual, el primogénito, se ajusta las gafas, se fija en el hombre al que antes no ha mirado bien, le estudia con atención y se da cuenta de que lo conoce—. Yo creo que este es el tío Alfredo.

—¿El tío Alfredo? —pregunta una hermana.

—Sí, el hermano mayor de papá.

—¿Pero ese no se fue a Alemania? —pregunta la otra.

—Sí, pero... —Pascual mira el reverso de la cartulina—.

Aquí pone «Talavera de la Reina, agosto, 1963». Habría vuelto a casa de vacaciones.

Porque su madre tenía un cuñado.

Igual que Edelmira.

—Ella era una mujer decente, no creas... —en ese momento, la hija ilegítima se encara con la mujer de su padre—. ¡Pascual! ¿Quieres dejar de mirar la tele y atender?

—Sí, mamá, si estoy atendiendo —y para que no se enfade, acerca su silla a la cama de su madre, con cuidado de no dar la espalda del todo a la pantalla—. A ver, ¿qué le pasó a Edelmira?

—Que ella era buena, decente, y estaba bien casada. Juan no había sido su primer novio, y por eso, porque había dejado a otro por él, estaba segura de haber acertado. Su cuñado no pudo venir a la boda. Llevaba menos de un año trabajando en aquella fábrica y no le dieron permiso. Vino al año siguiente, en verano, y entonces conoció a Edelmira. A ella le iban muy bien las cosas, sólo le faltaba un hijo para estar contenta del todo, pero al llegar su cuñado, empezó a pasarle algo muy raro, porque si estaban juntos en la misma habitación parecía que saltaban chispas, y cuando se quedaba a solas con él, aunque fuera un momento, le entraban unas palpitaciones que le ponían el corazón en la boca, como si dijéramos... Por eso, cuando su marido quiso mandarlos juntos a la feria, intentó desanimarle, quedarse en casa. Que vaya tu hermano, le dijo, que yo no entiendo nada y así me quedo a cuidarte... Pero el marido, que era muy cabezón, volvió a decir que no. Ni hablar, vas tú, que eres la dueña de los terneros, no es tan difícil, Edelmira, y además, con suerte estáis aquí de vuelta a la hora de cenar... Tuvieron mucha suerte, porque apalabraron los terneros antes de comer y los vendieron a media tarde, pero no volvieron a casa aquella noche. El cuñado de Edelmira llamó a la tasca de la plaza de su pueblo y le pidió al tabernero que avisara a su hermano de que el tratante más interesado en el ganado no se había decidido aún, de que habían quedado con él a la mañana siguiente, de que iban a dormir en una fonda. Ni siquiera eso fue verdad, porque tomaron dos cuartos en una fonda, pero apenas durmieron. ¿Lo entiendes, Pascual?

—Claro, mamá... —ha ido girándose poco a poco y ya está viendo al padre abrazar a su hija, los dos llorando a moco tendido—. Que echaron una cana al aire, ¿no?

—¡Qué canas ni qué canas! Si eran muy jóvenes —y al corregirle, se echa a reír.

—Vale, vale —Pascual ya no recuerda cuánto tiempo hace que no oye reír a su madre, y se ríe con ella—, era un decir...

Durante el resto de su vida, Pascual querrá convencerse de que si la muerte de su madre hubiera sido más amable, si el cáncer no la hubiera arrasado, si no la hubiera consumido tan cruelmente, tan deprisa, sin concederle siquiera la gracia de la inconsciencia, él se habría acordado a tiempo de la historia de Edelmira y su cuñado.

—Pues sería la única vez que volvió —su hermana Charo, la segunda de los cuatro, coge la foto y se concentra en el hombre—, porque yo nunca le he visto por aquí.

—Porque luego se casó con una alemana y se quedó allí, pero al principio sí que venía —y Pascual ya está seguro—. ¿No te acuerdas? Yo sí me acuerdo de él.

—No sé qué decirte —Charo, que sólo es un año más joven que su hermano mayor, parece dudar—. Igual...

—¿Y no volvió nunca más? —pregunta Ana—. Es raro, ¿no?

—Vete a saber. En aquella época, Alemania estaba muy lejos.

—Pues debían de llevarse bien, porque no hay más que verlos. Mamá está guapísima. Yo nunca la he visto tan guapa en ninguna foto.

Cuando termina la serie, la hija de la paciente de la cama de al lado, con los ojos hinchados de llorar, corre la cortina y se despide de Pascual hasta el día siguiente.

—Yo también me voy a ir, mamá, que ya es muy tarde.

—No, no. Tú quédate un rato, que tengo que acabar de contarte... —Pascual intenta levantarse y su madre se incorpora, se sienta en la cama para agarrarle del brazo—. Quédate, Pascual, si no es más que un momento, verás... Dos días después de la feria de ganado, el cuñado de Edelmira se volvió a Alemania y ella se dio cuenta de que, cada vez que alguien pronunciaba su nombre, tenía que levantarse corriendo de la silla para irse a la cocina. La pobre no entendía lo que le había pasado. No sabía ponerle un nombre. No estaba contenta, ni orgullosa de lo que había hecho, y sin embargo, cuando se quedaba a solas consigo misma, en la cama antes de dormir, o en el cine, mientras aparentaba mirar la película, pensaba en su cuñado, sentía una mezcla extraña de sensaciones frías y calientes a la vez, y sonreía sola, sin querer. Lo peor era que por fin se había quedado embarazada y no estaba muy segura de quién había sido el responsable. La criatura fue un niño clavado, pero lo que se dice clavado, a su familia paterna. Al verle, Edelmira suspiró, porque aunque no fuera de su marido, nadie iba a darse cuenta.

—Bueno... —la hermana pequeña mira a todos sus hermanos antes de guardar la foto en su caja—. Me la quedo, ¿vale?

Después, Pascual también se arrepiente de eso, aunque todos los hermanos tienen el mismo derecho a poseer esa imagen.

—Tranquilo, que ya queda muy poco...

—No, si la que me preocupa eres tú, mamá, que tendrías que estar durmiendo.

—Si yo no duermo nada, hijo, si es por eso... El caso es que, durante seis años, el cuñado de Edelmira volvió al pueblo cada verano, para decirle siempre que la quería, que dejara a su marido y se fuera con él a Alemania. O sea, que durante el otoño, el invierno y la primavera, Edelmira cuidaba de su marido, de su hijo, se convencía de que era muy feliz y se prometía a sí misma que los líos con su cuñado se habían terminado para siempre, pero cuando llegaba el verano y le veía... ¡Ay! Cuando le veía, cuando le abrazaba para darle la bienvenida y volvía a oler a él, cuando él la miraba y sonreía... No podía resistirse. La tentación era demasiado fuerte. Edelmira sentía que si no le besaba, se le caerían los labios, que si no le abrazaba, se pondría enferma, y así, un año, y otro año, y cada vez que él se iba, ella se daba cuenta de que había vuelto a quedarse embarazada. Pero aunque se hizo el pasaporte y todo, nunca se atrevió a fugarse con él, y no sólo por los niños, que ya eran cuatro cuando su cuñado le dijo que, si no le quería, iba a casarse con su novia de Stuttgart para no volver nunca, sino porque estaba empeñada en que ella quería a Juan, que era muy buen hombre, muy cabezón, pero muy bueno, y no se merecía quedarse solo, perderlo todo de golpe.

—¿Y así termina la historia, mamá?

—Así. Porque Edelmira nunca volvió a ver a su cuñado, ni a quedarse embarazada.

—Pues es un final muy triste.

—Sí que lo es, pero... Así es la vida, ¿no?

Cuando la deja sola aquella noche, la madre de Pascual está tranquila, mucho mejor que en los últimos días. A partir de la mañana siguiente, cae en picado, aunque aún tarda casi tres semanas en morir.

—Oye, pues si este Alfredo se casó en Alemania, igual tenemos unos primos por allí —el abogado, tocayo de su tío, es el único que piensa en eso—. Deberíamos intentar localizarlos, ¿no? Porque esta casa también es de sus abuelos.

—No, Alfredo no tuvo hijos —Pascual, el primogénito, es de nuevo el mejor informado de los cuatro—. Papá me lo contó una vez, hace muchos años.

—Ah, entonces nada —concluye el otro Alfredo—. Vamos a seguir, a ver si adelantamos, ¿no?

Cuando terminan de revisar, limpiar, recoger, clasificar, creen que también ellos han llegado al final de una triste historia, y vuelven a Madrid con el ánimo pocho, un humor melancólico que encaja bien con la lluvia fina, espesa, que les escolta desde Navalcarnero hasta el portal de sus casas. Pero la responsable de la tristeza no es tanto la lluvia como Charo, que antes de cerrar la puerta de la de sus abuelos, se planta en el umbral, apoya una mano en cada jamba como si pretendiera cerrarles el paso y dice lo que ninguno de sus tres hermanos quiere escuchar.

—¿Pero de verdad queréis vender esta casa?

Su silueta se recorta en un paisaje dulce y hermosísimo, la finca de su familia a finales de octubre, la luz delicada del crepúsculo resaltando los perfiles de los montes, el ruido del agua en las acequias, una brisa fresca agitando las hojas rojizas de unos árboles que parecen arder en sus propias llamas sin consumirse jamás.

—¿Pero no se os parte el corazón sólo de pensarlo? —insiste Charo, y ninguno de sus hermanos se atreve a responder.

Pascual se acuesta muy tarde y le cuesta tanto dormirse que, cuando suena el despertador, duda de haber dormido en realidad. Pero tiene que abrir el bar y se levanta, se lava, se viste, se toma un café en la cocina a toda prisa, baja corriendo las escaleras.

A las siete menos veinte mete la llave en la cerradura, la gira, y el motor empuja el cierre metálico hasta arriba.

Entonces, sólo entonces, se acuerda de Edelmira.

—¿Qué pasa, jefe, que hoy no abrimos?

Seis minutos más tarde, la camarera más madrugadora le encuentra en esa misma posición, de pie en el umbral, el brazo derecho estirado, los dedos pegados a la llave, tan inmóvil, tan tieso como una estatua.

—Sí —contesta mientras repasa la fecha de su cumpleaños, los cumpleaños de sus hermanos, uno a finales de abril, dos en mayo, él a primeros de junio—. Enciende la cafetera, por favor...

Después, con ademanes lentos, no muy bien coordinados, saca la llave de la cerradura, entra en el local, se pone el mandil y se coloca detrás de la barra. Ahora ya no entiende cómo ha podido ser tan estúpido, pero al rato decide que ha pasado lo mejor que podía pasar, porque su madre ha muerto con la conciencia tranquila, libre del secreto que debió de torturarla durante toda su vida y sin tener que responder a preguntas incómodas. Esas son las ventajas de ser una mujer inteligente, sonríe Pascual para sí mismo, y sobre todo, las de tener un hijo tonto.

Aquel día, en el bar, sólo se habla de Alemania. Los bancos, la deuda, la Merkel, los griegos, y mi nieto que se va, y mi vecino de al lado, que dice que él también, y la hija de la portera del 12, que ya está allí pero sólo ha encontrado un puesto de lavaplatos en un restaurante...

Pascual no dice nada, pero piensa que él también tendrá que ir un día de estos a Alemania.

A poner unas flores en la tumba de su padre.

Al acostarse, Pepe Martínez siente la mandíbula izquierda levemente dolorida, como si se la hubiera golpeado sin darse cuenta. Qué raro, piensa, aunque a lo mejor el pequeño le ha dado un cabezazo aquella mañana, mientras jugaban al baloncesto en las canastas del Conde Duque. Y, sin embargo, aunque le lleva un rato admitirlo, él ya conoce esa sensación.

La primera vez tiene diecisiete años y a su novia —sí, hombre, aquella chica bajita y rubia, que era bastante sosa pero tenía un pedazo de escote, ¿cómo se llamaba?, Marisa, Maribel... No, Marisol, se llamaba Marisol— no le baja la regla. Entonces ocurre por primera vez, un día entero con una tenaza en el estómago, la noche en blanco, y a la mañana siguiente, el cuarto inferior izquierdo de su cara abulta el doble que el resto. Su madre se asusta mucho, le lleva al dentista, le compra una caja de antibióticos, y apenas se ha tomado el primero cuando suena el teléfono. Él grita que contesta en la cocina, y descuelga para escuchar una sola palabra.

—Ya.

—¿De verdad? —pregunta como si fuera tonto.

—Pues claro, ¿es que eres tonto?

En ese momento su encía empieza a adelgazar, a desinflarse como un globo pinchado. A pesar de eso, se toma todos los antibióticos de la caja, como un acto de reconciliación con su muela, y con su suerte.

La segunda vez está a punto de cumplir treinta y tres y le pilla por sorpresa, porque Diana ya ha tenido dos partos, los dos rápidos, naturales y sin problemas.

—Pues este viene muy mal —le advierte una comadrona que en ese momento le parece horriblemente fea, y gorda, y desagradable—. Es muy pequeño, está mal colocado, de nalgas y enrollado en el cordón, no hay tiempo para una cesárea, vamos a intentar una extracción...

—¿Puedo entrar?

—No.

Luego todo pasa muy deprisa, pero a él no le cuentan nada hasta que la madre está ya en su habitación y el bebé, que es pequeño, pero no tanto, y venía mal, pero no tanto, y ha sufrido, pero no tanto, instalado en una incubadora de la quinta planta.

—Lo siento, lo siento muchísimo, de verdad, perdóneme... —la enfermera que pasa por la puerta de la sala de espera y le encuentra allí, abandonado a su suerte, se pone colorada antes de empezar a hablar—. Hemos tenido una noche de locos y nos hemos olvidado de usted. Pero al final no ha habido complicaciones, su hijo sólo tiene que engordar un poco, pero es fuerte, maduro, en tres o cuatro días podrán llevárselo a casa, su mujer está muy bien, y... ¿Qué tiene usted en la cara?

Cuando tiene tiempo y ánimo para mirarse en el espejo, Pepe vuelve a ver un rostro deforme, la mandíbula izquierda descolgada como si el hueso que la sostiene se hubiera deshecho. Allí mismo, en la planta de Maternidad, le dan otra caja de antibióticos, que se toma con la misma disciplina con la que desea, a todas horas, que el niño salga adelante.

Ahora, Pablo tiene trece años, es casi tan alto como él y se come los filetes de dos en dos. Mal estudiante, eso sí, de los que pasan de curso en septiembre y por los pelos, aunque su expediente académico no es responsable del flemón que esta noche, tantos años después, tampoco ha dejado dormir a su padre.

—Mira, Pepe, el lunes por la mañana, a primera hora, pásate por aquí, que tenemos que hablar de la reestructuración de la empresa...

El viernes no le da mucha importancia. Aunque todos la esperaban antes del verano y los más optimistas piensan que, a estas alturas de noviembre, es posible que los jefes hayan cambiado de opinión, la verdad es que la reestructuración está cantada. Llevan meses esperándola, pero todas las quinielas le excluyen por igual. Todo el mundo sabe qué departamentos funcionan y cuáles no, Pepe está en uno de los más rentables y se lleva muy bien con su jefe inmediato. Sin embargo, el sábado, a la hora de comer, empieza a notar que tiene un estómago, y que no parece dispuesto a digerir ni una sola de esas judías blancas que le gustan tanto.

—¿Qué te pasa, Pepe? —se extraña su mujer.

—Pues no sé —le contesta—, ayer cuando estuve encestando con Pablo me quedé helado. Igual es eso.

—Claro —Diana se da la razón a sí misma con la cabeza—. Si ya han cambiado la hora y cada noche oscurece antes. ¿No os dije que os llevarais algo de abrigo? Y luego, encima, os liaríais a sudar...

—Oye, mamá, que yo me lo estoy comiendo todo —Pablo defiende su inocencia y su padre no abre la boca.

¿Para qué va a contárselo? Se limita a ayunar, y el domingo se levanta con un hambre de lobo, tan feroz que se impone sin esfuerzo a la rebelión de su aparato digestivo. A cambio, por la noche, empieza a dolerle la mandíbula.

—¡Madre mía! ¿Pero qué tienes en la cara? —el lunes, en el desayuno, su mujer abre fuego.

—Pero, papá, si pareces un monstruo de *La guerra de las galaxias* —prosigue el ataque su hijo mayor.

—¡Qué va! —y su hermana lo remata aguantándose la risa a duras penas—, estás todavía más feo que Chewbacca...

¿Y quién me habrá mandado a mí tener tres hijos?, se pregunta Pepe Martínez a sí mismo mientras agradece el silencio del pequeño, aunque sea el peor estudiante de los tres.

—Oye, Diana, ¿tenemos antibióticos?

Antes de salir de casa se toma el primero y cruza los dedos para que todos los demás sean de balde, tan inútiles como otras veces.

Aquel día, a la hora de comer, la inflamación ya ha empezado a remitir. Casi lo lamenta, porque le da mucha rabia que su cuerpo celebre con tanta facilidad que, en lugar de despedirle, le hayan bajado el sueldo un diez por ciento.

La rutina de su vida se ha vuelto muy simple.

El despertador suena más o menos a la misma hora que antes, eso sí, pero ahora va andando a trabajar. Procura no recordar cuánto habría pagado por ese privilegio muy poco tiempo atrás. En general, procura no recordar, porque la memoria le duele. Sin embargo, a su pobre manera, Sebastián es un privilegiado y lo sabe. Le resulta imposible calcular cuántos arquitectos técnicos de más de cuarenta años darían lo que fuera por hallarse en su lugar casi un año después de haber agotado la subvención por desempleo, pero intuye que son muchos. La mayoría.

—Pues, mira, es que se me ha ocurrido...

Cuando vuelve de pasar una semana en la playa, vaciando el apartamento, queda a tomar un café con Tomás, el dueño de la inmobiliaria que va a venderlo para quedarse con el dinero que consiga por él. Tomás es un buen tío, amigo suyo desde los tiempos de las vacas gordas y amigo de verdad, porque muy pocos habrían aceptado ese trato para dar por liquidada su última deuda. Tan pocos que, al verle vacilar, esquivar su mirada, mover la cucharilla sin cesar en una taza de café con leche donde ya no debe de quedar ni un gramo de azúcar, Sebastián teme que vaya a echarse para atrás.

—Mira, yo ya sé que a lo mejor por el apartamento no sacas...

—¡No, no, no, no, no, no, no! —Tomás niega con la cabeza como si quisiera sacudirse una serpiente del cuello, mueve las manos en el aire como si se le viniera otra encima, y hasta se sonroja un poco—. No es eso, no es eso, el trato está hecho y va a misa, es otra cosa, es... —y de pronto, su piel se torna rojiza, después casi violeta, como la de un adolescente en apuros—. Es una idea que... Joder, Sebastián, es que me da mucha vergüenza decírtelo.

Cuando el estudio quiebra, decide venderlo todo. Su casa del Soto de la Moraleja, el apartamento de la playa, el coche, las joyas de su mujer, su portátil y hasta el cuadro del salón, regalo de boda de un compañero de carrera que se ha convertido en un pintor de éxito notable. Con eso va liquidando las hipotecas, afronta las deudas acumuladas desde que la empresa empezó a irse a pique, y se queda con un colchón tan fino, tan endeble, que ni siquiera sirve como colchón. No tiene dinero para empezar otra vez, para alquilar un piso, para amueblarlo con los saldos de los almacenes del extrarradio, y ningún banco está dispuesto a darle crédito. Su padre sí.

—Vuelve a casa, Sebas. Este piso es muy grande, tenemos sitio de sobra y a mí me vendrá bien tu compañía, la de los niños, te lo digo en serio. Desde que mamá se puso mala, esta casa es muy triste, hijo.

Su mujer le dice que ni hablar, que ella se queda en El Soto, en casa de su hermana. Que le quiere, pero que no quiere vivir con sus suegros, ella incapacitada por una demencia vascular agravada por el Parkinson, o viceversa, y escoltada a todas horas por una hondureña que sólo sabe guisar platos de su país, él dispuesto a comer todos los días arroz con frijoles con tal de no quedarse a solas con su mujer enferma.

—Compréndelo, Sebas, yo todavía soy joven, tengo derecho a rehacer mi vida, y siento muchísimo lo que te ha pasado, de verdad, daría cualquier cosa por haber podido evitarlo, cualquier cosa, pero... No puedo arrastrar tu fracaso, lo siento, ya sé que soy una mierda, una puta, una cobarde, lo que tú quieras llamarme, pero si me fuera contigo me moriría —y se echa a llorar—, me moriría, para mí sería como la muerte...

Si en ese momento no hubiera estado completa, radical, absolutamente hundido, Sebastián habría podido calibrar su grado de hundimiento, porque siempre ha sido más rencoroso de lo que le hubiera gustado, sabe que ese es el más grave de sus defectos, y en ese momento ni siquiera puede sentir rencor.

Mientras su mujer sigue llorando por sí misma, él se traga la decepción sin decir nada, hace una maleta, besa a sus hijos, se va solo a la casa de sus padres y, mientras cena unas judías verdes sosas y un trozo de pescadilla rebozada, el menú con el que debuta en la dieta de ancianos que seguirá durante mucho tiempo, se limita a prometerse a sí mismo que invertirá el primer dinero que gane en contratar a un abogado y divorciarse.

Ocho meses después, su único éxito consiste en haber logrado desprenderse del invendible apartamento de la playa. Por lo demás, lo ha intentado todo, no ha encontrado nada y no ha ganado un céntimo. Tomás lo sabe, pero aun así le cuesta encontrar las palabras.

—Verás, es que vamos a inaugurar un edificio aquí cerca... —Sebastián está a punto de precipitarse a preguntar si quiere hablarle de una obra cuando recuerda el significado del verbo inaugurar—. Y como sé que has vuelto a este barrio, pues, se me ha ocurrido... No te ofendas, Sebas, prométeme que no te vas a ofender porque yo sólo quiero ayudarte. Y sé que no es trabajo para ti, lo sé de sobra, pero a lo mejor, mientras encuentras otra cosa...

Ahora, todos los días va andando a trabajar. Ha vuelto a llevar traje y corbata, aunque no puede escoger su ropa. La imagen corporativa de la empresa exige traje azul, camisa blanca y corbata oscura para todos los empleados de su departamento. Es demasiada elegancia para pasarse ocho horas dentro de una garita, subiendo y bajando la barrera del aparcamiento, pero a Sebastián no le importa, porque no ha tenido que pagarla él. Aunque Tomás sigue sin creerlo, la verdad es que le está muy agradecido por ese puesto, ese sueldo que no le permite ahorrar para el divorcio, pero sí mandarle dinero a sus hijos todos los meses y pagar su parte correspondiente del sueldo de Daisy, la cuidadora de su madre, doscientos euros que su padre ha puesto por él, sin decirles nada a sus hermanos, desde que empezó su ruina.

Además, su nuevo trabajo le deja mucho tiempo libre. El edificio todavía está medio vacío y algunas mañanas apenas tiene que abrir la barrera para dos docenas de vehículos. Durante el resto del tiempo está solo y le sobran horas para leer, para hacer crucigramas, para navegar gratis por Internet con el portátil asignado a su puesto de trabajo. Cada tarde, manda su currículum a todas las ofertas de empleo que ha descubierto en la red por la mañana, pero aún no le ha llamado nadie.

Sebastián procura no recordar, porque recordar le duele. Vive al día, organizando su tiempo alrededor de las pequeñas noticias de cada semana. La de esta es importante, porque se ha alquilado de golpe toda la primera planta del edificio, un gigantesco espacio diáfano que va a ocupar una empresa constructora, y de las gordas, según Tomás. Por eso, desde hace unos días, aparte de no recordar, Sebastián se prohíbe a sí mismo hacerse ilusiones, pero no puede evitarlo. Quizás, el recién llegado necesite contratar un equipo para reformar la oficina, quizás necesite gente para trabajar en el futuro, quizás sea un extranjero con mucho dinero y pocos contactos laborales en España, quizás, aunque sea español, le interese contratar a profesionales dispuestos a trabajar en cualquier otro país, quizás...

Hoy, Sebastián se levanta antes de que suene el despertador. Se afeita, se lava y se peina con más cuidado del habitual antes de cepillar la chaqueta del uniforme. Y no se lleva a la garita ningún libro, no hojea el periódico, no enciende el ordenador. Ni siquiera está pendiente de la acera por la que suele pasar todas las mañanas, a las nueve menos cuarto, esa chica a la que conoció a finales de agosto, cuando alquiló con una amiga el apartamento contiguo al que era suyo y ahora es de la empresa para la que trabaja. Los minutos pasan con una lentitud enloquecedora hasta que, a las once y media, un Audi último modelo se detiene ante la barrera.

—Buenos días —dice el conductor, y luego nada, porque acaba de reconocer el rostro de uno de los empleados más humildes, peor pagados, de Soluciones Inmobiliarias Prisma.

Sebastián mira a la cara al hombre que ahogó en deudas a su estudio hasta que logró quebrarlo, pulsa un botón para abrir la barrera y no le devuelve el saludo.

La asistenta es la primera en darse cuenta.

—Lo juro, señora, lo juro —es muy raro que la llame al trabajo, y más aún que insista hasta obligarla a contestar—. Va a ver usted, en el cuarto del niño, va a ver, por favor...

—Sí, Svetlana, no te preocupes —pero Diana no se la toma en serio, y no por ucraniana, sino por asustadiza, porque nunca ha conocido a nadie que se asuste con tanta facilidad—. Luego, cuando llegue a casa, hablo con Pablo, tú tranquila.

—Tranquila no, señora. Es gasolina, lo juro, gasolina...

Diana cuelga, esconde el móvil en el cajón, le pide perdón a su paciente y sigue hablándole de las características del balón gástrico. Luego recibe a una mujer obesa, controla a un joven diabético, diagnostica un hipotiroidismo y, cuando sale del centro, se tropieza con una asamblea improvisada de batas blancas en el vestíbulo. La Asociación para la Defensa de la Sanidad Pública esperaba que el plan de viabilidad que incluye el cierre de este centro no arrancara hasta después de Navidad, pero hoy lo han discutido en el parlamento regional y todavía estamos a mediados de noviembre.

En la calle ya es de noche. Está lloviznando, hace frío, pero Diana incumple religiosamente todas las normas que intenta imponer a su familia y no se abrocha el abrigo, no abre el paraguas. Una lluvia indecisa, inclemente como su futuro, la empapa despacio mientras camina como una autómata, absorta en la calamidad que se le viene encima. Al llegar a su casa ya ha olvidado la llamada de su asistenta, pero Pepe la recibe con una pregunta.

—¿Oye, tú has olido a gasolina en casa últimamente?

Y le cuenta que Marcos, el vecino del 34 y, sobre todo el padre de Alba, la mejor amiga de Pablo, acaba de pararle por la calle.

—Me ha preguntado si yo sabía lo que se traen los niños entre manos, y le he dicho que no tenía ni idea de lo que me estaba hablando. Entonces me ha contado que esta mañana, en el desayuno, su hijo pequeño se ha peleado con su hermana por los cereales de chocolate, y le ha dicho que como se los comiera todos, iba a contar lo del bidón que tiene debajo de la cama. Luisa hizo como que no había oído nada, pero cuando los niños se fueron, miró debajo de la cama de Alba y ¿qué te crees que encontró?

—¿Un bidón de gasolina? —pregunta Diana, y Pepe asiente—. Pues el caso es que Svetlana me ha llamado esta mañana para contarme que olía a gasolina en el cuarto de Pablo, pero no le he hecho ni caso, la verdad, como es tan exagerada...

Lo del cierre del centro no se lo cuenta, ¿para qué? Después de tantos años, Pepe y ella se parecen mucho más de lo que creen. Los dos reaccionan igual ante sus propios problemas, aunque como siempre se guardan las malas noticias para sí mismos, ninguno de los dos llega nunca a darse cuenta.

Pablo siempre había tenido los mismos amigos, dos niños y una niña de su edad, de la misma calle, que hacían el mismo curso en el mismo colegio. Los cuatro habían aprendido a montar en bicicleta al mismo tiempo, los cuatro jugaban en el mismo equipo de baloncesto, los cuatro se apuntaban a las mismas actividades extraescolares, los cuatro iban al mismo campamento cada verano. Ya no, porque son solamente tres.

Los padres de Daniel perdieron su casa antes de que terminara el curso anterior, después de meses de lucha desesperada con el banco, con las agencias que no conseguían venderla, con el juzgado que ordenó finalmente su desahucio, con los agentes que se abrieron paso arrollando a cuatro niños y a un montón de adultos que habían logrado impedirlo otras veces pero no lograron impedirlo aquella vez.

Para Pablo había sido un drama incomparable. Para Daniel, una tragedia. Porque vosotros os quedáis en el barrio, les había dicho a sus amigos, vosotros vais a seguir aquí, los tres juntos. Yo soy el que se va, el que sale perdiendo, y no sabéis cuánto, porque os voy a echar mucho de menos, mucho mucho, muchísimo... Desde aquel día, la verdad es que Pablo y sus amigos están muy raros, y hacen cosas más raras todavía.

—Pues no, yo no sé nada —les cuenta Marta, la madre de Felipe—, claro, que estoy yo como para enterarme de algo.

—Pero... —Marcos es el único que se atreve a preguntar—. ¿Qué ha pasado?

—Pasad, anda. ¿Queréis un café?

Marta es una mujer misteriosa.

Ella no vive desde siempre en este barrio, como Pepe y Diana, y tampoco se muda aquí después de casarse, como Marcos y Luisa. Ellos no saben si Marta está casada o si lo ha estado alguna vez, sólo que aparece por aquí un buen día con un niño de cinco años.

Cuando Felipe hace amigos en el colegio, les dice que él conoce a su padre, aunque hace mucho que no le ve. Por su parte, hablando con los padres de Pablo, con los de Alba, Marta va contando que antes vivía cerca del río, en una casa baja, muy vieja, una ruinosa herencia familiar que cayó bajo la piqueta de un proyecto de ampliación de la M-30. Pero a veces se despista y menciona el piso donde crió a Felipe. Y una vez, en el mercado, Diana la escucha hablar con el charcutero de los bloques nuevos de Vicálvaro, y afirmar que, antes de mudarse, ella vivía allí. Lo único que no cambia en ninguna versión es que ahora Marta y Felipe viven en un piso pequeño y luminoso, en un bloque de viviendas sociales recién edificado sobre una vieja corrala que llevaba décadas cayéndose a pedazos.

Nadie sabe mucho más sobre esta mujer todavía joven, que siempre está sola o con su hijo. Marta habla poco, sonríe mucho y no es feliz. Sin embargo, tiene suerte en el aspecto que más escasea últimamente. Es la encargada, o la dueña, porque esa es otra cosa que nunca llega a saberse, de una tienda pequeña de bisutería y complementos, y hasta que empieza la crisis le va tan bien que trabaja sólo por las mañanas. Hace tres años tiene que despedir a la chica que atendía por las tardes, pero va tirando. Hasta hace siete meses.

A finales de abril, Marta recibe una carta en la que la Empresa Municipal de la Vivienda le anuncia su intención de poner fin unilateralmente a su contrato de alquiler, que cuenta con una cláusula de prórroga forzosa bianual para rentas que no superen en dos veces y media el salario mínimo interprofesional y cuyos titulares carezcan de una vivienda en propiedad en la Comunidad de Madrid. Es imposible, piensa, es increíble, no puede ser, pero enseguida comprueba que está equivocada. Al mes siguiente de recibir la carta, el recibo del alquiler no llega a su cuenta del banco. Llama por teléfono y nadie sabe explicárselo, pero cuando intenta ir a pagar en persona, con el dinero en la mano, los funcionarios de la empresa municipal no se lo aceptan. Desde hace seis meses, Marta suma a todos los misterios que la rodean, la misteriosa condición de okupa involuntaria. Mientras tanto, va descubriendo lo que pasa.

—El Ayuntamiento de Madrid le ha vendido esta casa a un fondo buitre, una empresa inmobiliaria que pretende echarme y alquilársela a otro inquilino a precio de mercado. Dicen que la casa es suya, y que la propiedad es un derecho superior al que me otorga mi contrato de alquiler. Y no soy la única, ni mucho menos —les cuenta mientras deposita una bandeja sobre la mesa baja del salón y sirve un café para cada uno—. En este bloque les han llegado esas cartas a todos los vecinos que viven aquí desde hace más de cinco años, pero no vamos a marcharnos. Hemos fundado una asociación, hemos escrito al Defensor del Pueblo y hemos demandado al Ayuntamiento individualmente, uno por uno, para paralizar la venta. Ya se han celebrado dos juicios y hemos ganado los dos. Parece que vamos a ganarlos todos, pero la asociación da mucho trabajo y estoy todo el día liada con abogados, procuradores, y... Total, que por eso no me entero de nada últimamente.

Al escucharla, los padres de Marcos, los de Pablo, se miran primero dos a dos, luego uno por uno, antes de volverse despacio hacia ella.

—¿Vosotros creéis...? —pregunta Marta, con expresión incrédula, y ninguno se atreve a contestar—. Pero... ¿De verdad creéis que...?

—Pues sí.

Aquella noche, Alba, la más espabilada, la mejor estudiante de los tres, es la primera en confesar. Y lo hace en voz alta, en un tono tan decidido, tan desafiante en una niña de trece años, que los cinco adultos se dan cuenta al mismo tiempo de que quizás ha sido mala idea celebrar aquella reunión en una pizzería.

—La gasolina es para hacer cócteles molotov. ¿Qué pasa?

—¡Alba! —le regaña su madre—. De momento, habla más bajo, que esto no es como para contarlo a gritos. Y ya hablaremos luego tú y yo, ya...

—Déjala hablar, Luisa —interviene su marido—. Sigue —y al ver la cara de su mujer, matiza—. Pero habla bajo.

—Pues eso, que nos pareció muy fácil, lo hemos visto en un montón de películas. Estos pringados querían buscarlo en Internet, pero yo les dije que no, porque ahora, con lo de los islamistas, seguro que han quitado los tutoriales del YouTube, y luego, en el historial, se ve la página, y como el control parental ese que habéis puesto no me deja borrarlo... Yo ya me imaginaba cómo se hacían, pero por si acaso miré en la Espasa de la biblioteca del colegio y allí venía todo muy bien explicado.

—Yo les dije que no hacía falta, mamá —precisa Felipe, y su madre piensa que pretende exculparse, pero enseguida comprueba que no es así—. Les dije que, si era por mí... Porque Dani ya se ha ido, ¿no? Pues si ahora me tengo que ir yo, porque nos echan y tal, pues... No sé, me parecía injusto hacerlo por mí y no haberlo hecho por Dani.

—Que no, Felipe —Pablo remata aquella asombrosa confesión con la misma serenidad, la misma pasmosa convicción que sus amigos—, que no, porque cuando lo de Dani no sabíamos cómo se hacían, por eso no pudimos tirarlos en su banco. Pero ahora, como hemos aprendido, pues...

—Un momento, un momento, un momento... —Marta se tapa la cara, se la frota varias veces, los mira uno a uno como si no los conociera—. ¿Estáis comprando gasolina para hacer cócteles molotov y tirarlos en mi banco si nos echan? ¿Es eso lo que estáis diciendo?

—Bueno, en el banco no, mamá —vuelve a precisar Felipe—. En el Ayuntamiento, porque en lo de nuestra casa, el banco no ha tenido nada que ver.

—Pero bueno, ¿por qué nos miráis así? —interviene Pablo—. Desde luego, no entiendo nada... ¿No os pasáis la vida diciendo que hay que hacer algo, que es increíble que esto no explote, que parece mentira que la gente esté tan parada?

—Eso —concluye Alba—. ¿Y no decís siempre que alguien tiene que empezar? Deberíais estar orgullosos de nosotros, ¿no?

Los niños estaban dentro.

—¿Qué dices? No puede ser.

—Sí. Por lo visto, él los mandó a jugar a su cuarto, bloqueó la puerta con una cómoda y allí se quedaron. Los policías les oyeron llorar y los sacaron del piso sin que vieran nada. Ahora están en casa de sus abuelos.

Él, cuyo nombre nadie se atreve a pronunciar, era el vecino del segundo izquierda del edificio donde está el bar de Pascual. Los niños son sus hijos. Ella, el pronombre ausente en las conversaciones de la escalera, ausente ya del todo, para siempre, era su mujer, la madre de sus hijos, hasta que su marido la acorraló anoche en un rincón de la cocina, la dejó inconsciente de una paliza y la cosió a puñaladas con el cuchillo más afilado que encontró en un cajón. Luego llamó a la policía. Los agentes derribaron la puerta para encontrarle sentado en una butaca del salón, con la ropa salpicada de sangre y la mirada perdida. Fue entonces cuando oyeron llorar a los niños.

La noticia sacude el barrio entero, edificio por edificio, planta por planta, congelando rostros, expresiones, movimientos, como la lengua de hielo de un glaciar. Mientras su ánimo se reparte entre la incredulidad y la culpa, todos, hombres y mujeres, examinan su memoria, su conciencia.

Él era brusco, hipócrita y capaz de hablar con violencia, recuerdan, pero nunca habrían imaginado que llegara hasta este punto. De hecho, ningún vecino ha llegado a oír nunca la banda sonora del terror, gritos, súplicas, el eco sordo de un cuerpo chocando contra los muebles, con las paredes. Sin embargo, todos han escuchado alguna vez palabras agrias, afiladas, expresiones de un desprecio aparentemente trivial, doméstico, no vales para nada, no sé cómo te aguanto, no haces nada bien, eres imbécil, pareces tonta, cómo puedes ser tan inútil...

Esas frases resuenan ahora en sus cabezas como el sonido de unas imágenes aún más elocuentes. La pareja volviendo del supermercado, ella cargada de bolsas, él con las manos en los bolsillos. La pareja parada en la escalera, él haciendo algún reproche, ella callada, los niños agarrados a sus piernas. La pareja en el bar de abajo, él pidiendo una copa, unas tapas, unos refrescos para sus hijos, ella muda hasta que Pascual le preguntaba qué quería tomar y después de contestar que no quería nada, de verdad, muchas gracias.

La vecina del segundo izquierda llevaba camisas de manga larga también en verano, se abrochaba los botones hasta el cuello, usaba un maquillaje muy espeso y no solía sonreír. Algunas madres recuerdan ahora haber visto su sonrisa a veces, siempre cuando estaba en el parque, con los niños, pero su rostro se apagaba invariablemente en el portal de su edificio. Allí, su piel se volvía mate, cenicienta, sus ojos se humillaban, y mientras subía por la escalera iba siempre callada, con los hombros encogidos, la barbilla hundida, pegada al cuello, como si estuviera preparada, piensan ahora, para recibir el próximo golpe. Por lo demás, era una persona cortés, educada, que siempre devolvía los saludos, estaba pendiente de una anciana que vivía sola en el mismo descansillo, y se interesaba por el estado de los enfermos de cada casa.

El vecino del segundo izquierda intentaba ser simpático. Era mucho más locuaz, más extrovertido y sociable que su mujer aunque, por más rondas que se empeñara en pagar, nunca había llegado a hacerse amigo de nadie. Ahora entienden por qué, ahora, cuando ya no hay remedio, le recuerdan volviéndose hacia ella en mitad de la conversación más animada, tú te callas, cállate ya, te he dicho que te calles, y recuperando en un instante la sonrisa, el hilo argumental de su apasionado ataque o su cerrada defensa de Cristiano Ronaldo, de Obama, del sueldo de los funcionarios o de lo que tocara.

Ellos estaban allí, lo habían visto, lo habían escuchado y no se habían atrevido a entender. Por eso, ahora, un fleco del mismo terror que durante años ha convertido la vida de su vecina en un infierno, les seca la boca y les estruja el corazón. Porque lo vieron, lo escucharon y al llegar a sus casas se conformaron con comentarlo entre sí, ese tío es un hijo de puta, un canalla, una mala persona, pobre mujer, debería dejarlo, debería marcharse, debería acabar con él de una vez... Eso habían pensado, eso habían dicho, y no habían hecho nada.

Ella intentó hacer algo más. Ahora, cuando ya está muerta, se han enterado. Ahora saben que nunca llegó a denunciarlo por malos tratos pero emprendió un proceso de divorcio, contrató a un abogado, puso una demanda, cambió la cerradura de la puerta, intentó echarle de casa y él la mató. A ella, que era una inútil, que no servía para nada, que le estaba amargando la vida desde el mismo día en que tuvo la negra suerte de conocerla. La mató, la asesinó con un cuchillo de cocina, la dejó desangrarse en un rincón. Y ahora está muerta y todos sus vecinos se sienten cómplices de su asesino por no haberle detenido, por no haberla ayudado, por no haber llamado a un teléfono para denunciarlo.

—Yo lo pensé —se dicen unos a otros en la escalera, en el bar, en el mercado—. Te juro que lo pensé alguna vez, pero como ella nunca se quejaba, como no decía nada, y tampoco... Yo qué sé.

Ahora todos dicen lo mismo.

Todos menos Marta, que escucha en silencio, como de costumbre.

Aunque han pasado ya ocho años, recuerda aquella noche como si, siempre y todavía, estuviera condenada a seguir viviéndola.

Cuando calculó que eran las cuatro de la mañana, giró la cabeza muy lentamente para mirar la hora en el despertador. Los números verdes marcaban las 3.58, pero al comprobarlo no hizo ningún movimiento, aún no. Él debía de estar durmiendo, pero ella se fiaba tan poco de su sueño como de su vigilia, así que esperó un poco más, y a las 4.02 le rozó con la mano para que le diera la espalda y dejara de roncar. Sólo entonces, muy despacio, sacó la pierna izquierda de la sábana y la hizo descender hasta que su pie tocó el suelo. Cuando logró levantarse sin hacer ruido, los números ya habían llegado a las 4.11. Todavía avanzarían tres minutos más antes de que lograra escurrirse por la puerta de su dormitorio, que había dejado entreabierta al acostarse.

El día anterior, a la hora de comer, él había llamado para anunciar que no iba a pasar por casa.

—He quedado a cenar con Fernando, ya sabes que está muy deprimido, como se ha muerto su madre... Y que te quiero mucho, cariño, muchísimo, más que a nada en el mundo, ya lo sabes... Perdóname, por favor, tienes que perdonarme porque es que me vuelvo loco de cuánto te quiero...

Marta ya estaba acostumbrada a esas llamadas, las explosiones de amor que sucedían a las otras, el tono de voz meloso, compungido, que casi la hería tanto como los golpes de la víspera. Siempre era así, siempre igual, porque él no podía volver a casa como si tal cosa, no podía sentarse a cenar con ella, ver la televisión, preguntarle al niño cómo le había ido en el cole, y por eso siempre, el día de después, salía con sus amigos y dejaba pasar veinticuatro horas antes de volver a ser el de antes, el hombre con el que Marta se había casado. Siempre había sido igual, pero aquella vez todo sería distinto.

Lo había pensado centenares de veces, pero siempre había creído que sería incapaz. Y sin embargo, aquel día comprendió que iba a hacerlo, porque él llegaría tarde, borracho, porque era verano y Felipe estaba pasando el mes de julio en la casa que sus padres tenían en la sierra, porque si se ponía un vestido estampado, de tirantes, él podría confundirlo fácilmente con un camisón, porque le bastaría con salir de la habitación y ponerse unas chanclas para echarse a la calle, porque tenía que hacerlo, porque no podía más, porque tenía que irse, porque se iba... Y se fue.

Había escondido las sandalias debajo del sofá y, entre ellas, una nota en la que le explicaba que había puesto una denuncia contra él por malos tratos y que no le convenía perseguirla. La dejó en la mesa de la cocina confiando en que su marido no lograra localizar la casa de acogida donde iba a refugiarse antes de que la policía le hiciera una visita. Al salir de la comisaría había hecho una maleta con lo más imprescindible y la había llevado hasta su nuevo piso, en la otra punta de la ciudad. Le había parecido una casa pequeña y triste, como las mujeres que vivían en ella, y al conocerlas, la idea de abandonar su piso, que estaba en la mejor zona del ensanche de Vicálvaro, y le había costado tanto dinero, tanto esfuerzo, y era tan bonito, tan moderno, tan alegre, le pareció más triste todavía, aunque no vaciló. Creyó que eso significaba que todo lo demás sería más fácil, pero se equivocaba.

En el último instante, la mano derecha sobre el picaporte de la puerta, se dio la vuelta y contempló la casa que dejaba atrás, los muebles que había escogido uno por uno, las fotos de su hijo, ese retrato tan horroroso que Felipe le había hecho en el colegio hacía sólo unos meses, como regalo del día de la Madre, y que colgaba enmarcado en el vestíbulo, la foto de su boda, los recuerdos de sus viajes, una figurita de Corfú, una caja de cerámica y metal que compraron en un pueblo de Marruecos, una bola de cristal donde nevaba sobre la Torre Eiffel...

Durante un instante pensó que estaba renunciando a su vida, a toda su vida, su memoria, sus aficiones, sus placeres cotidianos. Quizás no vuelva a tener una casa como esta nunca más, quizás no vuelva a ser feliz, quizás esté sola el resto de mi vida. Durante un instante estuvo a punto de volverse atrás, a punto de echarse a llorar sin hacer ruido, y desandar el camino, y volverse a la cama, y dormir para seguir viviendo como antes, como todos esos días en los que lo único que quería al despertar era morirse.

Entonces, sin previo aviso, unas lágrimas cómplices, mansas y silenciosas, empezaron a caer de sus ojos, y sin pensar bien en lo que hacía, levantó el brazo en un movimiento brusco para limpiárselas.

El dolor fue tan insoportable que unas lágrimas distintas brotaron sobre las que empapaban sus mejillas, y un quejido se confundió con el ruido de la puerta al abrirse.

Antes de darse cuenta, estaba en la calle.

Y esta es la verdad de la vida de Marta.

Desde que empezó la crisis, diciembre es el mes favorito de Pascual. Aún faltan cinco días para que comience y ya no tiene huecos libres en el cuaderno donde apunta las reservas.

—Lo siento, Roque, como ahora nadie tiene un duro y en vez de ir a restaurantes hacen las fiestas en los bares... Para cenas, está difícil. Sólo tengo dos días libres, el ocho y el quince.

—¡Joder, Pascual! Pero si son lunes —se queja el agente de una compañía de seguros que el año pasado celebró su cena de empresa en un asador del barrio de Salamanca.

—Ya sé que son lunes, pero es lo que hay, el comedor es tan pequeño que sólo puedo organizar una cena cada noche, yo lo siento más que nadie... —vuelve a pasar las páginas del cuaderno y se le ocurre una alternativa—. Oye, ¿y por qué no hacéis comida? Al mediodía lo tengo mejor.

—Ya, pero como trabajamos por las tardes, tú verás, comer, beber, brindar y luego coger el coche para...

En ese momento, aunque sigue teniendo el móvil pegado a la oreja, Pascual deja de oír la voz de Roque.

—... seguir visitando clientes, pues no tiene gracia, ¿no?, por eso casi es mejor cenar aunque sea un lunes, aunque...

Porque en la pantalla del televisor, Juan Francisco González se enfrenta a una nube de micrófonos y cámaras ante las que declara que no va a hacer declaraciones excepto para negar todas las acusaciones, afirmar su inocencia y reivindicar su intachable trayectoria empresarial.

—... se me acaba de ocurrir otra cosa. ¿Y el domingo siete? Como el ocho es fiesta, casi mejor, ¿no?, pero no, déjalo, porque la gente se irá de puente...

—¡La hostia! —exclama Pascual por fin.

—¿Qué? —y tampoco escucha la pregunta de Roque.

Pascual conoció a Juan Francisco González un sábado por la tarde de hace más de veinte años, y desde ese mismo instante le cae gordo. Y el novio de tu hermana, le preguntó a Mari al rato, mientras se despedían en el portal, ¿por qué tiene que tener dos nombres, y no uno, como todo el mundo? Antes de contestar, Mari ya le miró mal. Y yo qué sé, pues porque tiene dos nombres. Es de muy buena familia, ¿sabes?

—¿Que qué dices, Pascual? —Roque está un poco mosqueado—. La hostia, ¿qué?

—Perdona, Roque, no te lo decía a ti. Tú piénsatelo, coméntalo con los demás y ya...

—Que no, que ya te he dicho que el quince, ¿me oyes? El quince de diciembre, a las nueve de la noche.

—Bueno —y Pascual apunta la fecha en su cuaderno—, pues el quince, muy bien, ya está apuntado, no te preocupes, entrantes para compartir y carne o pescado a elegir de segundo...

Si hubiera sido por él, se habrían visto media docena de veces al año, en Nochebuena y en los cumpleaños de los niños, pero a Mari le encanta ir a su casa, y que salgan los cuatro juntos de vez en cuando, y pasar unos días cada verano en su chalé de la Costa del Sol. Aquella afición, fuente de innumerables broncas, ha estado a punto de dar al traste con su propio matrimonio muchas veces. Aproximadamente todos los veranos.

A Pascual le gusta mucho su mujer, le gusta por dentro y le gusta por fuera. Aunque con los años ha engordado lo suyo, Mari sigue pareciéndole muy guapa, y además es graciosa, divertida, leal, cariñosa, pero no es perfecta, claro, nadie lo es. Para desgracia de Pascual, el principal defecto de Mari es su cuñado, la debilidad de reírle todas las gracias, una admiración cegadora que le impide advertir su arrogancia, su engreimiento, y la costumbre de compararle en silencio con él a todas horas mientras se compara a sí misma con su hermana, que se había llamado Maribel toda la vida hasta que el perfecto cretino de su marido decidió que era mucho más fino que se llamara María Isabel.

Pascual es una buena persona, un hombre honrado que trabaja como una mula en su bar, un local con barra, mesas y comedor que abre casi de sol a sol, desde la hora del desayuno hasta la de la cena. Aunque ahora se pegaría una paliza a sí mismo cada vez que se acuerda, no le dio la gana de estudiar, pero así ha logrado salir adelante, sacar adelante a su familia, pagar los estudios de sus hijos, liquidar todas sus deudas y hasta ahorrar un poco. Antes de la crisis pensaba destinar sus reservas a la compra de un chalé en la playa, no tan grande, ni con tanto jardín, ni tan cerca del mar como el de su cuñado, un simple adosado, suficiente sin embargo para satisfacer el más antiguo de los deseos insatisfechos de su mujer, pero no lo ha hecho. Los tiempos no están para casas de veraneo. Esos ahorros le han permitido capear el temporal sin despedir a nadie, sin alargar los turnos ni bajar los sueldos. Tampoco ha podido subirlos, pero sus empleados se dan con un canto en los dientes.

Como tantos españoles, Pascual se ha acostumbrado a la crisis, a comprar lo justo, a no acumular pedidos, a llenar las vitrinas de la barra con las tapas que puede vender, ni una más, y a mimar a sus clientes. Y no le va mal. Cuando logra colgar a Roque y prestar atención al informativo, se da cuenta, incluso, de que le va muy bien, antes de que Mari entre corriendo en el bar con la cara desencajada de angustia.

—¿Te has enterado?

—Pues no mucho, porque estaba hablando con...

—Le han imputado —y al decirlo se dobla un poco hacia delante, como si esa palabra le abriera un agujero en el estómago—. En un caso de corrupción de esos, no sé qué de unas contratas que le dieron a su empresa sin concurso, algo así. Todo el caso tiene una pinta horrorosa, han empapelado a otro empresario, a un joyero, a dos diputados y a un par de políticos más. Ni siquiera me he atrevido a llamar a María Isabel, porque la pobre lo debe de estar pasando... ¡Qué horror! Y los niños, figúrate... Qué espanto.

Pascual abraza a su mujer y comprende que es muy feo celebrar la ruina de su cuñado, pero por más que se esfuerza, no logra sentir piedad por él. Han sido muchos años de gilipolleces, muchos años de ostentación, muchos años de alardes, y de presunción, y de altivez, muchos, demasiados años.

—¿Y por qué no sacas ya a tus hijos de la Complutense y los llevas de una vez a la universidad privada donde va Cristóbal? Porque te voy a decir una cosa, Pascual, en las privadas está el futuro. ¿No ves que van derechos de la facultad a las mejores empresas? Y eso sin contar con el campus, con los medios, los mejores laboratorios, los mejores ordenadores, todo, lo mejor de todo —Juan Francisco ofreciéndole el último grito en gin-tonics en el porche de su casa de la playa, en bañador pero con el Rolex de oro en la muñeca.

—Pues le he comprado a María Isabel unas perlas buenísimas y muy bien de precio, no creas. Te lo digo por si quieres estirarte y regalarle algo bueno a tu mujer por una vez, pobrecita. El joyero es amigo mío, compañero del partido, un fuera de serie, no veas —Juan Francisco con pantalón mil rayas y un Lacoste blanco, en la cubierta del yate de uno de sus incontables amigos, que se ha ofrecido a darles una vuelta por la bahía.

—A ver si un día me haces caso e inviertes el dinero en vez de guardarlo en un calcetín, Pascual. Te voy a presentar al director de la sucursal con la que trabajo, porque están vendiendo unos productos financieros muy rentables a un interés estupendo. ¿Tú has oído hablar de las participaciones preferentes? —Juan Francisco en la barra de ese restaurante donde hay que reservar con seis meses de antelación y que está a veinticinco kilómetros de su chalé, pero donde merece la pena cenar una vez al año, aunque sólo sea para contarlo en Madrid, a la vuelta.

Y así un año, y otro año, y otro más, y Mari siempre diciendo lo mismo, ¡ay, sí!, ¡ay, qué bien!, ¡ay, muchas gracias!, ¡ay!, pero hazle caso a Juan Francisco, hombre, ¿no ves lo bien que le va en la vida?

—Menos mal que nunca le hiciste caso, Pascual —dice ahora, y su marido la abraza un poco más, pero no abre la boca.

Así empieza diciembre. Antes de que cumpla una semana, Juan Francisco le llama una noche para preguntarle si

97

le viene bien que se vean un momento al día siguiente. Pascual le dice que sí, que por supuesto, pero al verle entrar por la puerta, ya no sabe qué pensar, porque no sabe quién es el hombre que ha venido a verle.

Por fuera todo es igual. Un abrigo de pelo de camello sobre los hombros, un traje azul, impecable, una corbata con la marca en el estampado, y todo tan bien planchado como el pelo canoso, ondulado sobre su cráneo. Por fuera sí, pero por dentro todo es distinto. Pascual lo percibe en sus ojos extrañamente huidizos, en el temblor de sus labios al saludarle, en la insistencia con la que enrolla y desenrolla entre los dedos una tira de papel desde que se sientan juntos a una mesa.

—¿Qué quieres tomar?

Primero hace un gesto de desgana universal, como si no le apeteciera ninguna de las cosas de este mundo. Luego pide una cerveza, pero apenas se moja los labios con la espuma.

—Verás, Pascual, yo... La verdad es que he venido a pedirte un favor.

La cerveza le resulta útil sólo para mirarla, para tocarla, para darle vueltas al vaso sobre la mesa mientras habla sin levantar la vista hacia su interlocutor, que escucha en silencio un discurso ordenado, fluido, tan bien trabado como si su cuñado lo hubiera ensayado minuciosamente ante el espejo, y ni así se cree lo que acaba de oír.

—Pero, tú... —a Pascual se le enreda la lengua dentro de la boca mientras se arrepiente de no haber sido capaz de compadecerse del imbécil que tiene delante—. Pero, hombre, ¿cómo me dices eso? ¿Qué trabajo puedo ofrecerle yo a tu hijo? De encargado no puede empezar sin saber nada del negocio, y además ya tengo a Braulio, que trabaja conmigo desde hace veinte años. Y por lo demás... Aquí, te lo puedes figurar, o servir mesas, o atender la barra, o estar en la cocina haciendo tapas, no hay más trabajo que ese, y un chico como él, con carrera y varios idiomas y...

Su cuñado le mira y no dice nada.

Pascual no necesita contratar a ningún trabajador, pero por su sobrina Andrea, esa chica tan rara que cuando era niña pasaba la mitad de los fines de semana en su casa porque era la mejor amiga de su hija Lucía, haría el esfuerzo de cargar con un sueldo más. Por Andrea sí, pero por el gilipollas de su hermano Cristóbal, que es una mala copia de su padre...

Mientras Pascual piensa en todo esto, Juan Francisco le sigue mirando.

—Bueno, que venga a verme mañana a las ocho en punto, y si le gusta esto, que se quede. En Navidad nunca viene mal un poco de ayuda.

Sofía se entera por Marita, y por un instante las dos vuelven a tener catorce años.

—¡Está aquí! —su voz brinca en el teléfono como un pez fuera del agua—. Ha vuelto a casa por Navidad, tía, me lo encontré el domingo en el quiosco y casi escuché la musiquilla esa del anuncio del turrón, no me lo podía creer, está igual, tendrías...

—Pero ¿quién?

A él se lo cuenta su hermano Miguel, en la sobremesa de una paella dominguera y familiar, a la sombra de un árbol de Navidad extrañamente mustio, las ramas dobladas por el peso de los adornos, la mitad de las luces fundidas. Mamá lo puso hace tres meses, le susurra su hermana Marisa al sentarse a la mesa, pero no le digas nada porque dice que lo hizo para animarnos a todos...

—Pues la mujer de tu vida lleva casi un año separada, no creas.

—La mujer de mi vida... —él frunce el ceño—. ¿Cuál?

Los dos son la primera pareja del otro. Cuando se conocen aún no han acabado el bachillerato. Él tiene quince años, ella catorce. Los dos son guapos, cada uno en su estilo, un tanto brusco él, un pelín cursi ella, de manera que sus excesos se anulan entre sí para crear un perfecto equilibrio. Hacen tan buena pareja como si cada uno de los dos hubiera nacido sólo para enamorarse del otro y desde luego se enamoran, con ese amor apasionadamente radical, radicalmente ingenuo, ingenuamente apasionado de los adolescentes.

Cuando traspasan esa barrera siguen juntos, incluso convencidos de que seguirán estándolo toda su vida. Sin embargo, en el verano de sus veinte años, él se va de viaje por media Europa con dos amigos mientras ella pasa unos días de vacaciones en la casa que los padres de Marita tienen en la costa. Al volver a Madrid, él no la llama. Y al comprobar que no llama, llama ella. Él sólo se pone al tercer intento y quedan en su bar de siempre, donde suena la música de siempre, y el camarero de siempre les pone sus copas de siempre en su mesa de siempre. Allí rompen de una forma más serena que civilizada, porque los dos están de acuerdo.

—Yo no estoy segura de nada —dice ella, cada día un poco menos cursi.

—Yo no puedo más —añade él, cada día un poco más brusco.

Aquella noche sus respectivas madres no pueden dormir, y a la mañana siguiente, en el desayuno, sus hermanos no hablan de otra cosa.

—Estás loca, Sofía —murmura Diana Salgado mientras deja caer un hilo de aceite de oliva virgen sobre una rebanada de pan tostado.

—Eres tonto, Pedro —censura Marisa Ferreiro, negando con la cabeza al mismo ritmo que unta mantequilla en las dos mitades de un suizo.

—Pero... —Miguel sólo tiene diez años y no recuerda a

su hermano sin su novia—. ¿Y yo ya no voy a volver a ver a Sofi nunca más?

La noticia se extiende por el barrio y el asombro, la tristeza, la estupefacción de quienes les conocen van levantando a su alrededor un cerco tan insoportable —¿pero cómo has hecho eso?, ¿pero tú te has vuelto loca?, ¿pero no te das cuenta de que estáis hechos el uno para el otro?— que los dos tienen a la vez la misma idea. Ella se va a París a terminar la carrera. Él, que la ha terminado ya, se larga a Tarifa y monta un chiringuito de surferos. Después los dos regresan y ella se queda, pero él vuelve a marcharse. Luego se casan y él se separa, ella no. Y van, y vienen, y de vez en cuando, él se acuerda de ella, y ella de él, y ambos imaginan cómo habría sido su vida si hubieran acatado aquel misterioso mandato del destino que parecía empeñado en unirles para siempre. Los dos se arrepienten alguna vez de haberlo dejado tan pronto, pero olvidan igual de deprisa ese arrepentimiento.

Ahora están aquí, los dos libres a la vez y otra vez en su barrio.

Los amigos de entonces, la hermana de ella, la madre de él, se han puesto tan pesados que al final quedan a tomar una caña en el bar de Pascual, que para ellos sigue siendo y nunca será otra cosa que el de siempre.

Se reconocen a la primera, sin vacilar, porque ninguno de los dos ha cambiado mucho. Pedro tiene treinta y ocho años, el pelo desordenado, algunas canas, una perpetua barba de tres días, la piel bronceada y el cuerpo flexible por el ejercicio diario. Sofía tiene treinta y siete y se ha cuidado bastante, va a todas partes andando y al gimnasio tres veces por semana, conserva la misma melena castaña y nunca se pinta, así que de entrada parece la misma, pero no lo es. Hace mucho tiempo que dejó de ser cursi, y vista de cerca, tiene algunas arrugas en las comisuras de los párpados, de reírse todo lo que puede.

Al encontrarse, ambos deciden que su primer amor sigue siendo una persona atractiva. Y al besarse, hasta se emocionan un poco. Después, mientras se miran despacio, sienten a la vez que les fallan los pies, como si empezaran a balancearse en el borde de un abismo, pero al final todo sale bien.

Cuando empiezan a hablar, resulta que él nunca ha ejercido la carrera y ella aprobó una oposición hace casi quince años.

—Pues ya tuviste que empollar, qué barbaridad, si no habría pasado ni un año desde que acabaste la carrera.

—Uno y medio, pero tuve mucha suerte.

Él no ha tenido hijos, ella tiene uno.

—Pues sí, es un coñazo, no te digo que no, pero también me da alegrías y, sobre todo, vida. Si mi marido no se hubiera cerrado en banda, me habría gustado tener más, por lo menos otro, ¿sabes?

—Ya.

Ella pide una cerveza sin alcohol y él nunca ha podido entender que la gente beba eso. Lo que ella no entiende es que él nunca vaya a votar.

—¿Y sigues viviendo aquí, en el barrio?

—Sí, estoy encantada.

—Yo no podría.

—¿No? —y ella le mira como si no le conociera—, pues a mí no me gusta el campo.

—¿En serio? —y él la mira a su vez como si la acabara de conocer—. Pues no sabes lo que te pierdes.

Durante un rato, ninguno de los dos dice nada. Echan

un vistazo al resto de los parroquianos, miran el móvil, ella estudia sus uñas, él se rasca la cabeza y, al fin, reacciona.

—Por cierto, ¿quieres otra? —es todo lo que se le ocurre decir.

—No, me voy a ir ya, que tengo que hacer la comida.

—Ya, yo también tengo prisa, pero déjame que te invite.

—No.

—Sí.

—Que no, de verdad.

—Que sí, que me apetece mucho volver a pagarte una caña, aunque sea de mentira...

Entonces Sofía sonríe. Pedro también. Se despiden, se besan, y cada uno se va en dirección contraria con la misma cara de alivio.

Él, incluso, corre un poco.

Ella se limita a andar deprisa hasta que llega a la esquina. Luego se mira en un escaparate, se arregla un poco el pelo y atraviesa despacio la fachada de Soluciones Inmobiliarias Prisma.

El hombre de la garita la mira, ella le mira, él la sigue mirando y Sofía Salgado se va a su casa sonriendo, tan contenta.

Cuando la inspectora Raquel Fernández le da la espalda para abrir la puerta de su casa, el agente Miguel Ferreiro está a punto de salir corriendo.

Aunque luego le va a parecer mentira, la verdad es que llega a pensarlo, a calcular los metros que le separan del ascensor, incluso a decidir que sería mejor bajar por las escaleras, saltarlas de tres en tres hasta ganar la calle sin aliento, las piernas temblando, el cuerpo tan sudoroso como si acabara de escapar de un incendio en lugar de huir de la mujer más atractiva con la que ha ligado en su vida. Si no escapa, no es por falta de ganas, sino porque su imaginación le empuja hasta el minuto siguiente, y alcanza a verse plantado en la acera, con el cuello de la camisa desabrochado, el nudo de la corbata flojo y una cara de imbécil aún más penosa que la certeza de haber perdido el empleo, porque no habría traslado en el mundo capaz de arreglar aquello. Si el agente Ferreiro sale corriendo en este momento, no podrá volver a poner el pie en una comisaría nunca más, y lo sabe.

Por fortuna, ella le invita a entrar como si no se hubiera dado cuenta de nada. Él intenta darse ánimos, piensa en lo mal que está el trabajo y, más que nada, en la cara que sus compañeros, simples agentes de la Policía Nacional, tan insignificantes como él, han puesto al verle salir del bar de Pascual con *el Cuerpo,* la inspectora Fernández, toda una leyenda sexual de cuya vida privada, hasta entonces, nadie ha sabido nunca nada con certeza, aunque diversos rumores la han ido relacionando sucesivamente con un futbolista de Primera División, con un fiscal, con un director general y hasta con un ministro.

¿Por qué yo?, se pregunta Miguel entonces. ¿Por qué, si en la cena de Navidad de la comisaría del barrio había varios policías de civil altos, atléticos, de esos que salen en las películas, y un par de esos otros que aún acaparan más las pantallas de los cines, tipos inteligentes, vividores, irónicos y solitarios, adictos al whisky y a la intensidad de los ademanes? ¿Por qué un simple agente, si por allí había hasta algún pájaro vestido de Armani, de esos cuyas simples corbatas son ya incompatibles con su nivel de ingresos? Pues porque ella ha querido, ni más ni menos. Ella le elige entre todos, y él, al principio, cree que se trata de otra cosa.

—Podrías sacarme a bailar, Ferreiro —le dice, balanceando entre los dedos la copa de cava que está a punto de apurar—, ¿no?

—Claro.

Cuando la coge por la cintura espera una confidencia, mira aquí, mira allí, ¿puedo confiar en ti?, tienes que ayudarme, qué sabes tú del caso tal o cual, quiero que te acerques a Fulanito y le digas esto, o lo otro, y luego vienes y me lo cuentas...

Eso espera, no que se pegue a él y apoye la cabeza en su hombro como si fuera una mujer normal y corriente, del montón, el tipo de mujeres con las que él sabe desenvolverse. ¿Y qué hago yo ahora?, se pregunta desde entonces, porque Fernández está pulverizando todos los guiones de todas las películas que ha visto en su vida, y él no sólo parece un pobre poli de uniforme. Él es un pobre poli uniformado, treinta y dos años, un metro setenta y cinco centímetros, setenta y un kilos, bien, porque mal no está, y muy guapo de cara según su madre, pero nada más. La inspectora Fernández le saca bastante de todo menos de kilos, y sin embargo, ahí está él, en el piso de un superior, una superiora mejor dicho, a punto de pasar a mayores. ¿Y qué hago yo ahora?

Ella tira el abrigo encima del sofá, enciende un par de luces indirectas, pone música y se quita los zapatos.

¡Anda!, dice él para sí mismo, cuando vuelve a abrazarla y se da cuenta de que puede mirarla desde arriba y no desde abajo, como hasta aquel momento. ¿Pero qué clase de tacones lleva esta mujer?

Aquel detalle le infunde confianza, aunque no tanta como la que obtiene cuando ella se quita la blusa, se desembaraza del sujetador y aprieta contra él un torso insospechado.

¡Anda!, aunque en el primer momento está a punto de gritar de asombro, ¿pero qué clase de *wonderbra* lleva esta mujer?

Luego son las medias, que llevan un refuerzo elástico tan fuerte como una faja de las de antes, y que al desaparecer revelan, mira por dónde, que *el Cuerpo* tiene tripita. Al agente Ferreiro no le importa, primero porque le gustan las mujeres con tripita y, después, porque, definitivamente, la inspectora Fernández, sin medias, sin *wonderbra* y sin tacones, sigue teniendo un cuerpo como para chillar de lo buena que está, una mujer espectacular, la más atractiva que se ha ligado en su vida.

—Tengo que contarte una cosa, Ferreiro —ronronea en su oreja en el último momento, y él piensa, no, por favor, ahora no, ahora que ya me he creído que te gusto, ahora que no tengo ningún motivo para salir corriendo, no me vengas ahora con que sospechas de Fulanito—. Yo tengo un hijo, ¿sabes?, de tres años, y... Bueno, es maravilloso, pero la cesárea me dejó una cicatriz que da miedo.

—¿Sí? —y mientras sonríe, lo comprende todo, y sobre todo, por qué Fernández es inspectora, y él, un pobre poli uniformado—. Seguro que es preciosa.

—No.

—Sí... Ya te digo yo que sí.

Las chinas cruzan la calle en fila india, llegan hasta la peluquería, llaman al timbre.

—¡Amalia! —la aprendiza sube corriendo la media docena de escalones que separan las dos alturas del local—. ¡Amalia! —grita el nombre de su jefa para imponerse al ruido de secador de mano—. ¡Amalia! —vuelve a decir cuando llega a su lado.

—¿Qué? ¿Qué? ¿Qué? —responde su jefa—. ¿Es el fin del mundo, Lorena?

—Casi. Hay tres chinas abajo, de las de enfrente —y hace una pausa, como si necesitara masticar bien las palabras que acaba de decir para poder creérselas—. Dicen que vienen a peinarse.

Hoy, Amalia está de buen humor. Es 23 de diciembre y ayer no le tocó la lotería, pero tiene el local lleno. Las cuatro amigas que antes venían una vez a la semana han llegado juntas, y todas van a hacerse algo especial, Marita y María tinte y mechas, Sofía, corte y vegetal, Begoña, que siempre tiene que ser la que más, tinte, mechas, corte y preparación para el moño alto que Amalia va a hacerle mañana por la mañana.

—¿Y tu hermana? —le pregunta a Sofía al verla entrar—. ¿No va a venir?

—Mi hermana...

Está a punto de contarle la verdad, que hace un par de días a Diana le dio un ataque de nervios y decidió teñirse ella sola, en el cuarto de baño de su casa, porque a Pepe le han recortado el sueldo un diez por ciento y corren rumores de que van a cerrar el Centro de Salud donde trabaja. Pero opta por mentir, porque está segura de que el acceso de austeridad de su hermana es transitorio, de que volverá a la peluquería antes o después, y Amalia es muy capaz de contarle que ya está enterada de todo, y Diana aún más capaz de enfadarse con ella, por bocazas.

—Es que está muy liada, con la cena de mañana y eso, y no sé cuándo podrá venir —para distraerla, avanza hacia la enorme caja de cartón que se adivina tras la puerta del ropero—. Por cierto, que he traído seis kilos de legumbres, dos de garbanzos, dos de lentejas, uno de judías blancas y otro de judías pintas, para que no te quejes. Voy a dejarlos... ¡Hala!, pero si ya tienes la caja casi llena.

Esa es otra de las razones del buen humor de Amalia.

Hace menos de un mes, Marita le cuenta que en el barrio se ha creado una asociación que se llama Vecinos contra la Crisis.

—Empezamos cuando el Ayuntamiento intentó desalojar a los inquilinos del bloque de viviendas sociales que está donde la vieja corrala, ¿sabes cuál es? Somos varios abogados, el marido de mi amiga María, yo y tres más, todos de por aquí, y como hemos ido ganando las demandas que hemos puesto, nos hemos embalado y... Trabajamos todos gratis, ¿eh?, no te vayas a creer, que tú eres muy mal pensada.

—¿Yo? —protesta Amalia—, pero si no he dicho ni mu.

—Bueno, por si las moscas. El caso es que tenemos previsto hacer grandes cosas, no siempre legales, aunque... En fin, ya te enterarás por los telediarios. Pero, de momento, estamos organizando una recogida extraordinaria de alimentos en Navidad, a través de comercios colaboradores, y se me ha ocurrido... ¿A ti te importaría que pusiéramos una caja en el ropero para que tus clientas colaboren? Con que cada una traiga un kilo de comida no perecedera cada vez que viene a peinarse, la llenaríamos seguro.

Amalia la escucha sin interrumpirla, y no le dice que no, pero tampoco que va a ser un fracaso. Todas sus clientas tienen algo de lo que quejarse, todas han reducido de una forma u otra el coste de sus facturas, así que los primeros días ella misma se escapa un momento para comprar un par de kilos de arroz, de harina o de macarrones, y algunas latas de conserva, para que la caja, un cubo perfecto que mide un metro y medio de alto, no se vea tan vacía. Hoy también lo ha hecho, aunque ya no hace falta. La mayoría de sus clientas han respondido mucho mejor de lo que pensaba, y de las que se hacen las distraídas, ya se encarga ella.

—¿Cuánto me quedo para la caja? —pregunta mientras cobra detrás de la otra, que sigue siendo la registradora de la peluquería—. Dos euros, ¿por ejemplo?

—¿Para qué caja? No te entiendo, Amalia.

—Para la de la comida —y en ese momento levanta la voz—. Como se te ha vuelto a olvidar traerla, me quedo con dos euros y nosotras compramos algo por ti, para que no te molestes —y la levanta un poco más—. Porque no me dirás que no quieres colaborar en esto, ¿verdad? Chica, la gente está pasándolo mal —y un poco más todavía—. Esto es para familias necesitadas del barrio, todos tenemos que ser solidarios, ¿tú no?

—¿Yo? —y la clienta de turno, roja como un tomate, protesta mientras se hace la ofendida—. Claro, por supuesto que quiero colaborar, ¿qué te has creído?

—Pues eso. Mira, en el súper de aquí al lado hay ahora una oferta buenísima. Tienen seis cartones de leche a 3,15. Me quedo con tres euros y te pongo yo los céntimos, ¿vale?

Así, y con las aportaciones constantes de varias señoras mayores que todas las semanas llegan con una bolsa que pesa más que ellas, ha conseguido llenar la caja.

—Ande, jefa, que usted también... —se escandaliza Lorena de vez en cuando—. ¡Vaya morro que tiene!

—Pues sí, pero ¿qué quieres? A ellas les sobra, y a muchos les falta, así que... Esta, por poner seis euros en un mes, no se va a arruinar.

—¡Ah! ¿Pero es que piensa volver a hacérselo?

—Anda, claro. Dentro de un par de semanas, cuando se le haya olvidado lo de hoy.

Amalia sabe que tiene mucho morro, pero le importa más que la caja se llene. Y le conmueve tanto la solidaridad de las abuelas, las más pobres de todas, las más generosas a su vez, que no soporta a las que se hacen las suecas. Si fuera por ella, les sacaría el doble sin el menor cargo de conciencia, pero no se atreve porque no quiere perderlas como clientas. El empujón de esta semana ha engordado por igual las dos cajas de la peluquería, y por eso va tan contenta al encuentro de las chinas que acaban de cruzar la calle.

—Buenas —dice la más lanzada, levantando la mano en el aire para saludar como un piel roja—. Nosotras de enfrente.

—Ya, ya... Si os conozco —pero se da cuenta de que eso no es verdad del todo.

Porque de cerca no se parecen tanto. Las tres visten de blanco y calzan zapatillas del mismo color, las tres son muy delgadas, las tres tienen la piel muy fina y el pelo muy negro, cortado a lo paje, pero la que ha hablado parece la mayor. Aunque resulta difícil asignarle una edad concreta, Amalia calcula que tendrá algo más de treinta años. Las otras son más jóvenes, la primera casi una niña, la segunda, la más guapa de las tres.

—Queremos peinar, ¿sí? —dice la que habla, moviendo las manos alrededor de su cabeza, las uñas largas, impecables, cada una con un adorno distinto, como si sus dedos fueran un muestrario ambulante que de repente se detiene y marca un número—. Ocho.

—¿Queréis venir a las ocho? —Amalia niega con la cabeza—. No, lo siento, cerramos a las siete —las tres chinas se echan a reír pero de nuevo habla sólo una.

—No, no. Nosotras son ocho.

—¡Ah! —Amalia se ríe con ellas—. Perdona, no te había entendido. Que vais a venir ocho, ¿no?

—Sí, una tiene boda, siete vamos boda, ¿sí?

—Claro... —Amalia se acerca al mostrador, coge la agenda de las citas—. ¿Y cuándo es la boda?

—Mañana no —la uña del pulgar está esmaltada en rosa con un corazón de brillantitos pegado en la punta—, el otro —la uña del índice es de un tono malva nacarado, con una margarita diminuta pintada en el centro—, viernes —la uña del corazón está pintada a rayas doradas y rojas—, veinticinco.

—El... —Amalia mira la agenda para ganar tiempo, aunque conoce de sobra la fecha que su interlocutora ha marcado con los dedos—. ¿El veinticinco de diciembre? Pero si es... —Navidad, va a decir, aunque se da cuenta a tiempo de que eso no significa nada para ellas—. ¡Claro, coño, si sois chinas!

—Sí. Nosotras cierran tienda en año sólo mayo uno,

diciembre veinticuatro tarde y veinticinco. Por eso, veinticinco boda.

—Ya... —Amalia hace una pausa, mira a su alrededor y ve un único gesto de terror en los rostros de sus tres empleadas—. ¿Y qué os queréis hacer?

—Siete peinar normal, novia especial.

—¿Especial? —la peluquera se para a pensar—. Pero especial, ¿qué? ¿Un moño?

La china habladora se encoge de hombros porque no entiende la palabra. Amalia señala algunas fotos de las que decoran la pared para explicarle lo que es un moño, pero ella vuelve a encogerse de hombros.

—Tú venir —dice solamente—. Tú ver novia, hablar novia, ¿sí?

Cuando vuelve de MANICURA SHANGHAI, la dueña de la peluquería parece otra.

Ahora, después de tantos meses de espionaje con la nariz pegada al escaparate, por fin podría denunciar al rey de la manicura esmaltada a ocho euros. En veinte minutos se ha enterado de todo lo que intentó averiguar en vano en varias oficinas municipales, pero aunque al volver anuncia que va a la cocina —un simple cuarto interior con una nevera, un microondas y una mesa para comer— a llamar por teléfono, no marca el número de la policía, sino el de su madre.

—Mamá, soy yo, mira, verás, es que me ha surgido un contratiempo, un lío de trabajo y mañana voy a tener que salir muy tarde de aquí...

Luego, a su hija.

—Hola, cariño, soy tu madre, verás, es que había quedado con la abuela en llevar yo el marisco de la cena de

116

mañana, pero no voy a poder ir a recogerlo porque voy a tener mucho lío hasta media hora antes de la cena, ¿sabes?

Luego al pescadero.

—¿Salva? Soy Amalia, hola, sí, feliz Navidad... Ya, igualmente, oye, ¿qué vas a tener mañana de marisco? Ya, de todo, pero dime los precios y te lo encargo, y mando a Estefanía a recogerlo a primera hora de la mañana. Tú conoces a mi hija, ¿no?

Y por fin a su novio.

—Hola, cielo, ¿qué haces? No, lo digo por si esta tarde puedes hacerme un favor... Pues nada, comprar el turrón para llevarlo mañana a casa de mi madre. Iba a ir yo, pero... Bueno, luego te lo cuento. Pues del duro, del blando, de chocolate... Sí, puedes ir mañana, pero a ver si se va a acabar... Vale, luego en casa hacemos la lista, un beso.

La novia lleva la melena recogida y escondida dentro de la bata, porque su jefe prohíbe que ninguna de las chicas se distinga de las demás. El novio, recién llegado del Shanghái verdadero, está con ella, mirándola como si no existiera otra mujer en el mundo. Ahora pueden estar juntos un rato en la trastienda, ella sentada en las rodillas de él, los dos haciendo manitas, porque la encargada ha salido al banco y a tomar café, y él no empieza a trabajar hasta el día 26, en un restaurante cuyo propietario es también el dueño de la cadena de locales de manicura que ha bautizado con el nombre de su ciudad natal.

Allí van a celebrar el simulacro de su boda, una fiesta sin ceremonia, porque en realidad se casaron por poderes hace un año, cuando él estaba en China todavía. Pero se lo toman muy en serio. Hasta el día de Navidad, ella no dejará libre su cama en el dormitorio que ha compartido hasta ahora en uno de los pisos para trabajadoras solteras que su jefe tiene en Carabanchel. Hasta esa noche, no se instalará con su marido en Cuatro Vientos, en otro piso, también de su jefe, para parejas de trabajadores, porque la empresa no consiente que sus empleados escojan su propia vivienda. El precio de la habitación doble equivale a la totalidad del sueldo de ella, pero a las once y pico de la noche, después de cerrar y recoger la tienda, podrá ir a cenar a la cocina del restaurante donde trabaja su marido.

Tengo mucha suerte, le cuenta a Amalia.

Ha tenido mucha suerte, confirman las demás.

La quiero mucho, dice el novio en chino, y su futura mujer lo traduce al español sin tiempos verbales, perpetuo telegrama infinito, en el que hablan todas, y añade que ella le quiere mucho más.

Sentada en la trastienda, frente a ellos, Amalia mira al novio, a la novia, a las damas de honor.

—¿Y qué presupuesto tenéis para la peluquería?

Al decirlo se avergüenza un poco de sí misma, pero podría habérselo ahorrado porque las chinas no entienden lo que ha dicho.

—¿Cuánto os queréis gastar? —pregunta, frotando la yema del pulgar contra la del índice, para que una colección de sonrisas florezca a su alrededor.

La novia habla en chino con el novio. Él sonríe y se saca del bolsillo un rollo de billetes de cincuenta euros muy usados, sujetos con una goma, que exhibe ante Amalia con una expresión de orgullo casi desafiante.

—No —ella responde sin pensar en lo que dice—, no. Es mucho.

La novia vuelve a traducir, el chino insiste, Amalia sigue negándose a pensar, no quiere calcular cuánto tiempo habrá tardado ese chico tan joven, tan sonriente, tan orgulloso, en reunir el dinero que tiene en la mano, qué habrá tenido que hacer para conseguirlo, cuántas horas de sueño, cuántos días de ayuno, cuántas ropas viejas, y zapatos destrozados, y lágrimas, y rabia, y desesperación le habrá costado. Por eso se limita a sonreír, vuelve a negar con la cabeza y descubre al mismo tiempo en qué consiste una verdadera crisis y cómo es posible mejorar el precio de la manicura permanente a ocho euros.

—No os preocupéis —resume luego para sus empleadas—. Lo voy a hacer yo sola. Mañana voy a abrir a las ocho y media y espero que a las diez me haya dado tiempo a hacer a tres. Es poca cosa, lavar, secador de mano y, si acaso, les pintaré unas mechas de colores con rotulador, de esas que se van con el siguiente lavado. Si entre todas podemos meter a dos más antes de las cuatro de la tarde, lavarlas por lo menos, vosotras os vais y yo hago luego a las dos que faltan. Y el día de Navidad, a las once de la mañana, vengo y le hago el moño a la novia.

—Pero... —Marisol, que lleva mucho tiempo trabajando con ella, la mira como si estuviera loca—. No lo entiendo. ¿Por qué vas a hacer eso? ¿Qué ha pasado ahí enfrente?

—Nada —Amalia sabe que nunca será capaz de explicarlo con palabras y ni siquiera lo intenta—, la vida, que es maravillosa, ¿no? Y una puta mierda, eso además.

Ninguna de sus tres empleadas se atreve a comentar esa frase, pero el día de Nochebuena, a las ocho y media de la mañana, Amalia se encuentra con Lorena esperándola en la puerta.

—Total... —explica, como quitándose importancia—. En mi casa, todo lo hace mi madre, y no va usted a ponerse a lavar cabezas a estas alturas, ¿no?

El día de Navidad, a la una y cuarto de la tarde, Amalia le da un espejo a la novia para que vea lo bonito que le ha quedado el peinado por detrás, antes de sujetarle el velo.

Guan-yin se mira, se echa a llorar, se levanta, abraza a Amalia y, de paso, Lorena aprovecha para echar unas lagrimitas.

—¡Qué bonito, jefa! Y qué guapa está, ¿verdad? La entran a una ganas de casarse y todo...

Guan-yin se va corriendo porque no quiere que Cheung, su novio, la vea antes de tiempo. Diez minutos después aparece él, elegantísimo, con un flamante esmoquin de camarero, una rosa blanca en el ojal de la americana y el rollo del dinero abultando en un bolsillo. Amalia ha fijado el precio de los ocho trabajos en ciento veinte euros, el récord mundial del peinado barato, pero él pone tres billetes de cincuenta sobre el mostrador y da un paso atrás con los brazos en alto, las manos abiertas, para indicar que no piensa pagar ni un euro menos.

—Bueno, pues... Muchas gracias —la peluquera le tiende la mano y Cheung la estrecha—. Que tengas mucha suerte, que seas muy feliz.

Él asiente con la cabeza tres veces, como si hubiera entendido algo, antes de marcharse. Después, Amalia va a la caja registradora, guarda el dinero que acaba de cobrar, saca un billete de veinte, otro de diez euros.

—Toma, Lorena —y se los da a su aprendiza con dos besos—. Mi regalo de Navidad.

—Pero si no hace falta, jefa...

—Sí, sí hace falta. Porque te los has ganado.

Amalia está cansadísima y se saltaría la comida de Navidad de buena gana pero, antes de apagar las luces, entra en el ropero, mira la caja, sonríe.

La única condición que les puso a las chinas cuando

cerró el trato fue que cada una le trajera dos kilos de arroz. El novio se sintió incluido, y sus dos paquetes coronan ahora una pequeña pirámide, tan primorosamente equilibrada y perfecta como todo lo que hacen sus vecinas de enfrente, que rebasa la capacidad de la inmensa caja de cartón.

Amalia no puede leer la marca porque está escrita en chino, pero siente la misma satisfacción que le habrían deparado dieciocho kilos del más genuino arroz valenciano.

El 21 de diciembre, a media tarde, Diana Salgado se mira en el espejo y descubre que una gota de consistencia viscosa y color vagamente violáceo le ha hecho ya un palote en una esquina de la frente. Entonces se levanta y mira a su alrededor, despavorida.

—Una toalla —dice en voz alta, pero siempre ha tenido la mala costumbre de pensarlo todo dos veces—, no, una toalla no, pero ¿qué?, papel higiénico, no, que se extiende y luego es peor, pues lo mojo, que no, que eso es lo peor de todo, ¿y qué hago...?

Al final coge una toalla, blanca, naturalmente, porque en ese momento no hay otra a mano, moja el pico en el agua del grifo, se limpia la mancha y, como era de esperar, lo deja todo perdido, su frente, el lavabo y la toalla, que está para meterla en lejía.

Cuando vuelve a mirarse en el espejo, se queda tan absorta en lo que está viendo que ni siquiera se acuerda de mirar el reloj para sumar veinticinco minutos a la acción del tinte que, aparte de la piel, debería de estar ya tiñéndole las canas.

—Pero, bueno... —y empieza a hablar en voz baja con la mujer que la mira desde el otro lado—. ¿Qué necesidad tengo yo de hacer esto, me lo quieres decir? A ver, ¿por qué estoy haciendo esto? ¿Por qué no puedo ir a la peluquería con mi hermana o con mis amigas, en vez de hacerme esta chapuza, que me dura menos y me sale peor? ¿Es que yo no trabajo? Sí, ya sé que hay rumores de que van a cerrar el Centro de Salud, que dicen que al reubicarnos nos recortarán el sueldo todavía más, ¿pero acaso no he cobrado este mes? Sí, menos que el año pasado y sin la paga extra, vale, pero ¿no he cobrado? Pues claro que he cobrado, pero aquí estoy, ¿y por qué...? Pues te lo voy a decir, porque tengo tres hijos. Tres hijos, sí, ya ves, uno, dos y tres, ¿y qué necesidad tenía yo de tener tantos? En el país con la tasa de natalidad más baja del mundo, que por no llegar, las de mi edad no llegan ni a un hijo de media, y yo, ¡hala!, derrochando... ¡Qué lista! Ahora, que yo, algún día, hago algo. Que sí, que hago algo, que esto no se va a quedar así, ni hablar, qué va... Porque en esta casa todo el mundo tiene derecho a todo menos yo, todo el mundo dispone de su tiempo y además del mío, y como se me ocurra tener algo que hacer... ¡Las rebajas, las rebajas, qué maruja eres, mamá! Y eso por no hablar de los deberes, porque... ¿Es que hay derecho a que yo, con cuarenta y cinco años, más de quince después de haber acabado la carrera de Medicina, con el doctorado y todo, tenga que estar todas las santas tardes haciendo deberes? Menos mal que el mayor ya está en la universidad, aunque da igual, porque ese es lo mismo que su padre, clavado, que vamos, hay que fastidiarse con el sexo superior, ingeniero aeronáutico y no sabe hacer la o con un canuto... ¿Para qué, si ya estoy yo aquí para entender los formularios de la matrícula, y para ir a las reuniones de la comunidad de vecinos, y a las de la AMPA, y a hablar con los tutores, y arreglar la conexión a Internet, y llamar al técnico cuando se estropea un electrodoméstico? Con un marido ingeniero, no te jode...

Mira el reloj y calcula por encima que llevará un cuarto de hora. Deja pasar diez minutos más hablando con el espejo y repasa su viejo plan de fuga. Lo tiene todo pensado. Un domingo por la tarde, cuando su marido esté en el fútbol con sus amigos y sus hijos en la calle, con los suyos. Un domingo por la tarde, porque el sábado, al levantarse, habrá ido derecha al banco. ¿No se ocupa ella también de eso, de ir al banco? Y a partir de ahí... Diana Salgado siempre ha tenido la costumbre de pensar las cosas dos veces, y por eso nunca ha pasado de ahí.

El tinte le queda bien, mejor de lo que esperaba. Se seca el pelo con cuidado, se riza las puntas con la plancha por la que tanto lloró su hija antes de hacerse esas rastas tan asquerosas que lleva ahora, y se coge un par de rulos por delante, para marcarse el flequillo. Cuando termina, son las ocho y media y al final le toca correr, pero una hora después, ni un minuto más, ni uno menos, se quita los rulos, los guarda en el bolsillo del delantal, se ahueca el pelo con las manos, mira el efecto en el cristal del microondas, sale a la puerta de la cocina, y pega un grito.

—¡A cenar!

—¿Qué hay? —uno.

—¿Qué hay? —dos.

—¿Qué hay? —tres.

—Puré de verduras —ataja a tiempo la primera queja—, para ti no, para ti una ensalada de espinacas con champiñones, y de segundo, tortilla de patatas —y también llega a tiempo a atajar la segunda—, dos, una con cebolla y otra sin cebolla. ¿Y vuestro padre? No me importa, que vaya alguno a buscarle.

Al reconocer los pasos de Pepe sobre el suelo del pasillo, se vuelve cuando calcula que ha llegado a la puerta, y acierta.

—A ti te he hecho una sopa de fideos, que ya sé que el puré no te gusta.

—¡Qué guapa estás, Diana! —y se vuelve hacia sus hijos—. ¿A que mamá está guapísima?

—¿Qué me vas a pedir? —él sonríe y ella le imita sin saber por qué—. ¿Adónde hay que ir, a quién hay que llamar, qué se te ha olvidado?

—Nada —Diana se da cuenta de que está diciendo la verdad—. Te juro que nada. Ahora, por lo menos, no, dentro de un rato...

Pepe Martínez se sienta en su silla, atrae a su mujer hacia él, apoya la cabeza en su tripa, le acaricia el culo con una mano.

—Dentro de un rato, igual se me ocurre algo.

Anda, que si no me gustara tanto este imbécil, se dice Diana a sí misma mientras respira el olor de su marido, si no me gustara tanto...

Después se sirve una copa de vino, los va mirando, uno por uno, y acaba reconociendo lo de siempre, que todo es culpa suya. Ella es la gran culpable, ella les ha convertido en unos inútiles, ella, haciéndolo todo siempre, haciéndolo todo sola, cargando con todo y convenciéndose a sí misma de que puede con más, pero... ¿Y qué iba a hacer, viviendo completamente sola en una casa encalada, en lo alto de un cerro, mirando al mar, sin trabajar y toda vestida de blanco?

El 22 de diciembre se hace evidente que el tinte casero de Diana ha sido el ingrediente más problemático de la Nochebuena de los Martínez Salgado. Nadie, ni siquiera ella, lo habría pensado.

—Yo este año no quiero cenar mucho, ¿eh, mamá? Y el turrón ni probarlo, que estoy a régimen.

Mariana, que hace un par de meses interrumpió sin avisar su largo noviazgo con el ordenador para pasarse de pronto todo el día en la calle, y ahora no hace más que hablar de política, del cambio climático, de la economía sostenible y cosas por el estilo, es la primera en sacar el tema, pero su hermano mayor la sigue de cerca. Esa es otra novedad, porque antes ni siquiera se hablaban y ahora están siempre de acuerdo.

—Oye, papá, ¿me prestas una americana para Nochevieja? Este año no vamos a comprar entradas para ninguna fiesta. El padre de Mateo nos presta el local que tiene vacío al lado del garaje y así nos ahorramos el garrafón, que todavía me acuerdo de la resaca del año pasado.

Pepe sufre más, porque se siente culpable. Se da cuenta de que su angustia es fruto de un tradicional prurito masculino, pero eso no alivia su sufrimiento. Tampoco el hecho de que siga ganando más que su mujer, médico de la pública, con el sueldo recortado y sin paga extra. A él le han quitado menos, sólo un diez por ciento del salario, pero después de escuchar el bello discurso del director general acerca de la solidaridad que la empresa requiere de sus empleados y la necesidad de que remen todos a una para mantener el barco a flote, ha cobrado sólo la mitad de su paga extra. Y ahí no se ha acabado todo.

—Te juro que últimamente estás guapísima, Diana, te lo digo en serio.

Después de la cena, se quedan solos en el sofá del salón. Sus dos hijos varones se van al cuarto del mayor para jugar en la videoconsola y su hija se encierra en el suyo, como de costumbre, para que su ordenador no sufra demasiado echándola de menos.

— Tú quieres algo, ¿no? —Diana se acerca a su marido, le besa en los labios, se deja abrazar.

—Sí, quiero exactamente eso que estás pensando, pero además... —Pepe se incorpora y la mira a los ojos—. Quiero que no pienses que te estoy haciendo la pelota, primero porque es verdad que estás guapísima y luego, porque voy a darte una mala noticia.

Diana se pone tan nerviosa que ni siquiera se acuerda de la técnica de su marido, que siempre tiende a exagerar los contratiempos para que al final no lo parezcan tanto.

—¿Qué ha pasado? —repasa la fecha y se aparta de Pepe como si le hubiera dado una corriente eléctrica—. No me digas que ha tocado el gordo en tu empresa y se te olvidó comprar lotería.

—¡No! —él se echa a reír—. Sí compré lotería, no ha tocado un céntimo, y además, por la mañana nos hemos enterado de que este año no hay cesta.

—¡Ah, bueno! Qué susto me has dado —Diana sonríe, vuelve a recostarse contra su marido, levanta la cabeza, le besa en los labios—. Creía que había pasado algo grave.

Es grave, porque ya había decidido tirar del regalo de la empresa, esas botellas que antes despreciaban y los mediocres embutidos que solían acompañarlas, para la cena de Nochebuena. Tiene dinero ahorrado, así que no es imprescindible, pero le habría venido muy bien. Este año ha decidido escatimar en los banquetes y estirarse en los regalos de Reyes, sobre todo porque no piensa gastarse ni un céntimo en chorradas. La culpable de tantas apreturas es la casa con jardín que se compraron en la costa hace tres años, cuando la crisis parecía el anuncio de una película de catástrofes y el director de su sucursal bancaria les ofrecía una hipoteca sin límites, os doy un poco más para la obra, ponemos otro poco más para los muebles, ¿y el seguro?, ¿y la alarma?, ¿y una piscina no vais a hacer? Pero les hacía tanta ilusión, llevaban veinte años soñando con esa casa, y ahora...

—Bueno, pues ya está —Pepe Martínez se incorpora un poco, coge a su mujer por la cintura, se la sienta encima—. Ya se han acabado las malas noticias.

El 23 de diciembre, Diana Salgado entra en la cocina como unas Pascuas, y descubre que de repente la cena de Nochebuena le trae absolutamente sin cuidado.

Mientras enciende la cafetera y exprime media docena de naranjas, se replantea en un momento los menús que tenía pensados, hablando consigo misma.

—Mañana —recapitula en un susurro, para que los niños no la oigan y se rían de ella como siempre que la pillan hablando sola—, un caldo de primero, luego unos entremeses sin marisco, si acaso gambones o langostinos congelados, y en vez de cordero, un solomillo de cerdo en hojaldre o pechugas Villaroy, que nunca las he hecho en Navidad pero a los niños les gustan mucho. Dan mucho trabajo, pero salen tiradas de precio. Besugo ni de coña, desde luego, y cava sólo en Nochevieja, que es cuando hay que brindar...

Nada tiene importancia después de una noche de sexo derrochador, meridional e irresponsable, como la que su marido y ella le brindaron anoche a la directora del FMI y al gobernador del Banco de España mientras se compensaban mutuamente, él porque no hay cesta, y ella porque le ha sentado fatal que no la haya. ¿Y qué?, ha pensado hace un momento, al mirarse en el espejo recién levantada, con un aspecto espléndido aunque no ha dormido ni cuatro horas. Pues entre un jamón de Guijuelo y esto... Todavía le mando un sms navideño al jefe de Pepe, no te digo más.

Y entonces, a las ocho y cuarto de la mañana, suena el teléfono.

—¡Aurora! —Diana identifica el número antes de contestar—. Buenos días, guapa —porque siempre se ha llevado muy bien con su suegra, pero esta mañana le agradece especialmente el pedazo de hombre que trajo al mundo—. ¿Cómo estás?

—Muy bien, hija. Te llamaba... —Diana escucha en segundo plano la voz de su suegro, pero díselo, mujer, díselo ya—. Que sí, Pepe, que ya se lo digo, cállate de una vez. Hay que ver, ¡qué hombre más pesado! —Diana guarda silencio mientras su suegra se recupera—. Perdona, hija, que te llamaba porque... ¿Qué has pensado hacer para la cena de mañana?

—Pues no lo sé todavía, Aurora, pero no te preocupes, que cenaremos muy bien.

—Ya, pero como estás tan liada, con el trabajo y eso... Que se nos ha ocurrido que llevamos la cena nosotros.

—Que no, Aurora, que no. No hace falta, de verdad.

—Que sí, mujer, que ayer nos tocó el reintegro de dos décimos y una terminación, déjanos, por una vez... Mira, tú haz un caldo, que te sale muy rico y no da guerra, y pones el vino, y los turrones, claro. Lo demás lo llevamos nosotros, ¿eh? —y la mujer del primer Pepe Martínez ya no escucha la voz de la segunda—. ¿Diana? —sólo un ruido extraño, como el eco de una ventosa—. ¿Diana? —luego algo parecido a un suspiro—. Diana, ¿estás bien, hija?

—Pepe, déjame... —eso es lo único que oye, después de un rato—. Pepe, que no, que voy a llegar tarde a trabajar... —y esto un poco después—. Bueno, pero déjame por lo menos que cuelgue a tu madre... —y Diana por fin contesta—. ¿Aurora?, bueno, que sí, que muchas gracias, ahora te voy a dejar porque... Pepe, se van a levantar los niños, te lo digo en serio... —aunque su risa desmiente todas sus advertencias—. Ay... Te llamo luego, Aurora, gracias por todo.

Esta mañana, Pepe Martínez llega tarde a trabajar.

Diana Salgado no, porque su centro está muy cerca.

Bueno, que se fastidien, piensa, mientras llama al primer paciente de la mañana, por no habernos dado la cesta.

El 24 de diciembre, a las ocho y media de la tarde, lo único que ha hecho Diana es una olla de caldo y un picadillo de huevo duro, pollo y jamón. También ha llenado dos bandejas, una con pedacitos de turrón de todos los sabores, eso sí, y la otra con polvorones surtidos y figuritas de mazapán.

—¿Y esto vamos a cenar, mamá? —a juzgar por su mueca de desencanto, a Mariana ya se le ha olvidado que está a régimen riguroso.

—No, tranquila —aunque su madre no está mucho menos inquieta—. Han dicho los abuelos que este año traen la cena.

—¿Sí? Pues... —en ese momento suena el timbre—. Deben de ser ellos, voy a abrir.

Sus abuelos viven en el barrio, pero esta noche han hecho un viaje muy largo para llegar hasta aquí.

Los dos nacen en la tercera década del siglo xx. Él recuerda detalles, sonidos, imágenes de la guerra. Ella no, pero si cierra los ojos puede ver la cartilla de racionamiento de su familia igual que si la tuviera entre las manos.

Después los dos siguen pasándolo muy mal. Pepe está a punto de emigrar a Bélgica, como su primo Arsenio, porque va todos los años a vendimiar a Francia y todos los años le da mucha pena irse y más pena todavía volver. Pero en el que iba a ser el último de aquellos trenes, conoce a Aurora, una chica que va contratada como cocinera para los vendimiadores españoles y que no quiere vivir en el extranjero.

Desde el primer momento le gusta mucho. Cuando la conoce, le gusta tanto que vuelve a Madrid y se queda con ella.

Su primera casa es un cuarto realquilado, y su hija mayor nace años antes de que puedan pagar un piso de alquiler para ellos solos. Él llega a tener hasta cuatro empleos a la vez. Ella, aparte de ocuparse de la casa y de criar a los niños, cose, mete pasquines en sobres, reparte propaganda por los buzones, hace muñequitos de fieltro, y los domingos se va al pueblo de sus padres, a comprar hortalizas que vende después, por las mañanas, en una mesa plegable que instala en la puerta del mercado de Barceló con la connivencia de un primo suyo que es guardia municipal. Entretanto, hay muchos días de desesperación y muchas noches memorables. Esa ha sido su vida, y al cabo ninguno de los dos la habría cambiado por ninguna otra.

—Pero, papá, mamá...

La noche del 24 de diciembre, cuando les ve abrir los paquetes que han traído, gambas, quisquillas y una docena de cigalas gordas de la pescadería, jamón ibérico, lomo y salmón ahumado del charcutero, y dos patas de cordero ya asadas, para calentar un momento en el horno, su hijo les mira como si estuviera viendo visiones.

—¿Pero os habéis vuelto locos?

—No, hijo mío —él es quien contesta—. Lo que pasa es que no tenéis ni idea de lo que es una crisis. Si yo te contara...

—Déjalo, Pepe —su mujer sonríe y abraza a su nieta—. No empieces con las batallitas, que eres muy pesado.

Al principio, Charo piensa en decírselo el día de Año Nuevo, aprovechando el simbolismo de la fecha, año nuevo, vida nueva.

Pero en Nochevieja su hermano Pascual organiza una cena para toda la familia, y se emociona tanto cuando su otro hermano, Alfredo, le da un abrazo y le pide perdón por no haberla apoyado antes, y tanto cuando su sobrino Jaime se ofrece a diseñarle gratis la web, y tanto cuando su hermana Ana le cuenta que ya ha hablado con su cuñado Sebas, un aparejador que ahora trabaja de portero porque está pasando por un mal momento pero que estará encantado de encargarse de la restauración de la casa, que antes de la cena empieza a beber demasiado.

Charo no se acuerda de la última vez que ha bebido a ese ritmo, pero tiene mucho miedo, y su proyecto la excita tanto al mismo tiempo que sigue bebiendo sin llevar la cuenta de las copas que vacía. Así, a las cuatro de la mañana está convencida de que se encuentra bien, pero al levantarse descubre que no puede andar en línea recta.

—Acompañadme a casa, por favor —aunque su hermana y su cuñado tampoco están muy sobrios—, que creo que me he emborrachado.

Menos mal que todos viven en el barrio y han venido andando.

—¿Quieres que suba contigo? —propone Ana en el portal.

—No, no, si ya... Ya estoy mejor.

La mejoría le alcanza para subir en el ascensor con dignidad, abrir la puerta al tercer intento y desplomarse vestida en la cama, aunque una de las veces que se levanta a vomitar se acuerda de quitarse el vestido. Cuando se despierta, con un clavo atravesado en la cabeza, mira el reloj y descubre que son las cinco de la tarde, así que no habla con sus hijos el día de Año Nuevo. Bueno, pues la mañana de Reyes, piensa antes de volver a dormirse, la mañana de Reyes se lo digo.

Pero el día de Reyes siempre fue la fiesta favorita de su marido. Y el 6 de enero por la mañana, mientras todos abren sus regalos, se acuerda tanto de él, le duele tanto su ausencia, que renuncia antes de tiempo. Todavía estamos en Navidad, se dice, y en Navidad no se pueden decir estas cosas, es mejor esperar un poco, quitar el árbol, los adornos...

Por eso, y porque sigue estando muerta de miedo pero no puede seguir viviendo sin dormir por las noches, ha esperado hasta hoy, que es 10 de enero.

—Espera, que no me acuerdo del título... —su hija cierra los ojos, frunce las cejas—. Porque lo que nos estás contando es una película, ¿verdad?

No es una película, aunque todos han visto películas parecidas, familia de ciudad que se va al campo, joven ejecutivo amenazado por la mafia que se esconde en una granja, madre soltera reconvertida en una okupa rural... Ellos son una familia, desde luego. Ella, hasta que se quedó en el paro, era una ejecutiva, directora del departamento de marketing de la filial de una multinacional farmacéutica, billetes en *business* y hoteles de cuatro estrellas para arriba. Pero tiene cuarenta y nueve años, no es madre soltera, sino viuda, y sus dos hijos ya no son pequeños. Tampoco mayores, porque siguen dependiendo de ella para subsistir, aunque el mayor se licenció en junio del año anterior como ingeniero agrónomo después de romper estrepitosamente con su novia. Esa es una de las claves de su plan, que su hijo ya no tiene novia y es ingeniero agrónomo.

—Pero... Pero no puedes hacerme esto, mamá —y lo que tiene que hacer Charo son esfuerzos para no echarse a llorar—. Yo escogí la carrera porque me gustaba, y la finca de los abuelos, pues sí, ahí está, algún día habrá que hacer algo con ella, pero tanto como mudarnos a una casa en ruinas en un pueblo de Toledo, pues...

Ella toma aire y les cuenta la verdad con la poca delicadeza que puede permitirse. Su propuesta no es un plan A porque no hay plan B. Tampoco es una oferta porque no tiene margen para eso. Se le está acabando el paro, la herencia de su marido no va a durar eternamente, la alternativa es seguir viviendo como antes hasta que se acabe el dinero, poner en venta la casa, alquilar habitaciones mientras no se venda, desangrarse lentamente en infinitas noches en blanco, comer sólo pasta y arroz, y hundirse cada día un poco más.

—Mis abuelos vivieron de esas tierras. Y sus padres, sus abuelos antes que ellos. Y todos vivieron mejor o peor, porque aquí estamos nosotros. Es una buena tierra, el olivar, la viña, ya lo conocéis. Mis hermanos me la dejan gratis durante cinco años y, después, si las cosas van bien, puedo pagarles su parte a plazos, y si no... Siempre habrá tiempo para venderlo todo. Yo, desde luego, lo voy a intentar. Es verdad que la casa está mal, pero no es una ruina, Enrique. Y cuando se murió la abuela, Demetrio, el aparcero, nos llamó y nos dijo que quería aprovechar para jubilarse porque está enfermo y ya no puede más, aunque lo sentía por sus hijos, que no tenían dinero para seguir pagando el arriendo y se iban a quedar en el paro. He hablado con ellos y están dispuestos a seguir trabajando, igual que antes. Hasta ahora, han ido vendiendo las cosechas a cooperativas que lo compran barato, lo manufacturan, lo envasan, le plantan una etiqueta y lo venden caro. ¿Por qué no podemos hacer nosotros eso y quedarnos con todo? Yo soy experta en marketing...

—De medicamentos, mamá —le recuerda su hija.

—En marketing —insiste ella con firmeza—. Ahora todo se vende igual, yo lo sé de sobra. Así que, si me dais permiso, voy a invertir en esto el dinero del seguro de vida de papá, y si os parece mal, sólo la mitad.

—¡Ay, mami! —Rosa se levanta, cruza el salón, se le sienta encima, la abraza como si hubiera vuelto a ser una cría—. Quédate con todo y perdóname, por favor, perdóname...

Como su plan no es el guión de una película, Charo puede hacer concesiones. Habría preferido alquilar el piso de Madrid, pero su hija todavía está haciendo la carrera, y pacta con ella de buen grado. Si se compromete a pasar el verano en la finca, echando una mano en lo que haga falta, puede seguir estudiando y viviendo como hasta ahora, mientras ella se ocupa de todo sola o...

—Yo me voy contigo, mamá —a la hora de la verdad, el ingeniero agrónomo no vacila—. Cuenta conmigo.

La noche antes de la mudanza, Charo no puede dormir. La primera noche que pasa en su casa nueva, tampoco. Extraña la cama pero sobre todo el frío, la crueldad del aire, el hielo de las sábanas, el silbido del viento que se cuela por las rendijas de las ventanas y los ruidos del campo, el ulular de las lechuzas que la despiertan cuando consigue adormilarse para ponerle los pelos de punta.

Extraña sobre todo la reacción de su hijo, que todos los días sale muy temprano con el coche y vuelve a la hora de comer con un gesto apagado, taciturno, y sale otra vez por la tarde y algunas noches vuelve contento, otras no.

—¿Qué tal? —pregunta ella con un nudo en la garganta—. ¿Qué has hecho?

—Pues nada, mirar las cosas. He estado con Demetrio y con sus hijos recorriendo la finca, hablando de cómo lo han llevado hasta ahora, de lo que se puede hacer...

—¿Y qué piensas?

—Pues todavía no lo sé, mamá. Esto es muy grande, tengo que verlo todo bien antes de decirte algo...

Así el lunes, y el martes, y el miércoles, y el jueves, y el viernes por la mañana. Porque el viernes, a la hora de comer, Enrique, por fin, le dice la verdad.

—Vamos a ver, mamá —empieza antes de probar la comida—. Lo más importante de todo es que me escuches con tranquilidad y que no te desanimes. Esta finca es la hostia, eso para empezar. Tiene muchísimas posibilidades, pero está muy mal llevada. Demetrio es un buen hombre, pero no tiene ni idea de lo que es una explotación agrícola moderna. En la mitad del terreno cultiva forraje, y eso no puede ser. El olivar hay que replantarlo entero, porque los árboles son muy viejos y la tierra está agotada. La maquinaria es insuficiente y tiene cincuenta años, los cultivos están mal planteados, a veces hasta mal orientados, y no los ha alternado como habría debido. Siento decírtelo pero, si queremos hacerlo bien, tenemos que dar este año por perdido. Hay que levantarlo todo, regenerar la tierra, replantear la explotación, estudiar con mucho cuidado un proyecto que sea viable y rentable, pero lo vamos a hacer, mamá, lo vamos a conseguir. Lo único... Lo único es que, de momento, no vamos a poder tocar la casa. Tengo que estudiar a fondo las subvenciones que podemos pedir, pero así y todo, creo que vamos a tener que conformarnos con comprar un par de estufas —y por fin se mete la cuchara en la boca—. ¡Qué rico! No sabes el hambre que da el campo.

—Pero... —Charo no sabe cómo le ha salido el estofado porque no puede comer—. Pero, entonces... A lo mejor, todo esto es una locura. A lo mejor, lo sensato es renunciar a tiempo, volver a Madrid, vender la casa y...

—¿Qué dices? —y la expresión de Enrique al fin la tranquiliza—. Eso sí que no, eso sí que sería una locura. Ni hablar, mamá, nos quedamos, sólo te pido un año, un año y ya verás, confía en mí. Y de todas formas, con la huerta podemos empezar ya. Lleva mucho tiempo abandonada, pero la tierra es buena. Habrá que airearla, abonarla, pero... Mañana, si quieres, nos ponemos a trabajar.

El día que recoge su primer pimiento, Charo empieza a dormir mejor a pesar del frío, de los ruidos inexplicables que la despiertan en mitad de la noche, del caprichoso ulular de las lechuzas.

Ahora al fin ha descubierto que su proyecto sí era una película, porque su vida no se parece nada a lo que había imaginado, la plácida existencia de una mujer de mediana edad que vive con desahogo en una vieja y preciosa casa rural y sube paseando hasta una colina por las tardes para recrearse con la apacible estampa de sus campos sembrados.

A pesar de las estufas, su casa sigue siendo una nevera. Las ventanas son tan viejas como los muebles, todas tienen el marco desencajado y dejan pasar el aire por más tubos de silicona que ella gaste intentando rellenar los huecos. El móvil sólo pilla cobertura en el exterior, donde aún no hay jardín, ni porche, ni nada, porque los gastos que ha planificado su hijo se chupan todo el dinero, y por las tardes, cuando sube a la colina, sólo ve tierra revuelta, agujeros de árboles arrancados, cercas viejas. Pero la huerta le da alegrías, y Enrique, que cada mañana parece más feliz y cada noche vuelve a casa más contento con lo que hace, le alegra aún más que ver crecer sus lechugas. Así, Charo mantiene a raya la tentación del arrepentimiento.

Después de cenar, los dos se sientan frente a la chimenea, se arrebujan debajo de una manta y encienden la televisión, aunque nunca la ven más de diez minutos, porque Enrique le pide enseguida que saque las fotos.

Allí, en tres enormes álbumes, está toda su historia, la de la tierra y la de su familia, y él nunca se cansa de mirar los campos, los árboles, el huerto que aparece siempre al fondo, detrás de unas figuras que suelen interesarle menos.

—¿Ves lo que te expliqué de las acequias? Mira, mamá, antes iban por aquí, ¿lo ves? Yo creo que estaban mejor así, no sé cuándo las cambiarían... ¡Anda! —y sin embargo, esta noche cambia de opinión—. ¿Y este? ¿Es el abuelo? Qué guapo, ¿no? Yo siempre le había visto más feo y sin pelo.

—Es que no es el abuelo, hijo... O... —o sí, iba a decir, pero se muerde la lengua—. Es el tío Alfredo, aunque por lo visto...

No, ahora no, piensa Charo. Cuando vivamos en la casa de la película. Cuando suba a la colina y lo vea todo verde, se lo digo, que bastantes problemas tenemos ya.

—Por lo visto, ¿qué?

—Pues nada, que era más guapo que su hermano, ¿no lo ves?

139

Charo nunca habría podido venirse a vivir a esta casa gélida y ruinosa sin el apoyo de su hermano Pascual. Él habló con Ana, convenció a Alfredo, lo arregló todo y a cambio sólo le pidió una cosa, porque tengo que contárselo a alguien, Charo, tenéis que saberlo y tú eres la mayor, así que...

—¡Qué raro! ¿El tío Alfredo? —Enrique la mira, perplejo—. Nunca me habías hablado de él.

—Pues porque emigró, y se casó con una alemana y nunca volvió, por eso debe de ser. La verdad es que yo ni siquiera me acuerdo de él —del que por lo visto ahora resulta que es mi padre, piensa Charo, de tu verdadero abuelo—, pero ya te lo contaré otro día. Ahora, vámonos a la cama, anda, que el campo da mucho sueño.

Al levantarse del sofá, presiente que va a dormir de un tirón aunque la causa no tiene nada que ver con el ritmo de la vida en el campo.

Porque hace un rato, cuando le ha preguntado por Alfredo abriendo mucho los ojos pero sin cerrar los labios del todo, Enrique le ha recordado muchísimo a su abuelo Pascual, el único abuelo materno que ha conocido, el hombre que, para Charo, siempre ha sido y siempre será su padre.

Pero también esta noche, en ese instante, con este viejo álbum de fotos entre las manos, Charo ha descubierto que es capaz de pensar con ternura en Alfredo, en la pasión que despertó en su cuñada Rosario, en el amor que les unió de verano en verano, sin que la memoria de Pascual se resienta del repentino cariño que le inspira de pronto su hermano mayor, el hombre que engendró a todos sus hijos.

Y al acostarse, el sueño la fulmina tan deprisa que ni siquiera le da margen para indagar en las auténticas razones de su insomnio.

Coinciden en el proceso de selección de personal de la empresa, pero se vieron por primera vez muchos años antes. Jaime lo recuerda. Consuelo no. Él no se lo reprocha. Está acostumbrado a que la gente no se acuerde de él.

Jaime no tiene nada de particular, y precisamente por eso pasa desapercibido. No es alto ni bajo, no llega a ser gordo pero desde luego no es delgado, tiene el pelo castaño, los ojos marrones, gafas de concha y el estilo propio de un chico que se ha criado en una familia de clase media pelada. Como sólo tiene una hermana, hereda siempre, desde siempre, la ropa de sus primos mayores, especialmente la del hijo de su tía Charo, su primo Enrique, que sólo le saca catorce meses aunque, hasta que ambos salen de la adolescencia, aparenta ser dos o tres años mayor que Jaime. Que su primo fuera más alto y más delgado que él nunca le favoreció, y por eso suele llevar aún una chupa acolchada, parecida a aquellas a las que recurría cuando era un muchacho para ocultar la tensión de los ojales, perpetuamente entreabiertos, de todas sus camisas. En eso ha consistido hasta hace poco la vida de Jaime, en taparse, en escurrirse, en no llamar la atención. Por eso su brillantez le asombra tanto todavía.

Durante muchos años, su expediente académico hace juego con su aspecto físico. Suele sacar unas notas del montón, sin llegar nunca a repetir un curso pero aprobando varios en septiembre para desesperación de su padre, que nunca se cansa de recordarle el precio que él ha pagado por el error de no haber querido estudiar, ni de preguntarle si lo que quiere es pasarse la vida de pie detrás de un mostrador. Jaime jamás responde, pero durante muchos años piensa en secreto que tal vez su destino sea heredar el bar, sobre todo porque su rendimiento no mejora demasiado al empezar la carrera.

Escoge la informática porque, a solas, en su cuarto, a lo largo de todas esas noches de viernes y de sábado en las que los noviazgos de sus amigos lo van dejando sin planes, se siente escogido, poderoso, capaz como nunca antes, aunque no se atreve a contárselo a nadie. De todas formas, las asignaturas teóricas se le atragantan. Sólo al final, en los dos últimos cursos, su talento llama la atención de algunos profesores. Con más de veinte años, Jaime prueba el sabor de las matrículas de honor y aprende que es incomparablemente dulce.

Desde entonces, su progreso ha sido inversamente proporcional al de Consuelo, la chica más guapa de su promoción, sobresaliente en las asignaturas teóricas, mediocre en todas las materias que no se resuelven a base de horas de estudio. Pero ni siquiera eso es suficiente para que ella le reconozca cuando coinciden en una prueba que Jaime solventa con mejores resultados que ningún otro aspirante, y el primer día que ambos empiezan a trabajar, le saluda como si no le hubiera visto nunca.

A partir de entonces, él la mira, pero ni siquiera después de su primer ascenso se atreve a acercarse a ella. Tras el segundo sí. Le cuesta la misma vida bajar dos pisos, avanzar por un pasillo donde siente que todos le miran como si supieran de antemano lo que va a ocurrir, y entrar en el cubículo donde Consuelo se limita a sonreírle, estirando su simpatía hasta la exageración igual que si fuera un chicle.

—¡Ay, qué pena! Me encantaría ir contigo al SIMO, Jaime, pero es que estoy liadísima. No tengo tiempo ni para tomar un café, te lo digo en serio, así que... Mi hermana se va a casar, ¿sabes?, y ando de cabeza, preparándolo todo.

Aquella tarde, lo primero que ve Jaime al entrar en la feria por la puerta reservada a los profesionales acreditados es la magnífica pareja que forman Consuelo y el director del departamento de Recursos Humanos, el ejecutivo más guapo, el más mujeriego y, aunque la crisis es apenas una sombra que se insinúa en el horizonte, obviamente el más cabrón de toda la empresa. Cuando pasa por su lado no le ven porque están a punto de morrearse en mitad del pasillo. Jaime tampoco les saluda y se escurre a toda prisa, como antes. Como siempre.

Desde ese día, no vuelve a acercarse a Consuelo. Al fin y al cabo, en el trabajo todos han descubierto ya que es muy inteligente, así que empieza a creérselo él también y decide comportarse en consecuencia. Sigue ascendiendo y mirándola de lejos, eso sí, pero sólo hasta que ella se da cuenta. Entonces, con una disciplina implacable, orienta su mirada hacia cualquier otra mujer que esté a su alcance, aunque cuando la ve, nunca logra dejar de mirarla.

Así han pasado cinco años, tantos como las paradas de ascensor que miden la distancia entre sus carreras.

Hoy, Jaime piensa sobre todo en eso cuando la ve entrar en su despacho. Porque él trabaja en un despacho, ante una gran cristalera que ofrece una espectacular vista aérea de Madrid incluso en esta oscura, lluviosa mañana de enero, y no en un cubículo de paredes de plástico, embutido entre muchos otros habitáculos idénticos, en el centro de una sala interior donde está perpetuamente encendida la luz eléctrica. No es corriente que los programadores de la planta baja, encadenados a la monotonía del mantenimiento de las webs más vulgares, suban hasta el Olimpo de la sexta, donde residen los únicos y verdaderos dioses creadores de programas. Y sin embargo, aquí está Consuelo, delante de su mesa, ofreciéndole una de esas sonrisas de caucho, tan elásticas, tan suyas.

—¡Joder, Jaime, menudo despacho tienes! Qué bien, ¿no? —y se sienta en una silla antes de que él abra la boca para ofrecérsela.

—Sí —esta mañana al fin se consiente mirarla a los ojos—. Las vistas son estupendas —pero de repente no le gusta lo que ve—. ¿Y a ti, qué tal te va? ¿Puedo ayudarte en algo?

—Bien, no, es que... Hace días que me acuerdo de ti. Ya no te veo nunca, como no usas el ascensor de la clase obrera... —hace una pausa para que Jaime le ría el chiste y él se limita a insinuar una sonrisa, pero no pronuncia una palabra—. Pues nada, que he pensado que es una pena, y que podríamos quedar algún día a tomar algo, no sé, un café o...

Jaime, que sigue siendo un hombre corriente, ni alto ni bajo, aunque a base de gimnasio ya no está ni remotamente gordo, y lleva unas gafas de montura Truman, y ropa de buena calidad, por fin nueva y de su talla, la mira con atención y vuelve a ver a la chica más guapa de su facultad, que sigue siendo la mujer más atractiva de la planta baja. Él no tiene pareja y ninguna de las chicas con las que ha salido se puede comparar con la que tiene delante. Pero Jaime, ¡ay!, es muy inteligente, y por eso le bastan unos segundos para analizar la situación de manera óptima. Porque

144

es su capacidad para el análisis, y no el ascensor reservado a los ocupantes de la sexta planta, lo que le lleva cada mañana hasta ese despacho.

Jaime analiza a Consuelo y concluye que es una chica muy guapa que no ha logrado casarse con ninguno de los ejecutivos a los que ha logrado seducir, que está aburrida de mantener webs, y que cuenta los meses que le faltan para cumplir treinta años con un sueldo mediocre, bastantes papeletas para el próximo reajuste de plantilla y ninguna expectativa de mejorar excepto en el caso de que consiga enganchar al programador mejor pagado del edificio, ese chico insignificante que siempre, desde siempre, ha estado enamorado de ella.

—Claro que sí, deberíamos vernos más —contesta, y piensa que la vida es un asco, pero sigue adelante aunque le duela, y le duele—. Lo que pasa es que... ¡Uf! Yo ahora mismo estoy liadísimo, ¿sabes? No tengo tiempo para cafés, ni para nada.

Al ver la fachada llena de colgaduras pintadas, como banderas extrañas, Fátima coge a su marido del brazo y está a punto de decirle, mira, vámonos, que esto no es para nosotros... Pero Ahmed, su hijo mayor, ya ha entrado en el vestíbulo y avanza por él como por una alfombra roja.

—¡Ahmed, tío!

—¿Qué pasa, coleguita?

—¡Qué bien que hayas venido!

—No veas cómo se va a poner Mariana de contenta...

A Mariana sí la conocen, porque es compañera del instituto de su hijo. Se han hecho tan amigos que Ahmed recurrió a ella, con una naturalidad que les dejó pasmados, cuando les quitaron la tarjeta sanitaria. La madre de Mariana, médico en un centro de especialidades de la Seguridad Social, les recibió, se portó muy bien con ellos, les dio su número de móvil y les dijo que no se preocuparan, que seguramente en su ambulatorio iban a seguir atendiéndoles igual, pero que al menor problema la llamaran por teléfono y ya arreglaría ella lo que fuera. Aunque las cosas han cambiado mucho desde entonces. Fátima pasó por delante del Centro de Salud hace poco y vio la fachada cubierta de telas blancas con letreros escritos con spray, unas colgaduras no muy distintas de las extrañas banderas que identifican el edificio en el que acaban de entrar. Menos mal que ninguno se ha puesto malo todavía.

También le cuesta trabajo reconocer a Mariana, porque va vestida de una forma muy extraña. Acaba de empezar febrero y en la calle luce un sol tramposo, radiante, como un torpe anuncio publicitario incapaz de desmentir los nueve grados que marcan los termómetros, pero ella lleva una camiseta negra, una minifalda elástica de estampado de leopardo y unas medias de rejilla de agujeros tan gordos que deben de hacer el mismo efecto que ir con las piernas desnudas. No pegan nada con las botas militares de cordones desatados que cubren sus pies, pero lo más raro es su peinado, mechas californianas rubias sobre su pelo oscuro y varias rastas por encima. Al principio, a Fátima le da un poco de vergüenza mirarla, pero sigue siendo muy amiga de Ahmed, tanto que viene corriendo y se cuelga de su cuello para darle un abrazo que en el pueblo de sus abuelos implicaría una promesa de matrimonio como mínimo. Aquí no, porque Santi, que es ecuatoriano, se les echa encima y ya es un abrazo de tres, de cuatro cuando llega Edu, tan español como la chica, y son como una piña humana, un monstruo de cuatro cabezas o un equipo de fútbol que acaba de marcar un gol.

—Me alegro mucho de que os hayáis decidido a venir —Mariana besa primero al padre de Ahmed, luego a su madre—. Ya veréis lo bien que vais a estar aquí. Todavía no hemos tenido tiempo para organizarlo todo bien, pero tenemos espacio de sobra.

No tardan en descubrir que eso es verdad, porque les han adjudicado dos habitaciones exteriores, espaciosas, comunicadas entre sí por un salón donde encuentran hasta un sofá y una mesita recién recuperados de la basura, en el primer piso del antiguo hotel. No hay camas, pero ellos han traído sus colchones, los que compraron para estrenar el piso de Pinto, aquella casa que al principio fue la mayor alegría, después la pena más negra de sus vidas.

Los padres de Ahmed todavía no entienden muy bien lo que les ha pasado, por qué aquel señor del banco, tan simpático que en cada visita le ofrecía un puñado de caramelos a cada niño antes de lanzarse a hacer unos números tan risueños que parecían guiñarles desde el papel los ojos que no tenían, se ha convertido en un muro, una estatua, una máquina de decir que no. Cuando firmaron la hipoteca se puso una mano en el corazón y les prometió que no iba a haber ningún problema.

—Si yo supiera que no iban a poder pagar —y sus labios se curvaron para dejar a la vista unos dientes dignos de un anuncio de dentífrico—, no les concedería el crédito, como comprenderán.

Luego, cuando el marido perdió el empleo y la mujer la mitad de las casas donde iba a limpiar, ya no recordaba haber dicho eso nunca jamás.

—Así funcionan estas cosas, no es culpa mía —tampoco volvió a enseñarles los dientes—. Esto es un banco, no una ONG, ya se lo expliqué cuando les concedimos el crédito. O pagan o a la calle, es una lástima pero no hay nada que hacer...

Y ni siquiera les daba un triste caramelo a sus hijos cuando iban a suplicarle que esperara un poco más.

Desde que el juzgado embargó su piso han vivido casi dos meses desperdigados en casas de conocidos. El marido con un crío, en una. La mujer, con la más pequeña, en otra. Los hijos mayores, en otras dos, todas de inmigrantes marroquíes, vecinos del pueblo de sus padres. Hasta que

Ahmed los reúne a todos unos días antes en un bar de la Puerta del Sol.

—Escuchadme bien, hay una posibilidad de que volvamos a vivir todos juntos en un edificio ocupado, en el barrio de mi instituto. Lo lleva una asociación de vecinos de allí y tengo muchos amigos dentro. Son los mismos que me dieron aquel cajón de comida que os llevé en Navidad, el que tenía aquellos paquetes de arroz tan raro, con letras chinas, ¿os acordáis?

Su madre sonríe, porque se acuerda. Su padre, en cambio, niega con la cabeza.

—Eso es ilegal, Ahmed, eso no está bien, no se puede romper un cerrojo y entrar en un edificio así, por las buenas...

—¿Y lo que te han hecho a ti está bien, padre?

Los dos se miran un instante, como si estuvieran a punto de batirse en duelo.

—Lo que te han hecho a ti es legal, pero no está bien —insiste Ahmed al rato—. Durante seis meses sólo hemos comido arroz blanco, hemos ahorrado de donde podíamos y de donde no, hemos andado con zapatos con la suela rajada, hemos guardado hasta el último céntimo... Tú has sido legal, ¿y qué tienes? Un recibo de cuatrocientos euros al mes por una casa de la que te han echado después de haber pagado casi sesenta mil, más de lo que vale ahora. Mis colegas sólo quieren ayudarte. Déjate ayudar, padre.

Así han llegado hasta aquí, a este edificio extraño, lleno de jóvenes extraños con un aspecto extrañísimo, y familias como la suya, algunas españolas, otras extranjeras, latinoamericanas, eslavas, magrebíes, africanas, un laberinto de lenguas y colores por el que Edu, el mejor amigo de Ahmed desde la escuela infantil, les guía sin perder jamás la sonrisa.

—Hemos conseguido para vosotros mantas, comida, material escolar y juguetes para los niños, lo encontraréis todo en la habitación. Hay un servicio de voluntarios que los lleva al colegio por las mañanas, luego os digo dónde está para que apuntéis a los vuestros, si queréis me encargo yo de ellos... Y dentro de un rato, cuando os instaléis, irá a veros un abogado para tomar vuestros datos, a ver lo que podemos hacer con el tema de la hipoteca.

Los padres de Ahmed se miran, ella levanta las cejas, él insinúa un movimiento de negación con la cabeza. Y sin embargo, media hora después suenan unos nudillos en la puerta. La mujer vuelve a mirar al marido. Él se levanta, va a abrir, y encuentra a una señora de treinta y muchos años, con un traje de chaqueta azul marino, zapatos de medio tacón, varias carpetas en los brazos y el gesto enérgico de una persona eficaz, acostumbrada a actuar deprisa y sin perder el tiempo.

—Hola —la madre de Ahmed sonríe al reconocerla—. ¿Cómo estás?

—Muy bien, Fátima, ¿y tú? —las dos se besan ante el perplejo silencio del hombre que las mira.

—Es la madre de Edu —le informa enseguida su mujer—. Nos conocemos del colegio, de los festivales y las reuniones, de hace... ¡Uf!

—Sí, mucho tiempo. Me llamo Marita —al tenderle la mano sonríe y le enseña unos dientes menudos, irregulares, mucho más feos que los del director del banco pero dientes, después de tanto tiempo—. Aparte de la madre de Edu, soy uno de los abogados de la asociación. Necesito que me deis todos los datos de vuestro desahucio. ¿Habéis traído los papeles?

Los han traído porque Ahmed les dijo que debían hacerlo, que era muy importante. Se lo entregan todo y después, durante más de un cuarto de hora, los dos se quedan de pie, muy quietos, muy callados, cogidos del brazo, mientras Marita escribe a toda velocidad, rellenando formularios, revisando documentos, parando para sonreírles de vez en cuando.

—¿Tú crees que nos van a devolver el piso? —Fátima se atreve a responder a sus sonrisas con esa pregunta y antes de terminar de decirlo se siente estúpida, porque ya sabe ella que eso no va a pasar nunca.

—No —pero Marita no la censura por preguntar bobadas—. Eso es imposible, no quiero engañaros. Lo que voy a intentar es que cancelen vuestra deuda, que no tengáis que seguir pagando por él después de haberlo perdido.

—Eso ya sería bastante —reconoce Mohamed—. Porque antes o después nos echarán de este edificio, ¿verdad?

—Sí —Marita se quita las gafas para mirarle, asiente con la cabeza—. Antes o después os echarán, nos echarán a todos. Pero ocuparemos otro, porque Madrid está lleno de edificios vacíos y de familias que se han quedado en la calle. De todas formas, eso no va a pasar mañana, y si consigo libraros de la deuda, para cuando nos desalojen igual ya habéis podido alquilar un piso. Voy a solicitar para vosotros uno de alquiler social, a ver si hay suerte.

Y enseguida se levanta, mira el reloj, se arregla la ropa, se despide de ellos.

—Vamos a hacer todo lo que podamos —le da la mano al padre, besa después a la madre con la misma energía—, os lo prometo. Lo único que os pido es que tengáis paciencia, y que no desesperéis. Estos procesos son siempre muy largos, muy pesados, porque los abogados de los bancos hacen todo lo posible para que nos cansemos. Pero ni vosotros ni yo vamos a cansarnos. Nunca, ¿de acuerdo?

Cuando se quedan solos en la habitación, los padres de Ahmed se abrazan.

Él no se fía demasiado de lo que les ha dicho la abogada pero, en ese instante, después de mucho tiempo, se encuentra en paz.

Ella no, porque un gusanito se pasea por sus tripas. No es la primera vez que ocurre. El gusanito siempre se despierta cuando Fátima se enfrenta a las cosas que hacen algunas madres de familia, mujeres como ella, que han estudiado, y trabajan, y se mueven mucho más que los hombres.

De todas formas, con su carrera, y su trabajo, y la asociación y todo eso, ella tampoco va a conseguir que nos devuelvan el piso, piensa.

Pero no se siente mejor.

Se meten en la cama sin hablar. Ambos están seguros de saber lo que está pensando el otro porque ninguno de los dos puede pensar en otra cosa, pero se miran, sonríen, no despegan los labios en un buen rato.

—Pues...

Marisa no es consciente de haber pronunciado aquella palabra en voz alta. Creía que se había limitado a pensarla, pero Roberto se incorpora enseguida sobre un codo, la mira.

—¿Pues qué?

El 23 de febrero de 1981, ella tiene veinte años y no ha acabado la carrera. Roberto ya ha empezado a trabajar en un periódico, pero está haciendo el doctorado y sigue siendo el responsable de su partido en la facultad. Marisa, que le considera un fatuo, un niñato engreído, ridículo y empachado de autoridad, está convencida de que va a hacer la tesis sólo por seguir ocupando el cargo. En aquella época se llevan tan mal como pueden llevarse dos izquierdistas españoles que militan en sectores opuestos del mismo partido, o sea, peor imposible. Eso es precisamente lo que les acaba uniendo aquella tarde.

La reunión se está precipitando hacia la bronca monumental que se ve venir desde hace meses. Roberto ha amenazado ya con solicitar la expulsión de todos los militantes del sector encabezado por Marisa, y está enumerando las razones por las que va a exigir que se la aparte inmediatamente de la dirección cuando, de repente, se enteran de que un coronel de la Guardia Civil está dando un golpe de Estado en el Congreso de los Diputados. Ni siquiera eso es capaz de lograr que Roberto ceda la palabra. Sin soltarla, disuelve la reunión, anuncia que se va a la sede a por noticias y los manda a todos a casa.

—Me voy contigo —dice Marisa entonces.

—Ni lo sueñes —la mira desde arriba, con la barbilla levantada, y ella reconoce a su pesar que la arrogancia le sienta bien.

—Pues sí —y le da tanta rabia que levanta la voz, aprieta los puños y echa los hombros hacia atrás—, porque soy la representante de una corriente significativa y no puedes apartarme así como así.

—Muy bien —Roberto admira los pechos erguidos, prominentes, que realzan los estallidos de furia de su compañera—, pues vete por tus propios medios.

—¿Ah, sí? ¿Y cómo? —la furia de Marisa crece, sus mejillas se colorean, los mechones que enmarcan su cara se escapan de la coleta—. Mira, no te me pongas chulo porque sabes que no tengo coche.

—Pues eso, que te vas andando —y cuanto más chulo se pone, más le gusta, y cuanto más le gusta, más se enfurece, y cuanto más se enfurece, más atractiva le parece a él.

—Sí, hombre, pues que conste en acta —y una vez que arranca el proceso, ella ya no puede parar.

—¿Que conste qué? —él tampoco, y en cada palabra que le arroja a la cabeza le gusta un poco más.

—Que eres un machista aficionado a los procedimientos...

—¡Basta ya!

Sólo entonces miran a su alrededor para comprobar que están en el centro de un corro de militantes atónitos, una veintena de rostros pálidos como el papel. El bedel que ha chillado les pregunta desde la puerta si ese les parece el mejor momento para tener una riña de enamorados, y los dos se sonrojan a la vez.

—No estamos enamorados —dice Marisa de todas formas.

—No —confirma Roberto—. Más bien somos enemigos.

—Me da lo mismo lo que seáis. Todo el mundo fuera de aquí ahora mismo, vamos —el bedel señala el pasillo con el índice y el gesto inconmovible de un emperador romano—. Son órdenes del decano, vamos a cerrar la facultad hasta que se aclare la situación.

Los dos bajan las escaleras sin hablar, cada uno arropado por los militantes de su propio sector, el mayoritario alrededor de Roberto, la minoría detrás de Marisa. Al salir a la calle, ella le sigue hasta el coche sin pedir permiso, él lo abre sin decir nada y los dos aprovechan el mismo semáforo para confesar que están muertos de miedo.

—No va a pasar nada, ¿verdad? —Marisa se atreve primero—. Pero de todas formas deberíamos destruir los archivos, las fichas de los militantes y...

—Sí, ya lo había pensado —Roberto se muestra de acuerdo con ella por primera vez desde que se conocen—. Para eso vamos a la sede, para que nos digan cómo están las cosas.

No tienen tiempo para más porque Madrid se ha convertido en su propio esqueleto, un decorado de edificios inertes y calles vacías. No hay coches, no hay peatones, no hay gente paseando a sus perros, ni parejas de novios, ni madres con niños, ni ancianos sentados en los bancos de los parques, sólo algunas figuras oscuras, encogidas, reunidas en grupitos en las bocas de metro, como si esperaran una invasión extraterrestre o el advenimiento del Juicio Final. Así, llegan en un periquete a un lugar donde nadie les da la bienvenida.

Y vosotros, ¿quiénes sois?, ¡quita de en medio!, pues sí, lo que nos faltaba, ¿y los niños estos qué hacen aquí?, que se larguen pero ya, pues échales tú, ¿y a mí qué me cuentas...? Un portazo, dos portazos, tres portazos, y se quedan solos en el centro de un pasillo.

—¿Y ahora qué hacemos? —pregunta ella.

—No lo sé —admite él, y es la primera vez que Marisa le oye decir esas tres palabras—, pero conozco a un compañero que trabaja en la primera planta, vamos a verle...

La guía escaleras arriba y abre con decisión la puerta de un despacho donde no hay nadie. La mesa está tan bien ordenada como si su ocupante acabara de irse de vacaciones, pero a la derecha hay un sofá rojo, grande, memorable, donde se sientan a esperar. Como no saben qué están esperando, empiezan a hablar, y como esta tarde están pasando muchas cosas que nunca han pasado antes, por una vez consiguen hablar sin discutir.

Al rato se dan cuenta de que se están divirtiendo, y como se divierten, pasan de la conversación al coqueteo. Y como están solos en el mundo, abandonados a su suerte en un despacho vacío, en un edificio donde nadie podría localizarlos porque nadie sabe quiénes son ni qué están haciendo, y como Tejero ha secuestrado el Parlamento y vete a saber qué pasará mañana, se besan. Y como les gusta, se besan más. Y como entre los dos no suman ni cincuenta años, la situación en el sofá rojo evoluciona a una velocidad muy superior al ritmo que el destino impone a los acontecimientos en el Congreso de los Diputados.

De hecho, ha evolucionado ya un par de veces cuando una puerta se abre en el despacho de al lado y escuchan una voz que conocen de sobra, tan cerca como si estuviera en la misma habitación y no en el escenario de un polideportivo, arengando a miles de personas, como otras veces. Al reconocer a su propietario, los dos miran hacia arriba al mismo tiempo para comprobar que el tabique que separa los dos despachos no llega hasta el techo. En ese momento, Roberto quiere morirse, Marisa también, pero ambos siguen vivos, desnudos, callados, abrazados y aguantando la respiración.

—Habla tranquilamente —dice entonces otra voz conocida—, aquí no nos oye nadie. ¿Es verdad lo que me han contado, que estamos en la lista de un gobierno de concentración?

—Sí, pero déjame que te lo explique...

—O sea, que os habéis vuelto locos.

—No, de verdad, no es lo que parece, porque la situación...

Mientras los dos escuchan lo que jamás habrían querido oír, Roberto vuelve a besar a Marisa. No quiere seguir oyendo la conversación del despacho de al lado y, por la misma razón, ella le responde como si se vaciara entera por la boca. Después, sin hacer ruido, él le acaricia los pechos y ella baja la mano, se aferra a su sexo, lo siente crecer.

—Que se jodan —susurra Marisa mientras se estira sigilosamente en el sofá.

—Que se jodan —repite Roberto, mientras se tiende sigilosamente sobre ella.

—Esto que está pasando es Historia de España —dice al otro lado del tabique el dirigente partidario de entrar en un gobierno presidido por un general—. Tenemos que estar a la altura de los acontecimientos.

—No lo sabes tú bien... —Marisa vuelve a susurrar y a Roberto le cuesta trabajo tragarse la risa.

Cuando los dos miembros de la Dirección abandonan el despacho de al lado, Roberto y Marisa se levantan, se visten sin hacer ruido, se peinan con las manos, se dan mutuamente su aprobación y salen por separado, él cinco minutos antes, ella después.

Sus precauciones resultan innecesarias porque ninguno de los dos se cruza con nadie antes de salir a la calle. Allí, por fin, se echan a reír, pero sin darse mucha cuenta vuelven a besarse, a abrazarse como si fueran los dos únicos supervivientes de una ciudad apagada, tan silenciosa como si estuviera muerta.

Antes de despedirse, se comprometen a darse de baja en el partido al día siguiente, pero ninguno de los dos llega a hacerlo. Porque, al día siguiente, todo son besos, abrazos, felicitaciones, relatos heroicos, plenos y exaltados, incompatibles con la sucia verdad que ellos conocen, la versión que les avergonzó al otro lado de un tabique.

Desde ese día y durante muchos años, la Historia de España pasa por su memoria como una apisonadora, una máquina implacable, tan perfectamente engrasada que a ratos hasta les hace dudar de lo que saben. El saldo de aquella tarde se convierte al mismo tiempo en la cifra de su propia vida. No abandonan el partido para ahorrarse explicaciones pero ambos dimiten de sus cargos y, seis meses más tarde, se van a vivir juntos. Hasta esta noche, que vuelve a ser la noche de un 23 de febrero.

—No, que... —ella se incorpora, mira a su marido—. Después del documental que hemos visto se me ha ocurrido... Lo que escuchamos en aquel despacho, con la que se está liando, pues... Claro, que si lo contamos, ¿quién se va a creer una historia como la nuestra?

—Nadie —él se echa a reír, pero su risa se apaga muy deprisa—. O todo el mundo, vete a saber. Al fin y al cabo es la verdad, ¿no?

—Sí —ella se deja caer entre las sábanas, se recuerda que es una periodista en paro, que no tiene nada que perder—, bueno, a lo mejor...

—A lo mejor, ¿qué? —los ojos de Roberto brillan de pronto como aquella tarde.

—Nada, nada —y Marisa acata su voluntad con alegría.

Pero después pone el despertador igual que antes, cuando madrugaba una hora más que su marido, y al día siguiente, no le cuesta trabajo levantarse.

Antes de ir a la cocina a hacerse un café, enciende el ordenador. Después de desayunar, se lava los dientes, se limpia la cara, se pone crema, se viste y, a las ocho en punto de la mañana, Marisa Ferreiro empieza a escribir un libro.

—Jaime, hijo, ¿cómo estás?

—¿Yo?

Son las cuatro de la tarde de un martes del mes de marzo. Dos días antes han comido juntos, como todos los domingos, así que el hijo no entiende muy bien la llamada del padre, pero contesta que bien, como siempre.

—Ya, es que... —Pascual titubea, se rasca la cabeza, encuentra un hilo por dónde seguir—. Tendrás mucho trabajo, ¿no?, pero yo necesito que me hagas un favor.

—Claro, dime.

—Es que no te lo puedo explicar por teléfono, es mejor que lo veas tú mismo... ¿Podrías venir a verme esta tarde como a las ocho y media?

—¿Tiene que ser a esa hora? —porque Jaime sale del trabajo hacia las seis, y vive cerca de su oficina, lejos del bar de su padre.

—Pues sí, porque... —en ese instante una bombilla cálida, de luz sonrosada, se enciende en su cabeza—. No me digas que te has echado una novia.

—¡Papá!

La que ha gritado es su hija Lucía, licenciada en Filología Hispánica, que hace casi dos años se fue a vivir con su novio pero come todos los días en el bar, con sus padres,

163

porque vive en el barrio, trabaja como encargada en una tienda de ropa del Mercado de Fuencarral y gana ochocientos noventa y ocho euros brutos al mes.

—¿Pero cómo se te ocurre preguntarle eso? ¿Queréis dejarle en paz? Mamá y tú siempre con lo mismo, coño.

—No, papá —contesta Jaime al otro lado del teléfono—, no me he echado una novia.

—Lo siento, hijo, es que tu hermana...

—Ya, si lo he oído todo. Dale un beso de mi parte y no te preocupes, que a las ocho y media estoy allí.

Pascual cuelga el teléfono y se vuelve hacia Lucía.

—Es que no lo entiendo. Tan listo, tan bueno, con el trabajo que tiene, ganando lo que gana... No lo entiendo.

—A lo mejor su destino es estar solo, papá. O a lo mejor no lo está, a lo mejor sale con muchas chicas y nosotros no nos enteramos. A lo mejor...

Lucía se calla, porque ni ella misma se cree lo que acaba de decir y tampoco encuentra nada nuevo que añadir.

Pascual la mira, niega con la cabeza, no dice nada.

Jesús tarda algún tiempo en comprender lo que está pasando.

La primera vez que Pascual le habla de él no le conoce de nada, pero conoce a su padre, Braulio, el camarero que casi todos los días le sirve algo, el desayuno, o una caña, o unas patatas bravas, o el gin-tonic con el que se premia a veces algunas noches, al volver de trabajar.

—Échale una mano, hombre... —Jesús mira hacia la barra y ve a Braulio agazapado en una esquina, limpiando por enésima vez una bandeja que ya brilla como si fuera de plata maciza mientras le espía con el rabillo del ojo—. Yo lo conozco desde que era pequeño, y sé que es muy bueno, serio, currante, responsable, te lo digo de verdad, pero lleva casi dos años en el paro y está desesperado. Sólo te pido que le des una oportunidad, ¿qué trabajo te cuesta?

Jesús vacila. El trapo que agita el padre de Toni le conmueve tanto como la historia que acaba de contarle Pascual, por más que sea un relato vulgar, intercambiable por el de otros miles de jóvenes españoles de su edad. Jesús lleva mucho tiempo dejándose abrumar por los titulares de los periódicos como para decir que no y levantarse sin más, y sin embargo, tarda en decidirse. Porque aunque sea el encargado del negocio, aunque lleve veinte años trabajando allí, no se siente seguro. En estos tiempos, nadie lo está.

—A ver, Pascual, está todo muy revuelto pero... Bueno, que venga mañana a verme. A las diez en punto, que no se retrase.

A las diez menos diez del día siguiente conoce a un chico de veintidós años que dejó de estudiar antes de terminar la Secundaria para trabajar en la construcción y ganar durante algún tiempo mucho más dinero que su padre, luego bastante más, después sólo un poco más, más tarde lo mismo, enseguida menos y al final, nada de nada.

—Yo estoy dispuesto a hacer lo que sea, se lo digo en serio.

Esa misma mañana le hace una entrevista y le gusta. A su jefa también le gusta, y los dos deciden ponerle a prueba en el almacén de mercería más antiguo, más famoso del centro de Madrid, un universo en miniatura de cintas y botones, galones y cremalleras, hilos, adornos y encajes, que presume con razón, desde hace un siglo, de tener un muestrario exhaustivo de cualquier mercancía del ramo. Por esa razón, al enseñarle el depósito, Jesús le advierte que el trabajo en la trastienda es exigente, complicado.

—Toma —enseguida le demuestra por qué—. Aquí tie-

165

nes una bolsa con veinte gramos de plumas y veinte bolsas vacías. Con esto quiero que me prepares veinte bolsas de un gramo de plumas cada una. ¿De acuerdo? Ven a buscarme cuando termines, te espero ahí fuera.

Aunque ha puesto a disposición del aprendiz una balanza de precisión, Jesús sabe que el encargo es mucho más difícil de lo que parece. La mayoría de los aspirantes, él mismo incluido muchos años atrás, logran entregar dieciocho, a veces diecisiete, unos pocos diecinueve bolsas con el peso exacto. Pero Toni llena veinte, ni una más, ni una menos, y sigue trabajando con la misma concienzuda disciplina, un afán de perfección que, después de las plumas, resiste la prueba de las lentejuelas, tan livianas, y la clasificación por tamaños o colores de toda clase de menudencias.

Entonces Jesús respira, convencido de que el hijo de Braulio ha hecho ya lo más difícil. Y el primer día que le hace falta una persona más en el mostrador va a buscarle, le da una calculadora, una libreta, un talonario, le explica que tiene que apuntar los precios en un albarán y dárselo a cada cliente para que pague en la caja, y se olvida de él.

Por la tarde, justo después de cerrar, la cajera le llama un momento y le confiesa que no entiende por qué no cuadran los números. Jesús tampoco acierta a explicárselo. Los dos saben que el problema tiene que estar en el chico nuevo, porque los demás empleados llevan mucho tiempo despachando sin contratiempos, pero ninguno de los dos lo dice en voz alta. Tampoco habrían podido nunca imaginar su causa, la confesión que Jesús le arranca al día siguiente, con mucho esfuerzo, a un chico consumido por la vergüenza.

—Si le cuento esto a la jefa, te va a echar —le advierte mientras siente que aquel fracaso le correspondería también a él, y a Braulio, y a Pascual, a medio barrio—, porque en estas condiciones no puedes trabajar, ni aquí ni en ningún comercio, lo entiendes, ¿verdad?

—No, por favor —insiste Toni—. Yo le prometo que lo arreglaré, de verdad, no sé cómo, pero... Por favor, deme otra oportunidad, una sola, por favor.

—Lo que te doy es una semana más en la trastienda. Una semana y ni un día más.

Porque aunque Jesús todavía no se lo cree, lo que pasa es que este chico honrado, concienzudo, trabajador, no sabe sumar ni multiplicar con decimales. Ese es el saldo de la bonanza económica española, de los años de las vacas gordas, los pelotazos que arrancaron a tantos estudiantes de sus pupitres para ponerles entre las manos la manivela de una hormigonera. A Toni siempre se le habían dado mal las matemáticas y dejó el instituto de mala manera, demasiado pronto, con demasiadas asignaturas pendientes.

—A mano soy incapaz de calcular el precio de los pedidos y con la calculadora me pongo tan nervioso que me equivoco la mitad de las veces. No lo hago aposta, de verdad, yo intento hacerlo bien, pero... Lo siento.

—No, no lo sientas. Lo que tienes que hacer no es sentirlo, sino ponerte a estudiar.

Cuando Jaime llega al bar, encuentra a Braulio y a su padre sentados a una mesa con un chico muy joven, muy moreno, que le parece guapo incluso con la cara deformada, los ojos hinchados de llorar.

—¡Ya está aquí! —Pascual da una palmada para celebrarlo—. Ven, Jaime, hijo, mira, te presento a Toni. Toni es el hijo de Braulio y está en un aprieto porque... ¿Tú crees que podrías enseñarle a hacer operaciones con decimales?

—¿Operaciones con decimales? —Jaime no entiende

nada—. ¿De matemáticas? —pero tres cabezas asienten para responderle al mismo tiempo—. Pues claro... Si es muy fácil, pero... ¿Por qué?

Empiezan esa misma tarde. Jaime, que está acostumbrado a enseñar, porque se sacaba un dinero extra dando clases particulares de matemáticas mientras hacía la carrera, pasa casi dos horas haciendo cuentas con Toni y le deja deberes. Al principio tiene la esperanza de poder resolverlos a distancia, por correo electrónico, pero el gesto de pavor que se dibuja en la cara de su alumno cuando se lo propone, le condena a perder todas las tardes libres de la semana. Le fastidia, pero se aguanta, porque lo contrario es lo mismo que asumir que el chaval va a perder el trabajo por su culpa.

Al día siguiente, Toni le trae todos los deberes hechos, y al corregirlos, Jaime encuentra pocos fallos pero insiste en el mismo sistema, un centenar de operaciones corriendo la coma y otras tantas para casa. El tercer día, todas las sumas y las multiplicaciones están bien resueltas, y empiezan con los problemas.

—A ver, yo te lo digo y tú lo apuntas, siete corchetes a 0,30 la unidad, cuatro metros de cinta a 0,48 el metro, y doce botones a 0,80, sin calculadora, vamos...

Así pasan dos días más, y el quinto, que es viernes, Jaime alterna las cuentas y los problemas difíciles, y aunque le deja usar una calculadora, Toni resuelve todas las operaciones sin ella.

—Muy bien, tío —en cada acierto, el profesor le alaba y el alumno se pone colorado, pero sólo un poco, porque la satisfacción pesa ya mucho más que la vergüenza—. Muy bien, así me gusta.

—No, si al final voy a valer para estudiar y todo.

—Pero no lo dudes. A ver, vamos a hacer otro más... Siete botones blancos a 0,47, seis botones dorados a 1,02, ocho botones marrones a 0,72, catorce botones negros a 0,65, siete botones verdes a 0,71, nueve botones azules a 1,13, ¿cuánto me voy a gastar?

Antes de averiguarlo, Jaime ve entrar en el bar a una chica menuda y esbelta, con una larga melena oscura, los labios gruesos, los ojos grandes, que avanza derecha hacia su mesa. Al llegar, se quita la bufanda, el abrigo, enseña un vestido negro ceñido hasta la cintura y unas piernas muy bonitas.

—Tú debes de ser Jaime, ¿no?

Él asiente con la cabeza, se levanta, recibe dos besos y los devuelve.

—Yo me llamo Lorena, soy la novia de Toni —y enseguida va hacia su novio, le rodea el cuello con los brazos y le besa en la mandíbula, muy cerca de la oreja—. ¿Qué tal? Voy un momento al baño, ahora vuelvo.

Jaime la sigue con la mirada mientras su alumno empieza a multiplicar con decimales.

—¡Qué guapa! —dice, como para sí mismo.

Toni no le escucha.

Pascual sí, pero se concentra en la bandeja que está limpiando hasta que brilla igual que si fuera de plata maciza.

Hoy es lunes, y como todos los lunes, María Gracia llega al bar de la estación de metro donde suele desayunar a las ocho y cuarto de la mañana, pero no ve al hombre que la ha mirado desde una esquina de la barra durante algo más de un año.

La semana anterior ha probado con todos los horarios. Todos los días, a primera hora, se ocupa de la casa de doña Martina. El martes, a ella no le importa que llegue un poco más tarde, pero a las nueve de la mañana no se encuentra con él. El miércoles se cruza Madrid en metro, desde la oficina que limpia más allá de la plaza de Castilla, para intentarlo a mediodía, pero él no está en el bar. El jueves, a Sofía le da igual que llegue media hora antes, y tampoco le ve. A Marita no la avisa, no hace falta porque su casa siempre está vacía por las mañanas. Como no tiene que darle explicaciones a nadie, el viernes baja al metro y pasa por la puerta del bar tres veces, a las ocho y media y está lloviendo, a las diez menos cuarto y ya ha escampado, a las once y veinte y ha salido el sol. Pero a todas horas, la esquina de la barra que parecía pertenecerle sigue estando perfectamente desierta.

María Gracia piensa al principio que no tiene importancia. Quizás ha encontrado un trabajo. Quizás se ha acatarrado. Quizás se ha enfadado con la dueña del local y ahora desayuna en otro bar. Una voz en su interior le dice que no es así, pero no quiere escucharla porque hacía mucho, demasiado tiempo, que nadie la miraba cuando él empezó a mirarla.

—¿Quieres ir tú, Miguel?

Esta mañana, la inspectora Raquel Fernández se dirige al agente Ferreiro como si no hiciera tres meses que duerme con él una noche sí y otra casi que seguramente también.

—Te lo digo porque tú eres de este barrio, ¿no? —pero le apoya un muslo en el brazo cuando deja una nota sobre su mesa—. Los vecinos te conocen y estos asuntos siempre son delicados.

—¿Pero qué ha pasado exactamente? —la mano de él roza la de ella al levantar el papel.

—No lo sabemos. La vecina de arriba ha llamado dos veces. Dice que hace varios días que no le ve, que su gato ha empezado a maullar aunque siempre había sido muy silencioso —Ángela de la Torre, compañera y eterna aspirante a novia de Ferreiro, levanta en ese instante la cabeza y Fernández da el pasito atrás de los toreros cobardes—. Le hemos pedido que llame al timbre, que grite su nombre, en fin, lo de siempre, pero no ha respondido.

—Total —recapitula Miguel—, un bonito cadáver para empezar bien la semana...

La inspectora no dice nada, pero sus ojos parecen prometerle que, si encuentra un cadáver, ya le compensará ella.

—De la Torre, vámonos.

El agente Ferreiro, que ha recibido el mensaje, se acuerda de que está a punto de empezar la primavera y sale de la comisaría de mucho mejor humor.

El martes de la semana anterior, Antonio García ya no sale a la calle.

Cuando se despierta, se levanta, va al baño, registra todos los bolsillos de la ropa que se quitó el día anterior, vacía el cajón de la mesilla y cuenta el dinero encima de la colcha. Tiene doscientos treinta y ocho euros en total. La semana pasada le habrían parecido una fortuna. Hoy no, ya no.

La noche anterior, cuando llama a casa de su hermana, le responde su cuñado. Que ya está bien, vuelve a decirle. Que es un malnacido, un vago, un cabrón, un miserable y que se acabó, que esto ya se ha acabado y esta vez de verdad. No es la primera vez que Antonio escucha estas palabras pero, hasta anoche, oía después a Rosario enfrentándose con su marido, gritándole que las cosas no eran así, y luego un portazo. Pero esta vez no oye nada, porque Rosario no abre la boca.

Antonio se queda despierto hasta muy tarde, apurando lo que queda de la última botella de la cesta que roba del portal de al lado unos días antes de Navidad, mientras el mensajero habla por el portero automático con su destinatario, un señor muy sordo que no entiende lo que le dice. Desde su propio portal, Antonio oye los gritos, la desesperación de un pobre colombiano que se da por despedido, pero como la casa que le ha prestado su hermana es un bajo, entra enseguida, pone la radio a todo trapo y está oyendo villancicos casi tres horas.

Aquella tarde, ni siquiera toca el papel de celofán. Siente que lo que ha hecho es más que caer muy bajo. Lo que ha hecho es descender hasta el subsuelo del sótano del fondo, aunque desde allí todavía se anima pensando que al día siguiente puede devolver su botín. Pero al caer la noche llega la sed, y pronto tiene tanta, tanta sed, que se dice a sí mismo que, si empieza una botella, puede devolver lo que queda de la cesta al día siguiente y nadie se va a enterar. Antes de abrir el envoltorio, desprende el sobre, saca la tarjeta, ve el anagrama de un banco y recuerda que los bancos no perdonan. Si la devuelvo, me trincan, seguro, piensa mientras tira el celofán y la tarjeta a la basura. Después de absolverse en un instante a sí mismo, no es mi culpa, es la fatalidad, vacía la cesta muy despacio, escoge una botella, la abre y empieza a bebérsela.

La cesta le da de comer durante más de un mes, porque come muy poco. Con el vino y los licores acaba mucho antes. Bebe demasiado, pero renuncia a terminar la última botella, un anís espeso, dulzón, porque deja en el paladar un regusto amargo que le pone triste.

El martes por la noche sigue sin gustarle, pero se bebe lo que queda mientras espera la llamada de su hermana.

El amanecer llega antes de que suene el teléfono.

El viernes pasado, a las once y veinte, María Gracia entra al fin en el bar de la estación del metro donde se encontraba con él cada mañana.

—¡Aleluya! —la saluda Mari Carmen desde detrás de la barra—. La tardona, ya creía que hoy no ibas a venir.

—Sí, es que...

—Pues el caso es que me ha parecido verte antes —dice mientras carga la cafetera—. ¿No has pasado tú por aquí como a las diez menos cuarto?

—Sí, es que... —pero esta vez completa la frase, porque la ha preparado de antemano—. Bueno, que a la señora se le había olvidado una cosa y ha vuelto, y he bajado a dársela.

—Pues ya no quedan porras.

—¿No? Pues ponme churros —en ese momento, la tragaperras empieza a cantar.

Serafín, el parado de larga duración que antes hablaba de vez en cuando con el hombre al que ella busca, suelta una carcajada mientras la máquina empieza a escupir monedas. Las recoge, las lleva al mostrador, pide un pincho de tortilla, un rioja, y se dedica durante un buen rato a clasificarlas en montoncitos.

—Trescientos cincuenta euros —proclama al final—. No está mal, ¿eh? El día que me saque el especial...

Está tan contento que María Gracia se atreve a dirigirse a él.

—Ya puede usted invitar a su amigo, ¿no? —Serafín la mira como si no la entendiera—. Sí, hombre, ese señor que antes desayunaba siempre con usted y que hace tiempo que no viene...

—¿Antonio? —María Gracia no dice nada pero la camarera, que ha asistido desde detrás de la barra al silencioso idilio entre sus dos clientes, asiente con la cabeza—. Pues el caso es que no sé dónde se habrá metido. ¿Tú sabes algo, Mari Carmen? Hará por lo menos diez días que no aparece por aquí.

—A lo mejor ha encontrado trabajo.

—¿Antonio? —vuelve a preguntar Serafín, abriendo mucho los ojos.

La camarera se conforma con negar con la cabeza.

—Policía —al ver cómo se entreabren las rendijas de una mirilla antigua, igual a la que ha sobrevivido en la casa de su madre, Miguel Ferreiro se identifica con suavidad—. ¿Nos ha llamado usted esta mañana?

—Espera un momento... —primero escucha el chasquido de la mirilla—. Espera, porque esa voz... —luego el ruido de la cadena al desprenderse del seguro—. Me parece que tú eres... —y por fin se abre la puerta—. ¡Miguelito Ferreiro! Eres tú, ¿verdad? ¡Qué alegría!

—Doña Paula —Miguel apenas puede pronunciar el nombre de su maestra de primaria mientras los brazos de la anciana le estrujan como si quisiera hacerle una llave de judo—. ¿Cómo está usted? Fuerte, ya veo que sí.

—Estoy bien, hijo —y estira las manos hasta la cara de Miguel para pellizcarle las mejillas—. ¡Pero qué guapísimo estás, Pelusín! Pasad, pasad...

Miguel no se vuelve a mirar a su compañera, pero escucha la risita de Ángela y calcula las que le esperan al volver a la comisaría.

—Siéntate en la mesa camilla, que tengo encendido el brasero y está calentito... Tú también, hija. ¿Qué queréis tomar?

—No —Ferreiro se sienta, le hace un gesto a su compañera para que le imite—. Muchas gracias, doña Paula, pero no vamos a tomar nada, estamos trabajando. ¿Se acuerda de que nos ha llamado...?

—Sí, claro, claro que me acuerdo, pero hay que ver, ¡cómo te sienta el uniforme de bien, Miguel! Tu madre no me había dicho que trabajas de policía y eso que la veo de vez en cuando, en el mercado y... —el agente Ferreiro se inclina hacia delante y la anciana interpreta ese movimiento antes de que tenga tiempo para hablar—. Ya, Antonio, el del bajo, que me tiene muy preocupada porque hace días que no le veo.

—Eso es. ¿Usted le conoce? ¿Sabe si tiene algún problema?

—¿Alguno? —doña Paula frunce los labios y mueve una mano en el aire, como si se abanicara—. Todos, hijo, el pobre hombre tiene todos los problemas del mundo y alguno más. Yo le conozco desde hace tiempo, porque antes, mientras teníamos, su hermana era la portera y por eso cuando vendieron los pisos se quedó con el chiscón. Antonio trabajaba en el metro, en los talleres, creo, pero le echaron, no encontró otro trabajo, se separó de su mujer, se le acabó el paro, total, la canción de siempre... Hace unos meses se vino a vivir aquí. Su hermana le dejó el piso, que no es ni un piso, claro, lo que se dice un chiscón, un dormitorio chiquitito, un aseo, el cuarto que da al descansillo y antes era la portería, y una cocinita de nada. Pero le quieren echar. El otro día vino su cuñado y montó una bronca que para qué, porque quieren alquilarlo, ya ves tú, alquilar ese cuchitril, que no tendrá ni treinta metros... —doña Paula niega con la cabeza y los policías advierten que está de parte del inquilino—. Yo no digo que no tengan derecho, porque ser, suyo es, y ellos también lo estarán pasando mal, como todo el mundo, pero... ¿Y adónde va a ir el pobre Antonio? Él es un buen hombre, te lo digo de verdad, un buen hombre, pero con la ruina que le cayó encima, le dio por beber, y... En fin, que te lo puedes figurar, una tragedia, Pelusín.

—Ya —pero esta vez Ángela no se ríe—. De esas vemos todos los días unas cuantas, doña Paula.

El miércoles, Antonio García sale a la calle y se compra media docena de botellas de whisky de malta, el mejor que encuentra, el más caro que puede pagar con doscientos treinta y ocho euros. Comida no compra, ¿para qué? No merece la pena.

El miércoles, Antonio bebe, piensa, bebe, se decide, bebe, se acobarda, bebe, explora las posibilidades que le quedan, bebe. Tiene cincuenta y seis años, estudios primarios, en toda su vida sólo ha trabajado como mecánico del metro, hace seis meses que agotó la prestación por desempleo, es alcohólico, no tiene hijos, ni padres, ni familiares a su cargo, no conoce a ningún abogado, una vez preguntó por los subsidios de integración, esos cuatrocientos euros que le dan a tanta gente, y le dijeron que a él no se los iban a dar ni de coña.

No ha vuelto a preguntar. No va a encontrar ningún empleo nunca más. No tiene estómago para vivir en la calle, para dormir en un albergue, para comer de caridad. No lo ha intentado, pero sabe que no sería capaz, aunque el miércoles, cuando se desploma vestido, borracho, en la cama, no tiene ninguna gana de morirse.

El jueves se despierta sin ninguna gana de estar vivo. El jueves, Antonio bebe, se decide, bebe, se acobarda, bebe y llama a su hermana. No puede, porque el teléfono ya no tiene línea. El cabrón de su cuñado ha debido de llamar para que la corten. Su dormitorio es muy oscuro, pero entra algo de luz natural por la mañana. Antonio apuesta consigo mismo a que tampoco hay luz eléctrica, y cuando pulsa el interruptor, descubre que ha acertado. Se sienta en el chiscón, abre un poco la ventana que da al portal, y a la rendija de luz que llega de la calle para agrandarse cuando algún vecino entra y pasa por su lado, bebe, se decide, bebe, se acobarda, bebe. Al acostarse, descubre que ha progresado. El jueves por la noche tampoco tiene ya ganas de vivir.

El viernes bebe, se decide, bebe, está decidido, bebe, no lo duda, bebe. Lo siente por ella. Sólo lo siente por ella y, al pensarlo, deja de beber para poder escribir antes de ser incapaz de hacerlo. Busca un papel, un boli, abre la puerta del chiscón, sale al portal, enciende la luz y compone una carta de despedida sólo para ella, en el dorso del aviso de suspensión del suministro que algún empleado de la compañía de la luz ha colado debajo de la puerta.

BAR DE MARI CARMEN, escribe en mayúsculas, y lo subraya.

METRO BILBAO, también en mayúsculas, también subrayado.

Después, como no sabe cómo se llama, pone «Para Ella» y dos puntos. Entonces vuelve a apagarse la luz. Mientras sale a pulsar el interruptor piensa en el mensaje que va a escribir.

«Lo siento mucho. Siento no haberte conocido. Me habría gustado mucho, porque tú me gustas mucho. Pero no puedo más», escribe.

Y debajo su nombre, «Antonio», sin rúbrica, sin firma, sólo su nombre en minúsculas.

Se muere de ganas de volver a beber, pero antes tiene que hacer otra cosa. Entra en la cocina y, a tientas, busca en un armario una caja de ansiolíticos que tiene guardada desde hace casi un año, de una vez que Rosario vino a buscarlo, y lo llevó al Centro de Salud, y un médico muy amable se la dio después de inscribirlo en el Programa Nacional contra el Alcoholismo. Nunca volvió por allí, pero tampoco tiró la caja y se acuerda de dónde la guardó. Allí mismo la encuentra y con una última hebra de sobriedad se dice que ya, igual, están caducados, pero le da lo mismo.

El viernes a las once de la noche, Antonio García abre su última botella de whisky bueno y se toma los ansiolíticos en tres puñados, alternándolos con tragos de malta.

Después sigue bebiendo, pero no le da tiempo a acabarse la última botella.

Esta mañana, lunes, el agente Ferreiro saca la ganzúa pero, antes de usarla, empuja la ventana del chiscón y se abre sola. Después, le basta con meter la mano, descorrer el cerrojo y abrir la puerta.

—No hace falta que entre, doña Paula —la agente De la Torre entra detrás de él—, ya miramos nosotros.

Entonces pisa algo que parece una botella vacía y está a punto de caerse.

—Enciende la luz, Miguel, que nos vamos a matar...

—Está cortada —en ese instante su compañera distingue el haz de una linterna—. Ya lo he intentado.

El cadáver está boca arriba sobre la cama. Las dos linternas lo recorren coordinadamente, deteniéndose primero en la expresión abotargada y sin embargo plácida de su rostro, después en la caja de medicamentos que está encima de la mesilla, por fin en el papel doblado que hay a su lado.

—Suicidio, ¿no? —supone Ángela.

—Claro —Miguel dirige la luz hacia abajo y comprueba que las suelas de sus zapatos están pegajosas porque pisan los restos de un charco de whisky—. Ahí tienes la nota.

Después de redactar el informe, el agente Ferreiro fotocopia la misteriosa carta de despedida de Antonio García, sale a la calle, va dando un paseo a la estación de metro de Bilbao, baja las escaleras y entra en el primer bar que encuentra.

—Hola —tras la barra hay dos chicos jóvenes, pero nunca se sabe—. ¿Este es el bar de Mari Carmen?

—Sí —contesta uno de ellos—, es mi madre —y se vuelve hacia una cortina de tubos de plástico—. ¡Mamá!

Mari Carmen lee, se tambalea, se atusa el pelo, vuelve a leer.

—¿Usted lo entiende? —pregunta el policía—. ¿Sabe para quién es?

—Sí —y se seca una lágrima—. Lo entiendo, sé para quién es... ¿Qué hago? ¿Se lo doy?

—Por favor. Y pídale que se pase por la comisaria cuando pueda. No la vamos a entretener más que un minuto, pero necesitamos que firme una declaración y le entregaremos la nota original.

Antes de salir de la casa de doña Martina, María Gracia estornuda tres veces.

—Abrígate bien, hija, y toma algo, que parece que hay un virus o algo así. Qué lata, todas las primaveras pasa lo mismo. Nos tiramos el invierno deseando que llegue el buen tiempo y en cuanto sale el sol... ¡toma virus! Si no es uno, es otro, y entre eso y las alergias, está todo el mundo igual.

María Gracia tiene que ir a limpiar la casa de Marisa, pero decide pasar por el bar un momento porque se le ocurre de repente que a lo mejor él ha pillado un virus, que después de una semana ya estará curado, y que igual le apetece celebrarlo con una copa de coñac.

Marisa está escribiendo, y hasta las cuatro y media de la tarde no se da cuenta de que María Gracia no ha venido a limpiar y ella ni siquiera ha comido.

Mira el móvil, ve tres mensajes de su asistenta, supone que estará enferma, como todo el mundo, decide que no tiene hambre y sigue escribiendo.

Adela baja enseguida a la calle a comprar los periódicos y al volver no se le ocurre encender la radio.

Cualquier otro día quizás habría escuchado la voz de su nieto con el desayuno, porque dos años antes, cuando Pepe y Diana estrenaron la casa de la playa, su primogénito decidió quedarse a pasar el verano en Madrid. Como acababa de enamorarse locamente de una chica pero no sabe freír un huevo, se instaló en casa de su abuela y la aficionó a escuchar ese programa tan gamberro, repleto de chistes y bromas con micrófono oculto, que a él le gusta tanto y ella todavía sintoniza algunos días, cuando en su matinal favorito hablan de economía o emiten alguna entrevista que la aburre. Desde que pasaron aquel verano juntos, Adela y Jose tienen un vínculo propio y distinto, especial, del que también forma parte un programa de radio desconocido para el resto de la familia.

Adela, profesora de griego jubilada, habría dado cualquier cosa por no madrugar cuando daba clases en un instituto, pero ahora son muy raros los días en los que consigue dormir dos minutos más que entonces. Quienes la conocen saben que a su pesar madruga mucho, pero hoy, cuando suena el teléfono a las ocho y veinticinco de la mañana, se asusta, y al escuchar la voz de su hija, se asusta todavía más.

—¿Qué ha pasado? —y no le concede margen para responder—. ¿Han llegado ya? ¿Quieres que vaya? ¿Ha habido detenidos? ¡Qué angustia, Diana, hija mía!

—No, mamá, no es eso.

—¿No? —y Adela se queda perpleja, porque hace más de dos semanas que Diana no habla de otra cosa que del cierre del Centro de Salud programado para esa misma tarde—. He mirado todas las previsiones de todos los canales y dicen que va a estar nublado pero que no va a llover. Me ha dicho la portera que les lleve huevos a las Clarisas, que eso no falla, pero ya le he dicho que si los llevo yo, con la fama que debo de tener en el cielo, seguro que diluvia, así que...

—Que no, mamá, que no es eso. Espera un momento. ¡Mariana! Cuéntaselo a la abuela, tú que lo has oído.

El teléfono cambia de manos y una voz torrencial, aguda y furibunda, estalla en el oído de Adela.

—Hola, abu —ahora es su nieta quien no le da la oportunidad de responder a su saludo—. Lo que ha pasado es que esa guarra, cerda, asquerosa, ha puesto en ridículo a Jose delante de media España, y ahora, encima, le ha dejado.

—Mariana... —a Adela le hace mucha gracia la súbita transformación de su nieta.

—¿Te lo puedes creer? ¡Le ha dejado! No, si qué se podía esperar de esa pija, facha de mierda, votante del PP, que lleva bragas rosas con el borde de florecitas.

—Mariana... —esa adolescente que en seis meses ha pasado de fan adicta a los youtubers a activista radical de cualquier causa justa.

—¿Que por qué lo sé, mamá? ¡Pues porque lo sé, porque se las vi una vez!

—Mariana... —esa metamorfosis que a sus padres les

alarma y no les acaba de convencer, pero que a ella sí le gusta y que a su abuelo le habría encantado.

—Ah, ¿lo que vota? ¡Pues eso no lo sé, pero me lo veo venir!

—Mariana... A ver, hija, cuéntamelo en orden que no entiendo nada.

Así, Adela se entera de que, hace media hora escasa, su nieto ha caído en una de esas bromas pesadas que le divierten tanto cuando se las hacen a los demás. Su novia llamó al programa para poner su fidelidad a prueba, una locutora de voz acariciadora se le ha insinuado durante un buen rato y, en efecto, media España ha escuchado a Jose cediendo a la tentación de quedar con una desconocida e, inmediatamente después, a su novia dejándole en público con el argumento de que, para ella, lo que ha hecho es lo mismo que ponerle los cuernos.

—Pues menos mal —concluye cuando su hija recupera el teléfono—, de la que nos hemos librado, ¿no?

—Ay, mamá, ya sabía yo que ibas a decir eso —y Adela percibe la sonrisa de Diana como si pudiera verla—. Mira, estas cosas las haces tú mucho mejor que yo, y ya tengo bastante con lo del cierre del centro, así que le he dicho a Jose que vaya a comer a tu casa, ¿vale? Que sí, Mariana, que sí, que tú también puedes ir. ¿A que puede ir ella también, mamá?

Empieza a hacer la comida a las dos de la tarde, como una concesión a sus invitados especiales.

—Hola, abu —Mariana llega primero—. ¿A qué huele?

—A canelones —confiesa Adela mientras besa a su nieta en las rastas responsables de la desesperación de su madre.

—¡Ay, qué ricos!

La pasta es de esas precocinadas, que se ablanda metiéndola un rato en agua caliente. El tomate es de bote, pero la carne es auténtica y el sofrito de cebolla también. Lo más trabajoso, la bechamel, es un gesto de amor a sus nietos. Ya no la hace nunca, pero le sigue saliendo muy rica.

A las tres en punto, Jose, veintiún años, tercero de Medicina, entra en su casa arrastrando los pies como un condenado a muerte, la cabeza gacha, los ojos fijos en el suelo.

—Ya lo sabes, supongo...

Le mira un momento y siente un arrebato de ternura al verle tan colorado, las mejillas ardiendo de vergüenza. Claro, que igual seguía locamente enamorado de esa imbécil... Entonces le abraza con fuerza, le besa muchas veces y saca tres latas de la nevera.

—¿Tú ya bebes cerveza, Mariana?

—Abu, por favor, cumplo dieciocho dentro de nada.

Adela sonríe, omite que siete meses no son nada, y le tiende un vaso con la espuma justa, ni mucha ni poca, porque eso sí que sabe hacerlo bien. Después de servir las otras dos, se sienta enfrente de su nieto, al lado de su hermana.

—Mira, cariño, ¿sabes por qué te ha mandado tu madre a comer aquí? Pues porque me conoce, y sabe que cuando hace las cosas mal, yo siempre se lo he dicho, y a vosotros igual, ¿o no? —Jose, sorprendido por aquel principio, asiente con la cabeza sin dejar de mirarla—. Cuando dijiste que ibas a dejar de estudiar, te lo dije, cuando empezaste a pasarte con los porros, te lo dije, cuando te paró la Guardia Civil conduciendo una moto sin carné, te dije que te estabas equivocando pero no te regañé, sólo te lo dije, ¿te acuerdas? —Jose vuelve a asentir y Mariana le imita, porque ella también se acuerda—. Intenté que cambiaras de actitud, pero no que te convirtieras en otra persona. Porque nunca he pretendido que seas infalible, ni una víctima, ni el mejor hombre del mundo, ¿es verdad o no? —y sus nietos ya parecen dos muñecos de cuerda que sólo saben mover la cabeza adelante y atrás, adelante y atrás—. Pues ahora voy a ser igual de sincera contigo. Si yo tuviera veinte años, y un novio de veintiuno al que una desconocida se le insinuara por teléfono para ofrecerle sexo fácil, te aseguro que lo único que me preocuparía sería que mi novio le dijera que no. Eso sí que me haría pensar, y no que le siguiera el rollo, como tú esta mañana, aunque te haya oído media España.

Sus nietos la miran y recuerdan muchas cosas a la vez, iguales pero distintas.

De pequeños, a los dos les extrañaba mucho que su abuela Adela no fuera como su abuela Aurora, como las abuelas de los otros niños. Que no supiera cocinar, que no supiera coser, que nunca estuviera en casa. Que tuviera amigos que llevaban una melena hasta la cintura y amigas con el pelo cortado al uno. Que pusiera *heavy metal* a todo trapo mientras limpiaba la casa. Que fumara como una locomotora, no sólo tabaco, y que nunca se quisiera quedar con ellos los fines de semana porque siempre tenía planes, cenas, viajes, cosas que hacer. Su madre y su tía Sofía se quejaban de que los sábados volvía a las tantas, harta de copas, cada dos por tres, y sin embargo, casi todos los domingos encontraba una manifestación a la que llevarles a todos a las doce de la mañana. Adela era así, había que tomarla o dejarla, y ellos la habían tomado hacía mucho tiempo porque la querían mucho, pero hasta ese día, ninguno de los dos se había parado a calcular las ventajas de tener una abuela progre.

—Las infidelidades pueden ser muy importantes o no, Jose, ya sabes lo que pienso yo de eso...

Pero Adela se da cuenta de repente de que está hablando con sus nietos. Ni Jose ni Mariana la han visto besándose con un desconocido en la cocina, como le pasó a Diana a los quince años. Ni Jose ni Mariana han pillado a su abuelo besándose con una desconocida en el aeropuerto, como le pasó a Sofi con su padre cuando tenía diecisiete. Ninguno de los dos ha escuchado las dos versiones simétricas, siamesas, de la verdad que ella le ofreció a Diana, no te preocupes, cariño, que yo sigo estando enamorada de tu padre, y su marido transmitió a Sofía, no me mires así, hija, que tu madre sigue siendo la mujer de mi vida. Ellos no saben nada de eso, así que Adela frunce el ceño, se lo pellizca con los dedos y se lanza a teorizar.

—Mira, las infidelidades no tienen por qué ser graves, pero lo grave de verdad, lo verdaderamente intolerable, es la traición. Eso es lo único que no se puede perdonar. La deslealtad, la irresponsabilidad, la falta de sensibilidad, que sólo es falta de amor por el otro, es decir, todo lo que ha hecho tu novia contigo esta mañana. Porque tú no la has traicionado, pero ella sí te ha traicionado a ti, Jose, te ha humillado, te ha dejado en público, se ha portado como... —hace una pausa y mira a su nieta—. ¿Cómo se ha portado, Mariana?

—Como una cerda, guarra, asquerosa, pija de mierda —recita ella, muy sonriente.

—Eso mismo —Adela aprueba con la cabeza, sonríe—. Por eso, creo que tú has tenido más suerte que ella, que el que se ha librado de una buena eres tú. Porque si te hubieras acostado con una desconocida no la querrías menos, ¿por qué?, eso no tiene nada que ver con el amor. Sin embargo, ahora ya sabes que ella no te quiere a ti. Quien traiciona a un ser amado no merece querer, ni que le quieran. ¿Me has entendido?

—Sí, abu —Jose se levanta, se acerca a ella, la abraza como cuando era pequeño y la quiere todavía más que entonces, más que nunca—. Gracias.

—De nada, cariño —ella separa su cabeza para peinarle con los dedos, sigue besándole hasta que le ve sonreír y se vuelve hacia su nieta—. Y tú, ¿a qué esperas?

Mariana se levanta, se tira sobre ella, la abraza, la besa muchas veces.

—Vale, vale, ya está bien... ¿Vais a querer una sopa de primero? El caldo es de bote, ya sabéis, pero con el día tan malo que hace y la que nos espera esta tarde... Y a ver si por lo menos no nos llueve. Espero que a alguna beata del barrio se le haya ocurrido llevar huevos a las Clarisas.

Venancio se mira en la luna del armario de su cuarto y no acaba de creerse lo que ve. Y sin embargo, ese hombre tiene que ser él, como tiene que ser Pilar la anciana descarnada de pelo blanco que le mira sin verle desde la cama de hospital instalada en su dormitorio de toda la vida, con las muñecas sujetas a las barras laterales y la respiración agitada como un prematuro estertor.

Aquel fenómeno se ha ido acrecentando en pequeñas dosis a lo largo del último año. Es una sensación tan extraña, tan ajena a lo que él es aún, a lo que ha sido hasta ahora, que al principio se asusta. Porque siempre ha mirado con hostilidad, una animadversión casi congénita, a las personas como el hombre en el que está a punto de convertirse.

Venancio es hijo de un coronel de Infantería y él mismo se empeñó en ser militar sin vocación sólo por no defraudar a su padre, el hombre al que más admiraba en el mundo. Cuando el coronel murió, aprovechó para dejar la Academia con la excusa de que su madre necesitaba que entrara dinero en casa, y se quitó un peso de encima al hacerse delineante, una profesión para la que sí estaba dotado y que le gustaba mucho más. Le gustaba tanto que a base de un holocausto de sueño, estudiando por las noches sin dejar de trabajar de día, se sacó el título de aparejador, pero nunca dejó de sentirse culpable por no haber llegado a ser militar, quizás porque se había casado con una hija del Cuerpo. Pilar se crió en la atmósfera castrense de una casa cuartel y por eso Venancio piensa ahora que cuando todavía era ella, su mujer y no su cuerpo consumido, confinado a una cama articulada, no podría reconocerle.

—O sí —murmura mientras va hacia la cama para darle un beso de despedida—. A lo mejor sí, ¿verdad, Pilar?

Los balcones del salón del piso donde viven desde hace cuarenta años se asoman a una calle ancha y arbolada, de las más bonitas y elegantes del barrio. Justo enfrente arranca una bocacalle más estrecha donde está el Centro de Salud cuyo personal se ha encargado de que Venancio todavía no esté viudo. Así empieza todo.

—¿Y esto?

El día que encuentra la fachada extrañamente engalanada con colgaduras blancas, batas y sábanas colgando de cada alféizar, cada barandilla, cree que están celebrando algo.

—Pero, Venancio, hombre, ¿no te has enterado? —el recepcionista, que le conoce tan bien como los demás trabajadores del edificio, le da una octavilla impresa con letras negras que apesta a propaganda roja de toda la vida—. Estamos en lucha. El gobierno de la Comunidad nos quiere cerrar el centro.

—Pero ¿qué dices, hombre? —Venancio niega con la cabeza mientras siente que de pronto se le ahuecan todos los huesos—. Eso no puede ser...

Pero es. Se lo anuncia el doctor Manzano al darle las recetas.

—Dicen que este centro está obsoleto, mentira, que no es rentable, mentira, que este barrio está sobredotado, mentira, que nuestro plan de trabajo no es eficiente, mentira, mentira y mentira...

Se lo confirma María, la enfermera con la que confecciona el cuadrante de la atención domiciliaria de los siguientes quince días.

—El concejal ha dicho que nos trasladan a todos, personal y pacientes, a un centro más grande, más nuevo y mejor equipado, que todos vamos a salir ganando, pero está más allá de Cuatro Caminos, casi en Estrecho, así que calcula...

Y se lo repite el fisioterapeuta que va todas las semanas a supervisar el trabajo que el propio Venancio hace a diario, obligando a Pilar a apretar pelotitas de goma, a subir y bajar los brazos, a doblar y estirar las piernas cuando está tumbada, a levantarse y andar un rato por el pasillo dos veces al día, a media mañana y a media tarde.

—¿Pues qué van a querer, si son unos sinvergüenzas? Tirar el edificio, hacer pisos de lujo y forrarse, lo de siempre...

Al volver a casa, Venancio se tumba en su cama, la cama estrecha, pequeña, que saca de uno de los cuartos vacíos que antes ocupaban sus hijos el día que el médico de Pilar, el mismo que acaba de confirmarle la peor noticia que ha recibido en décadas, decide que ya no pueden seguir durmiendo juntos, que hay que instalar a la enferma en una cama hospitalaria de alquiler, que él no tiene que preocuparse por nada.

Una semana más tarde, dos celadores suben la cama, la montan, instalan a su mujer en ella y se sientan un momento a rellenar un impreso para que la Seguridad Social subvencione el cincuenta por ciento del alquiler. Él dice que no hace falta, que puede pagarlo entero, y el celador se cabrea.

—¿Qué quieres, que alguno del ministerio se gaste lo que tú le vas a ahorrar en pasar un fin de semana con su querida en un hotel de cinco estrellas, Venancio? Es tu derecho y a los derechos no se renuncia, así que firma aquí y no digas tonterías, anda, a ver si me voy a acabar enfadando.

Venancio firma, y desde entonces sólo paga la mitad del alquiler de la cama de su mujer, pero eso es lo de menos. Lo de más es lo que le dijo aquel celador, lo que han repetido hoy el médico, la enfermera, el fisioterapeuta de su mujer.

—A Cuatro Caminos, Pilar —dice ahora mirando unos ojos vacíos, cada día más grises y menos azules, mientras siente el temblor de la mano que sostiene en la suya—. Más allá de Cuatro Caminos, casi en Estrecho, me han dicho... ¿Y qué vamos a hacer, cariño, qué vamos a hacer?

Que la fachada de su propio edificio se convierta en un mural de sábanas blancas de un día para otro no le sorprende. Sabe que dos de sus vecinos trabajan en el centro, otro en un hospital cercano.

—¿Y nosotros? —le pregunta Daisy en un tono firme, casi fiero, que traspasa la dulzura de su acento hondureño—. ¿No vamos a poner una sábana nosotros, con lo bien que se portan ellos con la señora? ¿No vamos a defenderlos? ¿No vamos a devolverles una parte chiquitica del apoyo que nos han dado durante tanto tiempo? ¿Y qué pasará si usted enferma? ¿Y si enfermo yo? ¿Adónde vamos a acudir? ¿Quién nos va a ayudar?

Venancio no sabe contestar a tantas preguntas, pero tampoco quiere darle la razón a su empleada. Niega con la cabeza varias veces mientras musita la única respuesta que se le ocurre.

—Ya, pero es que eso no son formas, protestar no arregla nada, las cosas no se hacen así...

194

—¿Poner una sábana en el balcón es protestar? ¿Eso no son formas? ¿Y cómo se arregla esto entonces?

—Bueno, mire, haga lo que quiera... —y él mismo se asombra de lo deprisa que ha cedido—. Pero bajo su responsabilidad —añade, para no parecer demasiado blando—. Yo no quiero saber nada.

—Sí, señor —Daisy pone los ojos en blanco mientras habla como la actriz que dobló al español a la esclava negra de Escarlata O'Hara—, lo que diga el señor, bajo mi responsabilidad.

Un cuarto de hora después, Venancio sale a la calle y al volver cuenta en la fachada de su casa cuatro sábanas blancas más, una por cada balcón de su piso.

A partir de ese día, busca una alternativa con desesperación, pero no la encuentra. Alborotar no, se repite. Las pancartas, los megáfonos, los desplantes ante la policía y cortar la calle por las buenas no, eso no puede ser... ¿Y entonces, qué, Venancio? No lo sé, se responde a sí mismo, y no lo sabe, no entiende lo que le pasa, de dónde brota esta incertidumbre que le vapulea por dentro como a un muñeco de trapo.

Hasta hoy. Porque hoy, María, la enfermera que se ocupa últimamente de Pilar, ha venido por la mañana para poder asistir a la concentración que va a defender el Centro de Salud a partir de las cinco de la tarde.

—¿No vas a venir tú, Venancio? —le pregunta mientras lava a la enferma con un cuidado exquisito.

—No, yo... —no soy de los vuestros, está a punto de decir, pero se muerde la lengua a tiempo—. No sé qué haré.

Hoy Venancio no ha salido a la calle, no ha comido, no se ha echado la siesta.

—Pero ¿qué te pasa, papá? —después de comer, su hijo Sebas se acerca a él, le pone una mano en la frente, le acaricia la espalda—. ¿Te encuentras mal?

—No —miente Venancio—, que no tengo apetito, no sé por qué será, pero tú vete tranquilo, que estoy bien.

Sebastián se va a trabajar con el ceño fruncido mientras su padre sigue de pie, ante el balcón, mirando hacia la acera donde ya se amontonan las pancartas de los primeros manifestantes.

¿Y por qué tiene que pasarme esto a mí?, piensa, y hasta le entran ganas de ponerse a rezar para que se marchen, para que no chillen, para que le absuelvan de las dudas que le devoran por dentro.

—Voy a salir un momento —le anuncia Daisy desde la puerta del salón, con dos docenas de huevos en las manos—. Voy a acercarme a Santa Clara a llevar esto, a ver si no les llueve a esos pobres. Enseguida estoy de vuelta.

Venancio no responde. Sigue mirando por el balcón, y cuando vuelve a oír la puerta de la calle no se ha movido ni un centímetro todavía. Ahí se queda, firme como un poste, hasta que ve a un hombre envuelto en una bata blanca que discute a gritos en la calle con tres municipales que han parado a una chica para pedirle la documentación. Cuando se fija mejor en él, reconoce al doctor Manzano, el médico de su mujer, el que viene a ver a Pilar cada tres o cuatro días, el que le da recetas para subvencionarle el precio de los medicamentos, el que le consiguió la cama en la que está, el que le toma también a él la tensión, de paso, en cada visita. En ese momento, Venancio decide que no puede más. Abandona su observatorio, cruza el pasillo, entra en su cuarto, se tumba en su cama, coge a Pilar de la mano y cierra los ojos.

Durante un cuarto de hora no mueve ni un músculo, y si alguien entrara en este momento en la habitación, creería que está dormido, no enzarzado en un combate mortal consigo mismo.

—Bueno —hasta que se levanta, y habla con Pilar como si ella pudiera oírle—, si no voy, se van a enfadar conmigo, claro, porque ellos saben que estoy muy bien aunque tenga ochenta y cuatro años. Por eso voy, por ti, que conste, para que no... —tomen represalias, va a decir, pero se calla, porque le da vergüenza hasta pensarlo—. En fin, que estoy un ratito, lo justo para que me vean, y me subo otra vez, ¿vale?

Al llegar a la puerta del Centro de Salud, Venancio ve las pancartas, escucha los cánticos, mira las pintas de los jóvenes que están en primera fila y se siente fatal, fuera de sitio, infinitamente traidor, pero cuando está a punto de volver sobre sus pasos, recuerda todo lo que tiene que perder.

Por eso se queda haciendo como que no se queda, en una esquina, lejos de la puerta, cerca de los furgones de la Policía Municipal que flanquean el extremo de la calle más cercano a su casa.

Es el peor sitio que podría haber escogido, pero no lo sabe porque nunca en su vida, antes de hoy, ha asistido a ninguna manifestación.

A las seis y media de la tarde, Diana Salgado despide a su último paciente del día.

Eso se obliga a pensar, que sólo es el último paciente de hoy, aunque las autoridades hayan decretado que a las ocho en punto se cerrarán las puertas del centro en el que trabaja desde hace quince años.

Ella, como todos sus colegas, ha citado a enfermos para el día siguiente. Como todos sus colegas, confía en que el juez dicte mañana medidas cautelares que paralicen el cierre. Como todos sus colegas, se asoma a la ventana y cruza los dedos al contemplar el cielo nublado, indeciso, de una tarde de abril. Como todos los demás miembros del personal del Centro de Salud del barrio, Diana Salgado sale esta tarde de su consulta con la bata puesta, cierra la puerta y no echa la llave.

En ese instante, se encuentra en el límite de sus fuerzas, pero el nerviosismo que ha infiltrado un hormiguero en el interior de su estómago la afecta menos que la tristeza, una desolación infinita, universal, que la abruma por ella misma, por sus colegas, por sus pacientes, por sus vecinos, por los madrileños y por el resto de la Humanidad.

Nadie lo diría al verla caminar por los pasillos, el paso enérgico, la cabeza alta, si no fuera por la delicadeza con la que sus dedos acarician las paredes mientras avanza.

Miguel Ferreiro daría cualquier cosa por estar en cualquier otro lugar del mundo. Por si lo demás fuera poco, no tarda en descubrir que le acechan peligros con los que no contaba.

—¡Pelusín!

Doña Paula, que debe de andar por los noventa y tantos, porque se jubiló poco después de enseñarle a leer y a escribir, y de eso hace más de veinticinco, le llama moviendo la mano con la que no sostiene una pancarta enorme donde se lee que LA SANIDAD NO SE VENDE, SE DEFIENDE. Miguel intenta explicarle con gestos que no puede moverse del sitio, pero no cuela.

—¡Pelusín! —porque los dos saben que la autoridad de una maestra de primaria no caduca nunca—. ¡Ven aquí ahora mismo!

—¿Pelusín? —mientras se aleja, distingue la voz risueña de la inspectora Fernández—. ¿Le ha llamado Pelusín?

—Sí —y hasta el cachondeo que baila en el tono de la agente De la Torre mientras se lo confirma a su jefa—. Es que esa señora era su maestra y dice que en el jardín de infancia, Ferreiro era clavado a un niño de la familia esa que salía en la tele antiguamente. Dice también que era monísimo, porque hablaba con media lengua y a ella le hacía mucha gracia...

Un muestrario de carcajadas, masculinas, femeninas, discretas, ruidosas, marcan el paso del antiguo alumno hasta la pancarta.

—¿Pero qué hace usted aquí, doña Paula? Tendría que

haberse quedado... —entonces se fija en sus pies—. ¡Pero si se ha venido usted con las zapatillas de andar por casa!

—Anda, claro —la anciana le sonríe, le pellizca en la mejilla—, por si hay que correr, Pelusín, ¿qué te pensabas?

Todo el barrio está aquí.

Esa es la sensación que tiene Diana mientras se abre paso trabajosamente entre la compacta muralla de espaldas que encuentra al salir del centro, y al comprobarlo, está a punto de echarse a llorar.

Aquí están sus compañeros, claro, están sus familias, y los pacientes de todos ellos, pero también han venido vecinos a los que no recuerda haber visto nunca en la sala de espera, gente que le suena sólo de cruzarse con ella por la calle y más de la mitad de los tenderos del mercado.

Diana saluda a algunos por su nombre, sonríe a otros, da las gracias a todos, negros, mulatos, mestizos, amerindios, magrebíes y blancos de todos los matices, desde la porcelana sonrosada de la piel de Svetlana, su asistenta ucraniana, hasta la tez morena, cordobesa, de Braulio, el encargado del bar de Pascual. En un grupo de mujeres que sube la cuesta, la espesa melena rizada de color zanahoria de Amalia contrasta con el pelo negro, corto y lacio, de cinco chinas jóvenes e idénticas que la siguen como un rebaño de ovejas a su pastor.

—No os quejéis, que es por vuestro bien. Y si os ponéis enfermas, ¿qué, eh? ¿Adónde vais a ir? Sobre todo tú, Guan-yin, ahora que estás embarazada...

Marisol, habitual de todas las protestas ciudadanas, cierra la marcha sin dar doctrina, pero también ha venido gente que no había protestado nunca, como los padres de Ahmed, Mohamed muy serio, Fátima con su hiyab color albaricoque, o María Gracia, la asistenta de Sofía, que tiene muy mala cara, aunque Diana no tiene tiempo de pararse a preguntarle por qué.

La pandilla de su hija, en primerísima fila, es la que más ruido mete, quizás porque los gritos y los cánticos alternan con la botella de plástico de dos litros que va de mano en mano para convertir la concentración en una especie de botellón reivindicativo. Mariana acaba de atizarle un lingotazo cuando su hermano pequeño llega a su lado.

—Lárgate, enano —le dice a Pablo, y por extensión a Felipe y a Alba, sin advertir que su madre la está oyendo.

—Pero ¿por qué no podemos estar con vosotros?

—Porque no, porque sois muy pequeños y estar aquí puede ser peligroso.

—Jopé...

—Pablo, hazle caso a tu hermana —Diana ataca por sorpresa—. Alba, Felipe, vosotros también. No va a pasar nada, pero estáis mejor detrás, ¿entendido? Busca a papá y os quedáis con él. Acabo de verle y está cerca de la puerta, con la madre de Felipe, vamos...

Cuando los niños se ponen en marcha, se vuelve hacia su hija y cuenta por encima el número de los bebedores, una tranquilizadora docena.

—Y tú, dame la botella.

—Pero si ya no queda nada —Edu, el hijo de Marita, le enseña el envase vacío.

—Bueno, pues dadme la otra.

—No tenemos más, mamá —Mariana abre las manos para defender su inocencia—. Era sólo una, para entrar en calor.

—¿Sí? Pues ya hablaremos Y no hagáis más tonterías, por favor os lo pido. ¿Es que no os habéis dado cuenta de que estamos rodeados de policías? ¿Qué queréis, que os apliquen la ley antibotellón y os detengan antes de que esto empiece? Desde luego, en mi vida he visto a unos revolucionarios más tontos...

Lo deja ahí porque, aunque le revienta que Mariana beba en la calle, quien más le preocupa esta tarde es su hijo mayor. Cuando le ve, muy sonriente, el brazo derecho sobre los hombros de Adela, que parece su novia en vez de su abuela, suspira de alivio y corre hacia la zona donde se han congregado sus compañeros.

—Pero qué correr ni qué correr, doña Paula —al mover la cabeza de un lado a otro, Miguel Ferreiro vislumbra una figura conocida—. Aquí no va a pasar nada, se lo digo yo. Espere un momento...

En un grupo que se ha destacado de una concentración que ocupa ya todo el ancho de la calle por la mitad de su longitud, un hombre impecablemente vestido —traje gris, camisa celeste, corbata discreta pero de seda— y escoltado por unas cuantas batas blancas, discute a voz en grito con un par de civiles y media docena de policías municipales ante la grabadora que sujeta su cuñado Roberto.

—Esto es una pataleta, una exhibición de fuerza inútil, y ustedes lo saben tan bien como yo.

—Nosotros cumplimos órdenes.

—El cierre del centro es ilegal, no se puede decretar antes de que se resuelva la demanda que presentamos hace quince días, no se ha respetado ningún procedimiento...

—Nosotros cumplimos órdenes.

—No se ha informado al personal con la debida antelación, no se han garantizado los derechos de los pacientes...

—Nosotros cumplimos órdenes.

Miguel Ferreiro llega hasta su cuñado y le coge del brazo que tiene libre.

—¿Y tú qué haces aquí?

—¿Yo? Soy periodista —y por eso no modifica la posición del otro brazo, la mano que sujeta el móvil con el que sigue grabando.

—Ya, pero de Internacional.

—¿Y qué? —Roberto se ríe—. Soy vecino del barrio, usuario del centro, y estoy cubriendo la noticia. ¿Qué pasa, no puedo?

—Sí, pero...

—¿No se dan ustedes cuenta de que mañana por la mañana un juez va a paralizar el cierre, de que lo que están haciendo es hostigar a los ciudadanos de forma arbitraria, por la decisión caprichosa de un político que quiere ganar puntos abriendo los telediarios? ¿Ustedes creen que esto tiene algún sentido?

Pero el ardor del hombre elegante se estrella una vez más con el gesto de granito de un oficial de la Policía Municipal.

—Nosotros cumplimos órdenes.

—Pero ¿qué? —le pregunta Roberto a Miguel.

—Que esto no me gusta nada —y se anticipa a la siguiente pregunta—. Porque aquí se va a liar, te lo digo yo.

—¿Quieres hacer declaraciones? —el periodista sonríe.

—Vete a tomar por culo —el policía también, hasta que ve llegar un coche de la Delegación del Gobierno.

El hombre que se ha bajado de ese coche, y que se identifica como subdelegado, llega hasta la inspectora Fernández al mismo tiempo que Ferreiro.

—Nosotros cumplimos órdenes —replica ella—. Estamos aquí para garantizar el orden público y, como ve, no se ha producido ninguna alteración. La concentración está autorizada, pero de todas formas, ya he llamado al comisario. No tardará nada en llegar.

—¿Y el cerrajero? ¿Han llamado a un cerrajero?

—No hace falta —interviene Miguel—. Ya está aquí. ¿Ve a ese señor calvo con la camisa de cuadros? ¡Abel! —y un hombre calvo con una camisa de tela escocesa, situado unos metros detrás de la pancarta, levanta el brazo para devolver el saludo al policía—. Ese es el único cerrajero de por aquí. ¿Le ve? Y las empresas no actúan en los desalojos, como ya sabrá.

—¡Joder! Pues voy a llamar a los bomberos.

Los policías nacionales se miran entre sí, y cuando el subdelegado saca el móvil y se aparta un poco, Ángela de la Torre expresa en un murmullo lo que piensan todos los demás.

—Pues ahora sí que se va a liar.

Y en efecto, a las siete y media se lía.

Luego nadie sabe muy bien lo que ha pasado.

Que los bomberos llegan muy deprisa, en un camión rojo con los laterales cubiertos por dos sábanas pintadas con espray, BOMBEROS EN LUCHA, NO A LOS RECORTES, TRES MESES SIN COBRAR, AYUNTAMIENTO CULPABLE. Que su portavoz se baja del camión y se dirige directamente al subdelegado, quizás porque aún tiene el móvil en la mano, quizás porque le conoce de otras veces. Que pregunta dónde está el incendio, y su interlocutor le dice que bueno, que no es exactamente un incendio, sino una emergencia. Que vuelve a preguntar dónde está la emergencia, y el otro contesta que ahí mismo, porque hay que echar a toda esa gente y despejar la puerta del centro. Que el bombero le responde que los eche él, si tiene huevos, o que llame a los antidisturbios, porque ellos no van a echar a nadie de ninguna parte. Que los manifestantes empiezan a aplaudir al escucharle y parece que ahí termina todo. Que sin embargo, al llegar al camión, el bombero se vuelve y, con el pie en el estribo, levanta un brazo con el puño cerrado. Que los chicos de la casa okupa, mientras se pasan una segunda botella que nadie sabe de dónde ha salido, le devuelven el saludo rugiendo como una manada de rinocerontes en celo. Que al fondo, Pablo, Alba y Felipe empiezan a cantar, los bomberos sí que molan, se merecen una ola. Que mientras la mitad de los manifestantes les imita, el subdelegado se cabrea. Que empieza a preguntar a gritos que qué coño están tirando y el comisario de la Policía Nacional, que acaba de llegar, le dice que no están tirando nada, que levantan los brazos porque están haciendo la ola. Que el subdelegado se cabrea todavía más y grita ¡una ola, mis cojones! Que se vuelve hacia el jefe de la Policía Municipal y vuelve a gritar, ¡desalojo, desalojo, desalojo! Que mientras algunos municipales se quedan quietos, otros avanzan y los chicos de la okupa se sientan en el suelo. Que antes de que los guardias puedan tocarles, se forma una barrera protectora de batas blancas. Que al advertir que la bata que tiene delante es la de su madre, Mariana se levanta y les pide a sus amigos que paren ya. Que su petición llega tarde. Que Manolo, el abogado de la Asociación para la Defensa de la Sanidad Pública, le pregunta a Roberto a gritos si lo está grabando todo y Roberto le responde que sí, y en vídeo. Que entonces corre hacia el subdelegado y le dice que se va a ir derecho a los juzgados de la Plaza de Castilla a poner una denuncia. Que antes de que termine de enumerar los cargos por los que le piensa empapelar para que se dé el gustazo de abrir los telediarios, el subdelegado se lo piensa dos veces. Que cuando da la contraorden y los municipales se retiran, hay tres personas en el suelo aunque la batalla no ha durado ni cinco minutos.

Una es Guan-yin, que está llorando, sentada en el bordillo de la acera, con los pantalones ensangrentados, porque ha tenido una pérdida, del susto, y está embarazada de cuatro meses.

Otro es Roberto, que sigue encogido, en posición fetal, para proteger el móvil que dos guardias han intentado quitarle a porrazos, aprovechando el barullo, hasta que su cuñado Miguel y dos de sus compañeros se los han quitado de encima.

El tercero es, precisamente, Venancio, porque estaba tan apartado, tan cerca de los furgones que bloquean la salida de la calle, que su cabeza fue la primera que encontró la porra que le ha hecho perder el conocimiento.

A las ocho de la tarde todavía no se ha ido nadie y sigue llegando gente.

—Mi padre va a venir cuando cierre el bar —Lucía, la hija de Pascual, llega con su novio y dos bolsas enormes—, pero me ha pedido que os traiga esto. Son bocadillos y latas de refresco. Dentro hay nevera, ¿no?

—Sí —le confirma un celador—. Entra y pregunta —y cuando la ve dirigirse hacia la puerta, se da cuenta de que se ha olvidado de algo—. Oye, y muchísimas gracias.

Lucía puede entrar porque, a las ocho en punto de la tarde, el Centro de Salud del barrio sigue abierto, y en Urgencias hay gente trabajando. Para eso todos se han dejado la bata puesta, por eso nadie ha cerrado ninguna puerta.

Guan-yin, mucho más tranquila después de que una ecografía haya confirmado que su bebé está perfectamente, descansa en un box. Le han dicho que lo mejor es que se quede a dormir aquí para prevenir nuevas pérdidas. Amalia ha ido al restaurante, a buscar a Cheung, mientras sus compañeras volvían al trabajo corriendo, pero Marisol se ha quedado con ella.

Roberto está en otro box, muy cabreado porque no le han dejado irse a los juzgados con Manolo, al que le ha pasado la grabación de su móvil para que lo use como prueba en la denuncia que piensa poner de todas formas. Su mujer está con él, muy conmovida por las contusiones que decoran su cuerpo como un siniestro estampado.

—Marisa —se queja cuando se abalanza sobre la camilla—. Ten cuidado, que me haces daño.

—Lo siento, pero como estoy todo el santo día escribiendo sobre aquello, pues... —se inclina con cuidado, le da un beso encima de las dos grapas que mantienen unida su ceja abierta, blanda e inflamada y le habla al oído, en un susurro—. Me excita mucho volver a tener un novio activista.

Roberto sonríe, intenta darle un azote en el culo y desiste a tiempo, al descubrir que también le duele el brazo.

Venancio aún no ha recobrado del todo el conocimiento. El doctor Manzano está pensando en pedir una ambulancia y trasladarle a un hospital cuando abre los ojos, le mira y le pregunta qué ha pasado.

—Vamos a esperar un poco, ¿no?

—Yo creo que sí, porque está controlado —Diana Salgado, a la que ha reclamado porque sabe que el marido de Pilar es diabético, asiente con la cabeza—, pero habría que avisar a alguien de que está aquí, ¿no?

—Sí —el médico mira a su alrededor y descubre a una enfermera de atención domiciliaria charlando con otras dos mujeres en la sala de espera—. Habla con María. Creo que ella atiende a su mujer.

Diana conoce a María desde que iba al colegio, porque allí se hizo amiga de su hermana Sofía, de Marita y de Begoña, la única que no ha venido esta tarde.

—Oye, María, ¿tú conoces al señor del porrazo? Me ha dicho Manzano que vas a curar a su mujer.

—Sí, Pilar, pobrecita...

—Ya, pero está incapacitada, ¿no?

—Del todo —la enfermera asiente con la cabeza—. Demenciada y con Parkinson.

—Pues vamos a tenerle unas horas en observación y habría que avisar a su familia. ¿Tú sabes si tiene hijos o...?

—Sí, yo conozco a uno que vive ahora con él, lo que pasa es que no sé cómo se llama, pero... Igual lo habéis visto. Trabaja en el edificio ese nuevo de la inmobiliaria y es alto, lleva la cabeza rapada, le da un aire a aquel ministro griego de Economía que iba en moto, aunque tiene más cuerpo...

—Yo voy, yo voy, yo voy.

Y antes de que su hermana y sus amigas se den cuenta, Sofía Salgado sale corriendo de la sala de espera para atravesar el vestíbulo como si acabara de declararse un incendio.

Sofía sabe muy bien a qué hora cambia el turno de la garita.

Antes de que la pare el primer semáforo en rojo mira la hora en el móvil, las veinte y diecisiete, me cago en la puta, no me ha dado tiempo ni a peinarme.

En el segundo semáforo retrocede unos pasos, se mira en un escaparate, se abre un botón de su camisa blanca, se quita el jersey porque está sudando, se lo ata en la cintura, no, se lo desata y se lo coloca alrededor del cuello, mejor, se fija en los *leggins* cochambrosos, las zapatillas deportivas que se pone para ir a las manifestaciones de la marea verde, que es la suya, y se vuelve a cagar en la puta.

En el tercer semáforo mira de nuevo la hora, las veinte y veintitrés. Su casa está muy cerca. ¿Y si voy corriendo y me pongo unos vaqueros que me hagan buen culo, y unos zapatos de cuña, y unos pendientes, por lo menos? Cuando la luz se pone verde, ya son las veinte y veinticuatro, y se caga en la puta por tercera vez.

Porque desde el cuarto semáforo puede ver la fachada del Edificio Prisma y, sobre todo, porque cuando llega hasta allí está tan agotada que ya no tiene fuerzas ni para maldecir. Sin perder de vista la figura vestida con traje azul que se distingue a través de la cristalera, se dobla sobre sí misma, se estira, se apoya en el poste de una farola y se concentra en recuperar el aliento. Antes de conseguirlo del todo, su objetivo se levanta de la silla, abre la puerta que está a su espalda, saluda a su relevo, otro hombre vestido con un traje azul idéntico, y desaparece.

Sofía Salgado cruza la calle sin lograr controlar del todo el ritmo de su respiración ni el color de sus mejillas, y se topa con él de pronto, antes de lo que había calculado. Me cago en... Pero esta no cuenta, porque no tiene tiempo ni de pensar en su destinataria.

—Hola —le dice, sin dejar de avanzar en su dirección.

—Hola —responde él, con la expresión de un niño al que su madre le acaba de regalar un chupa-chups.

—Mira, no te asustes... —pero así sólo consigue que él se ponga serio y ella mucho más nerviosa—. Vengo del Centro de Salud, a avisarte, pero no ha pasado nada, bueno, sí, ha pasado algo pero no es grave, tu padre está en observación, pero consciente y con todo controlado, o sea, la glucosa, quiero decir, pero que ha perdido el conocimiento porque un policía le ha dado un porrazo...

—¿Un policía? —y su gesto viaja en un instante desde la preocupación hasta el asombro—. ¿A mi padre?

—Sí... —Sofía no entiende los motivos de esa metamorfosis—. En la manifestación contra el cierre del centro.

—¿Mi padre ha ido a esa manifestación? —su expresión muda de nuevo, desde el asombro hasta una incredulidad casi risueña—. ¿Estás segura?

—Pues... —para que Sofía siga siendo incapaz de interpretarla—. ¿Tu padre se llama Venancio, está casado con una señora que se llama Pilar y vive en Fernando VI? —él asiente a todo sin dejar de sonreír—. Pues un policía le ha dado un porrazo, pero está bien, en observación, eso he venido a decirte.

—¿Tú eres médico?

—No, soy profesora de Infantil, pero mi hermana es endocrina y una de mis mejores amigas es la enfermera que cura a tu madre.

—Ah, pues... Muchísimas gracias por venir. Me llamo Sebastián Alonso, pero mis amigos del colegio llamaban a mi padre Martínez el Facha, por eso me he sorprendido tanto.

—Sí, pues... Yo me llamo Sofía Salgado.

Los dos se miran un momento sin atreverse a hacer nada más, aunque Sofía vuelve a cagarse en la puta al comprobar que es incapaz de acercarse a él y darle dos besos, como a todo el mundo.

Él, que tampoco se ha atrevido y tampoco entiende por qué, se conforma con preguntarle si piensa volver allí.

—Claro —Sofía sonríe—. Podemos ir juntos.

Y cuando arranca a andar, Sebastián se dice que esos *leggins* le hacen un culo estupendo.

La noche es larga, tensa hasta la una de la mañana, cuando los furgones de la Policía Municipal se retiran y la Policía Nacional sigue sus pasos. En ese momento, los resistentes se relajan, pero no todos abandonan el Centro. La directora establece un turno de relevos para que siempre haya seis personas despiertas delante de la puerta, por si las moscas. Entre los demás, algunos se van a sus casas a dormir unas horas y otros deciden dormir allí mismo, en los sillones, en las camillas o en los boxes.

Cheung descorre la cortina que separa el box donde duerme Guan-yin del contiguo, acerca la cama, se tiende encima y cae fulminado.

Roberto se va a casa con Marisa a medianoche.

A las dos de la mañana, Venancio se empeña en irse también, y Sofía acompaña a Sebastián sin que nadie se lo diga para que él, con la misma naturalidad, le pida que espere en el salón mientras acuesta a su padre para que pueda invitarla a una copa, que es lo mínimo.

Los chicos de la okupa, sin embargo, han traído sacos de dormir y los extienden en la sala de extracciones. A las siete y media de la mañana, cuando la mujer de la limpieza enciende la luz, se lleva un susto de muerte y los echa de allí a escobazos.

A las ocho empieza una jornada normal excepto por las bolsas y las ojeras que distorsionan la mayoría de las caras, la sinfonía de bostezos encadenados que resuena en todas las consultas.

A las diez y media, cuando casi todos van por el tercer café, Manolo llama a su mujer desde la Plaza de Castilla y le pide que vaya a buscar a la directora porque tiene que hablar con ella. Por el camino, le va contando que el juez acaba de dictar las medidas cautelares que dejan sin efecto el decreto que ordenaba el cierre del Centro de Salud.

—Lo van a recurrir —va contando María después de despacho en despacho, de corrillo en corrillo—, lo recurren seguro, pero dice Manolo que el recurso no va a verse mañana, ni el mes que viene, así que, de momento vamos ganando...

Y a todos les encantaría celebrarlo, pero la victoria les encuentra demasiado cansados.

Hoy es un día raro, y no sólo por el diluvio que se ha desatado con tanta fuerza como si el cielo se desahogara del esfuerzo que tuvo que hacer ayer.

Amalia no sabe por qué, pero respira en el aire que no es un día normal, que hoy va a pasar algo. Es una sensación conocida, sobre todo en primavera, pero difícil de explicar en cualquier mes del año, una acumulación de sensaciones que puede significar mucho o nada en absoluto, como el olor del ozono que impregna el aire unos segundos antes de que estalle una tormenta, los acordes metálicos de la banda sonora de una película de terror o la mirada extraviada de un desequilibrado que sonríe a un niño en un parque. Eso siente Amalia, y por eso no se ha despegado del escaparate en toda la mañana.

—¿Qué haces ahí, mujer? —Sandra no pudo ir ayer a la concentración porque no tenía con quien dejar a su hija, pero está enterada de todo—. Si está fenomenal, ya la has visto.

—Sí, pero me siento fatal. Yo tuve la culpa de todo, yo las obligué a ir, no sé por qué me empeñé, y ahora...

Todo eso es verdad, y sin embargo, aunque no despegue los ojos de la fachada de MANICURA SHANGHAI, Amalia sabe que la atmósfera turbia, casi ominosa, que está respirando no tiene nada que ver con Guan-yin. Lo sabe porque ya ha ido a verla dos veces, la primera para preguntarle cómo está, la segunda para llevarle su café favorito, coronado con una bola de helado de vainilla, y no tiene motivos para temer por ella, ni por su bebé. Es otra cosa, pero aún no ha acertado a descifrar su naturaleza cuando suena el teléfono. Al descolgar, escucha una voz oscura, cavernosa, que no se corresponde con el nombre que identifica a su propietaria.

—Hola, soy Begoña, te llamo para anular la cita de esta tarde porque no voy a poder ir.

—Bego, ¿eres tú? —Amalia lo pregunta porque le cuesta trabajo creer lo que acaba de oír—. ¿Qué te pasa, estás enferma?

—No, es que he dormido mal y... —decide no pasar de los puntos suspensivos.

—Vale, no te preocupes. ¿Quieres que te apunte para otro día?

—No, ya llamaré yo, gracias, un beso.

Y cuelga antes de que la peluquera pueda devolvérselo.

—¿Begoña no viene? —Marisol, que ya se ha cansado de limpiarlo todo dos veces, porque son casi las once de la mañana y todavía no ha aparecido nadie, levanta las cejas—. ¡Qué raro! Con lo que es ella...

Su jefa le da la razón pero no tiene tiempo para extenderse en sospechas porque en ese momento entran de golpe tres personas. María Gracia, que no tiene cita, pregunta si puede cortarse el pelo. Mercedes, que la tenía a las doce y media, pregunta si puede quedarse ya. Una mujer a la que no conocen de nada pero que ha visto un anuncio en Internet, pregunta por peinados de novia.

—Claro —Amalia está segura de que ya no cumplirá los cuarenta—, pero igual es mejor que venga... —y cuando está a punto de meter la pata, se muerde la lengua—. ¿Eres tú la novia?

—Pues... —la desconocida se para, se lo piensa, decide que lo mejor es hacerse la tonta—. Sí, me caso dentro de dos meses.

—Qué bien —la peluquera ofrece a la recién llegada una sonrisa radiante mientras se pregunta a qué edad acabará casándose la gente si la crisis dura un poco más—. Ven, voy a enseñarte fotos, a ver cuál te gusta...

Como norma general, con la única y estrepitosa excepción de las manicuras chinas del local de enfrente, una novia siempre es una buena noticia. Porque las novias, incluso cuando pasan de los cuarenta, tienen madre, suegra, hermanas, cuñadas, amigas, y todas están empeñadas en no dejarlas elegir, en decidirlo todo por ellas, así que, aunque sólo sea por no perderlas de vista, las acompañan a la peluquería, y de paso, se peinan y se maquillan ellas también.

La de hoy cumple todos estos requisitos, y sin embargo, Amalia sigue sintiendo que la mañana está rara, y no sólo por la llamada de Begoña.

—Ven a hablar con María Gracia, a ver si la convences —Marisol se le acerca mientras todavía está anotando en la agenda el calendario de la novia que se ha quedado a peinarse.

—¿De qué? —pregunta sin prestar demasiada atención.

—De que no se corte el pelo. Es que quiere dejarse tres centímetros, es una locura, con la melena que tiene...

Ya sabía yo que hoy iba a pasar algo, vuelve a pensar Amalia, pero va a hablar con María Gracia, le dice que lo que quiere hacer es una barbaridad, que ese corte le va a quedar ridículo, que la cabeza tiene que ir acorde con el volumen del cuerpo, que se lo corte pero que se lo deje por los hombros, y que si lo que quiere es cambiar de estilo, hay un montón de peinados que...

—Vamos a ver, Amalia —ella, que no la ha mirado, que parece no haber escuchado ni una sola palabra de las que acaba de oír, gira la silla para dar la espalda al espejo y mirarla de frente—. ¿Me vas a cortar el pelo o no? —y de repente, se le llenan los ojos de lágrimas—. Porque si no me lo quieres cortar, me voy a otro sitio.

—Pero, mujer, no te pongas así, si yo...

—¿Me lo cortas o no me lo cortas?

—Te lo corto —y para demostrarlo, levanta la tapa del esterilizador, escoge unas tijeras, las levanta en el aire y lo repite—. Te lo corto.

Veinte minutos después, María Gracia es otra mujer, una versión peor y desagradable de sí misma. Con el pelo tan corto, las canas a la vista, parece un camionero, una lesbiana gorda de cabeza demasiado pequeña, gesto hosco y grandes tetas. A lo mejor es eso, piensa Amalia, y no teníamos ni idea...

—¿Qué? —se esfuerza por sonreír mientras le limpia de pelos el escote y la nuca con una brocha—. ¿Te gusta?

—No —responde ella—. Estoy muy fea pero eso es exactamente lo que quería, estar fea, así que muchas gracias.

Se levanta, paga, se va, y no dice nada más.

A las tres de la tarde vuelve a sonar el teléfono, y como Amalia ha salido a comer, contesta Marisol.

—No sé quién es —informa a su jefa cuando vuelve—. No he entendido el nombre y no ha querido hablar conmigo. Ha dejado un teléfono para que la llames tú.

—De verdad que hoy están pasando unas cosas rarísimas... —murmura, sin presentir que todo lo que ha pasado hasta ahora sólo es el ensayo general de lo que va a pasar después—. Hola, soy Amalia. ¿Quién eres?

—Hola, soy... —le responde la voz de una chica joven, en un volumen normal que desciende estrepitosamente cuando pronuncia un nombre que resulta inaudible para su interlocutora.

—Perdona, no te he entendido —porque le parece que ha dicho Andrés, pero Andrés no puede ser.

—Soy... Mi tío es Pascual, el del bar, yo estaba siempre con mi prima Lucía.

—¡Andrea! Qué sorpresa, ¿cómo estás?

—Bien, estoy bien, pero... —y el volumen de su voz vuelve a descender de pronto—. Amalia, ¿tú podrías cortarme el pelo cuando no haya nadie más en la peluquería?

—Pues, claro, pero no entiendo...

—Es que es muy importante para mí que no haya nadie más. Puedo ir a última hora, cuando me digas, no vamos a tardar mucho.

—Bueno, vente a las seis y media. Les digo a las chicas que se vayan un poco antes, se van a poner muy contentas —remata en tono jocoso.

—Gracias —pero Andrea no tiene ganas de reírse—. A las seis y media estoy allí.

Antes era una niña rara.

Amalia lo recuerda al verla entrar, después de identificarla con la figura que lleva un rato apoyada en la pared de enfrente y que cruza la calle solamente cuando ve salir a Marisol y a Sandra.

Si no la hubiera conocido de pequeña quizás se habría dado cuenta antes. Pero Andrea siempre fue rara, una niña callada, asustadiza, que nunca sonreía, ni hablaba, ni se relacionaba con nadie que no fuera Lucía, que era monísima, guapa por las dos, muy cariñosa y capaz de disfrutar con cualquier cosa. Cuando Amalia la conoció, Andrea era una sombra oscura de siete u ocho años cosida a un luminoso cuerpo de la misma edad, una figurante muda, apenas perceptible, en la vida de su prima.

A veces, Mari las traía cuando venía a peinarse, y mientras Lucía se ponía rulos, se probaba pelucas, se pintaba las uñas o se metía en los secadores, Andrea se sentaba en una silla y esperaba a que su prima se cansara. Nunca molestaba, nunca preguntaba, nunca pedía nada, pero no porque fuera sosa, porque estuviera demasiado bien educada o resignada al aburrimiento, sino porque era así de rara. Amalia creía que estaba acomplejada porque se sentía fea, aunque no lo era exactamente. Tenía unos ojos bonitos, la cara demasiado alargada y la nariz grande, aunque no demasiado. Tenía además una piel preciosa, como la de un melocotón, pero en su cara fallaba algo, como si le sobrara o le faltara algún milímetro en alguna parte, como si hubiera algún rasgo de más, de menos, o ni siquiera eso, como si en el rostro de Andrea se hubieran mezclado por accidente rasgos de dos caras distintas.

Esta tarde, cuando entra en la peluquería, tiene la piel más áspera, mucho más seca. A cambio es menos fea, porque el pelo corto le sienta bien a pesar de que se ha vestido como si se hubiera puesto lo primero que ha sacado del armario sin mirar. Lleva unos vaqueros desgastados, pero muy limpios, zapatillas de deporte y una camisa suelta, de cuadritos pequeños, rojos y blancos, que le queda enorme. Además está muy nerviosa. Amalia recuerda a tiempo que su padre aparece cada dos por tres en los telediarios, que está a punto de ir a la cárcel, y no le pregunta por la familia.

La sienta en una silla, la despeina con la mano y descubre los trasquilones del peor corte a lo paje que ha visto en su vida.

—¡Qué horror! —se le escapa—. ¿Quién te ha hecho esto?

—Yo —reconoce, y al mirarla a través del espejo, Amalia está a punto de encontrar el error, el fallo, quizás la virtud del rostro que tiene delante—. Me lo corté yo, pero lo hice muy mal, por eso he venido.

—¿Y qué quieres? ¿Te lo igualo?

—No, córtamelo del todo —en ese instante, Andrea cierra los ojos—. Como a un chico.

—¿Como a un chico? —Amalia la mira, analiza sus rasgos, ve sus ojos cerrados, las manos apretando los brazos de la butaca, y no hace más preguntas—. Como a un chico.

Cuando se lanza a trabajar con la tijera, Andrea empieza a llorar sin hacer ruido, como si no tuviera control sobre las lágrimas gordas, sigilosas, que ruedan por su cara sin alterar su gesto, los ojos siempre cerrados, los labios entreabiertos, las mejillas húmedas, pálidas, brillantes de llanto.

Amalia corta, corta, y no sabe qué hacer. Le daría un pañuelo de papel para que se limpiara pero sigue viendo sus manos aferradas a los brazos de la butaca, los suyos en tensión por el esfuerzo de clavar los dedos como garras en el plástico, las piernas encogidas, las rodillas dobladas, los pies en el aire.

Amalia corta, corta, y mira a Andrea. Se da cuenta de que ha adoptado la misma postura que tendría si estuviera montada en la máquina más peligrosa de un parque de atracciones y girara en el aire, a muchos metros de altura, sin más soporte que el de un asiento sujeto a un brazo metálico. Esa es su postura, pero no explica el llanto, ni los ojos cerrados.

Amalia corta, mira, corta, mira, sigue cortando, mirando, y al fin entiende el vértigo, el pánico de Andrea.

Cuando termina, toma su cabeza entre las dos manos, la levanta, la endereza, vuelve a mirar, y ya no ve nada extraño, nada erróneo en la cara que tiene delante.

—Abre los ojos —le dice con suavidad—. Estás muy guapo.

Y de repente se da cuenta de que hoy ha dejado de ser un día raro.

Cuando Marita le cuelga el teléfono, Begoña resopla, se enfada, cambia de opinión, marca otro número y se encuentra con que María está comunicando. Seguro que la otra se lo está contando todo, sospecha, pero menos de un minuto después insiste y encuentra la línea libre.

—Hola, Bego. ¿Qué te pasó ayer? Al final no viniste...

—Ya, es que tuve una bronca con Fernando, que está intratable por no sé qué problemas del trabajo, y se me quitaron las ganas, la verdad... —ahora no le apetece pensar en eso—. Oye, que ya me ha contado Marita lo de Sofía. ¡Qué valor! ¿No?

—¿Valor? —pues sí que estamos bien, piensa Begoña, otra que tal baila—. ¿A qué te refieres, a lo de Sebastián?

—¿Sebastián? Ah, o sea, que ya sabemos cómo se llama.

—Pues sí. Y si hubieras venido, tú también lo sabrías.

—Ya, tía, pero es que me parece muy fuerte que se enrollara con él sobre la marcha, con los dos viejos ahí, en su casa. Hay que estar fatal, ¿no?

—No. Más bien estaban de puta madre. A las seis de la mañana, Sofi me ha mandado un whatsapp lleno de trompetas, dedos haciendo la uve de la victoria, bailarinas de flamenco y bolsas de serpentinas, así que...

—Ay, pues a mí me parece... ¡Con un portero, María!

—No es un portero, Bego —su tono se endurece tanto como el de Marita hace un rato—. Es un aparejador que está en el paro y trabaja como portero. Y además, ¿eso qué tiene que ver? Sofi ha conocido a un tío, han echado unos polvos y se ha quedado como Dios. Como si fuera albañil, ¿dónde está el problema?

—Pues está, está, porque ahora parece una mujer desesperada, es decir, que el portero ya se ha dado cuenta de que es una mujer desesperada. Y luego, lo de empezar a besarse ahí, en el Centro de Salud, delante de medio barrio. ¿Y su dignidad?

—¿Su dignidad? —ahora la que resopla es María—. Mira, Bego, te voy a dejar por dos razones. Primero porque tengo que irme a ver a un paciente, y segundo, y fundamentalmente, porque me están entrando unas ganas locas de mandarte a tomar por culo, así que... Hasta luego.

Ella también cuelga, y Begoña ya no encuentra otra forma de distraerse, de escapar de la trampa en la que está encerrada, hasta que se le ocurre que tendría que ducharse, vestirse y bajar a sacar dinero al cajero para pagar esta tarde la peluquería.

Begoña casi nunca ha sido feliz.

De niña quizás, porque no recuerda esta presión, la bola en el estómago que la acompaña a todas partes desde hace décadas, un huésped indeseable, tan incrustado en su cuerpo que ya no lo distingue de sus propias vísceras.

Begoña no es feliz y no sabe exactamente por qué. Sabe que siempre le ha faltado algo, que la suerte, tan dadivosa, hasta derrochadora con quienes la rodean, se ha empeñado en ser muy rácana con ella. Esa sensación la acompaña a todas partes, coloca ante sus ojos un filtro apagado, grisáceo, que afea todo lo que tiene cerca, una casa que nunca le ha gustado, unos muebles que no son tan bonitos como los que ve en las casas a las que la invitan, un coche que siempre está sucio por fuera y perpetuamente salpicado por dentro de las bolsas vacías de patatas que comen sus hijos en el asiento de atrás, y su propia imagen en el espejo.

Begoña no es una belleza pero nadie, excepto ella, la definiría como una mujer fea. Es mona de cara, usa una talla cuarenta, mide ciento sesenta y seis centímetros, tiene las piernas bonitas, los pechos en su sitio, una voz preciosa y las arrugas justas, saludables para su edad. Pero cuando se mira al espejo sólo ve a una mujer vulgar, anodina, poco elegante y sin una pizca de clase. Como su casa, como su marido, como su familia, como su vida. Y cada vez que llega a esa conclusión, la bola de su estómago engorda, se vuelve un poco más dura, más pesada, tan absorbente que le quita el aire que necesita para respirar y hasta las ganas de vivir.

¿Por qué yo?, se pregunta, ¿y por qué yo no? Entonces intenta arreglarlo. Se tira a la calle como si estuviera poseída por un demonio después de una noche sin dormir, horas y horas navegando por Internet a la busca de ofertas en tiendas verdaderamente exclusivas donde comprar telas, piezas, detalles capaces de iluminar la asfixiante grisura de su mundo. Al encontrar lo que busca, la presión se relaja y una sonrisa de aparente satisfacción aflora a sus labios, pero la calma dura muy poco, apenas unas horas, las que tarda en posar los ojos sobre una tapicería deslucida, una mesa pasada de moda, una nevera alemana, buenísima y relativamente nueva, pero con el congelador debajo del frigorífico y no en un cuerpo paralelo, como las que se llevan ahora. En ese instante, la angustia grita, la reclama, le pregunta si de verdad creía que iba a librarse de ella tan fácilmente. Y todo vuelve a empezar.

Begoña no es feliz y su infelicidad persistente, fecunda, hace infelices a su marido, a sus hijos, a sus amigos. Ella se da cuenta sólo a medias, porque la bola de su estómago exige demasiado, porque es como un hoyo abierto en la arena de la playa que pide agua y se la traga toda, y pide más, y se traga más, y más, siempre más, y luego todavía un poco más. Hasta que ayer su marido lo tapa de una vez, y lo hace de golpe, sin avisar, tan abruptamente que ella decide que no puede comprenderlo.

—¿Cómo que van a cerrar el vivero?

—Begoña...

—Pero eso no puede ser, te colocarán en otro sitio, no pueden dejarte tirado de esa manera.

—Begoña...

—Si además te llevas muy bien con tu jefe, ¿no? Siempre nos invita a su casa en Navidad, o sea que no puede ser, no, es imposible...

—Begoña, te estoy diciendo que van a cerrar el vivero. Lo van a cerrar, ¿lo entiendes? Mi jefe se lleva muy bien conmigo, nos invita a su casa por Navidad y me ha dicho que va a cerrar el vivero. Lo cierra. Fin de la historia.

Después de dictar esa sentencia inapelable, se la queda mirando como cuando aún intentaba convencerla de que tenía un problema, aquellos tiempos en los que se atrevía a pronunciar la palabra *terapia*, y espera a que digiera la noticia.

—Pero entonces —le cuesta un rato largo—, ¿qué vamos a hacer?

—Pues he pensado...

Fernando arranca a hablar, se detiene, se lo piensa, vacila, pero al final se levanta, vuelve a sentarse al lado de su mujer, la coge de la mano.

—Estoy pensando en quedármelo yo. Tengo que mirarlo bien, pero si invierto la indemnización del despido en pagar el traspaso, si consigo que los proveedores me mantengan las mismas condiciones, y reduzco la plantilla, y congelo los sueldos de los demás, y elimino el mío, y trabajo como una bestia... El vivero es rentable, y con suerte, en un año...

—¡Qué bien! —Begoña ya no quiere saber más, así que le sonríe y le besa para que él se arrepienta de haberle contado la verdad—. Porque entonces vas a ser empresario, ¿no? Esa es la solución, emprender, lo dice todo el mundo. Si todos los parados fueran como tú, no habría crisis, mira lo que te digo.

—Begoña...

Pero ya se ha levantado. Le anuncia que tiene muchas cosas que hacer, se ducha, se viste, se arregla, se le ocurre que tendría que ir a hacer la compra antes de pasarse por el Centro de Salud.

Cuando vuelve a mirar el reloj, son las diez menos cuarto de la noche y decide que ya no merece la pena.

Esta mañana, antes de bajar a la calle, le da un beso a Fernando, que está muy entretenido en la mesa del comedor con un montón de carpetas, el portátil y la calculadora de su hijo mayor.

—No tardo nada, si traen la compra que lo dejen todo en la cocina, ¿vale?

En el cajero hay cola, pero todo parece funcionar perfectamente hasta que llega su turno. Begoña introduce su clave, escoge la cantidad máxima que puede sacar en un día, pulsa el botón correspondiente y recibe a cambio un mensaje incomprensible. Repite la operación y obtiene el mismo mensaje. Entonces retira la tarjeta y entra en la oficina.

—No, está todo bien —la cajera le sonríe como si tuviera alguna buena noticia que darle—. Su tarjeta tiene un límite diario de cincuenta euros. Sólo puede sacar más a crédito.

—¿Cincuenta euros? —eso no es ni la décima parte de la cantidad que suele sacar ella cuando va al cajero—. Eso no puede ser, tiene que haber algún error, yo no entiendo...

—No —la cajera deja de sonreír—, no hay ningún error, señora, lo siento mucho. El otro titular de la cuenta...

—Nada, nada, muchas gracias —recoge la tarjeta, se da la vuelta y se larga sin decir una palabra más.

Begoña no sabe qué ha hecho su marido, pero la idea de que esa desconocida lo cuente en voz alta delante de un montón de extraños la pone más enferma que el límite de su tarjeta. Para serenarse, pasea un rato, entra en una cafetería, se sienta, se toma un café, una tostada, y acaba decidiendo que Fernando es un exagerado pero que ya le hará ella entrar en razón.

Cuando le traen la cuenta, va a pagar con la tarjeta, pero no se atreve, y al final le da al camarero el billete que lleva en el monedero. Después, como ya ha cambiado, le compra una docena de calas blancas, grandes, preciosas, a la gitana que pone siempre un puesto al lado de la boca del metro.

Fernando sigue trabajando en la mesa del comedor con sus carpetas, el portátil y la calculadora, pero cuando ve entrar a su mujer se echa para atrás, apoya la espalda en el respaldo de la silla y la mira a los ojos.

—Pero ¿tú qué te has creído? —ella interpreta esa mirada como una agresión—. ¿Quién eres tú para mangonear mi dinero, eh? ¿Cómo te atreves a manipular mi tarjeta sin decirme nada? ¡Esto es el colmo, vamos! A quien se lo cuentes...

—¿Yo? —Fernando enciende un cigarrillo, da una calada, empieza a explicarse ante el gesto de perplejidad que ha reemplazado a la furia en el rostro de su mujer—. Yo no...

—¿Y tú cuándo has vuelto a fumar?

—Anoche

Vuelve a aspirar, echa el humo, la mira, y al contemplar sus ojos, Begoña ya no se siente agredida, pero tampoco se atreve a preguntarle si se ha vuelto loco, ni a pedirle que no haga tonterías, y de repente decide que ya ni siquiera quiere saber qué ha pasado con su tarjeta.

—Bueno, pues voy a poner las flores en agua, porque...

—Vuelve a sentarte, Bego, las flores no se van a secar por diez minutos. ¿Quieres un pitillo? —ella lo acepta, él se lo enciende, habla—. Yo no mangoneo tu dinero, sólo intento ayudarte a administrarlo. Tu parte del alquiler del piso que heredaste de tu madrina, después de descontar la comunidad, son mil quinientos euros, no sé si lo sabes. Es verdad que las patentes de tu abuelo te dan más del doble, pero te lo pagan todo junto en enero, y estamos en abril, y ya te has gastado tres veces lo que has cobrado este año. Mil quinientos euros entre treinta, dan cincuenta, y te regalo otros tantos los meses que tienen treinta y un días —empuja la calculadora sobre la mesa—, puedes hacer la división, si quieres. Hasta ahora no importaba tanto porque yo podía asumir tus deudas, pero ya no voy a poder, Bego. Y hoy me he levantado a las seis de la mañana porque no podía dormir, y he mirado el estado de la cuenta del banco, y me he encontrado con que ayer te gastaste quinientos cuarenta euros en un supermercado.

—Es la compra del mes —Begoña se descubre envidiando la naturaleza de los caracoles, la maravillosa fortuna de llevar a cuestas un caparazón donde esconderse en momentos como este.

—Quinientos cuarenta euros después de lo que hablamos, quinientos cuarenta euros cuando ya sabías que cerraban el vivero, quinientos cuarenta euros, Begoña... ¿Tú sabes que hay familias que no tienen ni eso para vivir un mes entero?

—Bueno, pues la próxima vez gastaré...

—No es eso, Bego —si ella se atreviera a mirar a su marido, se daría cuenta de que frunce los labios en cada sílaba que pronuncia, como si le doliera, pero a falta de caparazón, sigue examinando sus propias uñas—. No va a haber próxima vez porque no puede ser. Ya no.

Durante unos segundos ambos se quedan inmóviles, callados, absortos en dos orillas opuestas de la misma tristeza.

—O sea, que somos pobres —concluye ella en un tono desvalido cuyo eco le sorprende tanto como si brotara de una garganta ajena.

—No es que seamos pobres. Es que nunca hemos sido ricos. Y de momento, hasta que el vivero empiece a tirar, sólo voy a cobrar el desempleo. Algo me quedará de la indemnización después de pagar el traspaso, pero habrá que ahorrarlo hasta ver qué pasa. Así que, lo siento en el alma, cariño, pero se acabó la fiesta.

Begoña se levanta, le da la espalda a su marido, empieza a andar despacio hacia la puerta del salón.

—Te quiero, Bego —escucha a su espalda.

—No es verdad —responde sin volverse.

Se encierra en su dormitorio, llama a la peluquería, anula la cita, se tira en la cama boca abajo y llora.

Oye a los niños que vuelven del colegio y sigue llorando.

Oye ruido de cacerolas en la cocina y no deja de llorar.

Oye el ruido del agua que resbala sobre la loza de los platos, el motor del lavavajillas arrancando, y aún llora un poco más.

Después, se queda dormida.

Se despierta a las siete de la tarde, hambrienta, tan agotada como si acabara de descargar un camión, recorre la casa y comprueba que no hay nadie.

No tiene ganas de ponerse a cocinar, así que se hace un bocadillo de jamón serrano corriente, porque de repente, abrir el paquete de paletilla ibérica que compró ayer mismo le inspira un miedo inexplicable, y se lo lleva al salón. Allí se sienta en su lugar, la esquina del sofá que ocupa siempre, mira a su alrededor y afronta una inesperada revelación. Por primera vez en muchos años le gusta lo que ve, lo que tiene, una casa grande y luminosa, unos muebles bonitos, unos hijos que la adoran, un marido que está dispuesto a cargar con todo y que nunca le ha reprochado que no quiera trabajar.

Los ojos se le llenan de lágrimas por última vez y se siente mejor, luego mucho mejor, después mejor que nunca.

Cuando se levanta, se da cuenta de que la bola de su estómago ha desaparecido.

Inspira, espira, disfruta de su ausencia, y se pregunta cuánto durará esta vez.

El domingo de Ramos, Diana invita a su madre a comer.

Adela lleva el vino y el postre, como siempre, y se fija en que su yerno no come mucho y habla todavía menos.

—¿Me ayudas a recoger la mesa, mamá?

Después del café, Adela está convencida de que su hija quiere encerrarse con ella en la cocina para hablarle de su marido, y sus primeras palabras parecen confirmarlo.

—Mira, mamá, yo... —abre el lavaplatos, se agacha a estudiar su contenido, y desde allí se explica algo mejor—. Tengo un problema.

—Ya me he dado cuenta —la madre empieza a llenar de vasos la bandeja de arriba—. ¿Qué le pasa a Pepe?

—¿A Pepe? —pero su hija se vuelve a mirarla con un gesto de estupor y una bandeja de horno chorreando agua entre las manos—. A Pepe no le pasa nada.

—¿Seguro?

—Seguro —asiente con energía, regresa al lavaplatos—. No es Pepe, es Sofía, que quiere pasar la Semana Santa en la playa con ese novio que se ha echado, pero como él gana tan poco y no puede pagar un hotel, y tampoco quiere pagarlo ella para que él no se sienta mal, pues me ha dicho que si pueden acoplarse en nuestra casa.

—¡Ah! —Adela sonríe mientras sigue colocando vasos, porque Diana acaba de recordarle que la que tiene un problema menos es ella—. Fenomenal, me alegro un montón, eso es lo que necesitaba tu hermana, yo estoy encantada.

—Ya, y yo también pero, verás... —Diana se apoya en el fregadero, levanta una mano, cierra el puño y empieza a desplegar los dedos, uno por uno—. En nuestro cuarto, dormimos nosotros. En el de invitados, mis suegros, que se apuntaron hace un mes. En el cuarto de los niños, duermen Pablo y su amigo Felipe, porque Jose no viene, me ha dicho que tiene que quedarse en Madrid a estudiar. Total, que si pongo a Mariana en el dormitorio de al lado de la cocina, Sofi y su novio pueden dormir en su cuarto, pero...

—Pero las camas son de ochenta —completa Adela.

—Eso da igual, mamá. Están en esa fase en la que dos duermen en una cama pequeña y les sobra sitio. No es eso, es que ya no tengo más camas.

—¿Y? —pero lo entiende todo de repente—. ¡Ah! Lo dices por mí... No te preocupes, hija, si yo no pensaba moverme de Madrid en Semana Santa. Tengo un montón de cosas que hacer.

—¿De verdad?

—Y tan de verdad. Pero tú preocúpate por Pepe, anda. Hazme caso, que yo sé mucho de eso.

Cuando Adela se queda viuda, siente que nunca más podrá volver a interesarse por el mundo.

Porque no sólo pierde a su marido. Con él, pierde su vida, las ganas de vivirla. Sin Miguel no le apetece ninguna cosa, desde el zumo del desayuno hasta el sueño de cada noche. Le sobran todos los segundos de cada día, le siguen sobrando durante semanas, luego meses, por fin un año entero. No sabe lo que hace aquí, no sabe por qué está viva, nada le interesa, nada le divierte, sólo le ilusiona la idea de fumar hasta morirse.

Sus hijas no lo entienden. Lo habrían esperado de cualquier otra mujer, de su madre, tan activa, tan lanzada, tan moderna siempre, no. Adela pierde la cuenta de todos los gimnasios, todos los balnearios, todos los viajes que le han recomendado, cuando en la pantalla de su ordenador se abre una ventana inesperada, que brilla y palpita como un ser vivo.

—*¡Que arda Troya!* —la patria de Paris, a la que Miguel y ella han consagrado su vida, es la responsable de que reciba de vez en cuando información no solicitada, pero nunca ha visto un anuncio parecido—. Y esto, ¿qué será?

Enseguida descubre que es un juego, un juego de estrategia, en apariencia tonto, en realidad dificilísimo, y su salvación. Su marido, el profesor Salgado, catedrático de griego en la Facultad de Filología Clásica de la Autónoma, traductor y editor de *La Ilíada,* habría estado orgulloso de ella, porque la primera vez no le resulta nada fácil. Tarda más de dos semanas en rendir a Agamenón, pero salva Troya y, entretanto, vuelve a comer, a pasear, a leer, a acostarse a su hora. Miguel y ella siempre han estado en contra del final que escogió Homero, siempre han sido forofos de Héctor, de su pueblo. Por eso, cuando tiene que ponerse un nombre, escoge Andrómaca.

Después, vuelve a empezar. Pierde su segunda guerra y se jura a sí misma que nunca más volverá a ver los muros de Troya ardiendo en la pantalla de su ordenador. Poco después, el juego empieza a hacerse famoso. Aparecen artículos en los periódicos, reportajes en la televisión y un nuevo reclamo en el menú principal, *Modo torneo ¡Que arda Troya! Lucha con griegos y con troyanos de todo el mundo...*

Cuando se inscribe, descubre que casi todos sus contrincantes *on-line* apoyan a los griegos. Sólo encuentra a un jugador que se llama Héctor, pero ella siempre ha despreciado el fácil encanto de los vencedores.

—Tú y yo sabemos quiénes son los buenos, amor mío.

Todas las tardes, a la hora de la partida, coge una foto de Miguel, le da un beso, la coloca a su lado, sobre la mesa, escoge su caballo, su casco, su coraza, su espada, su arco y sus flechas.

—¡Toma esta! —y siempre escoge mejor que sus rivales—. ¡Y esta, aqueo del demonio!

Una noche, después de su enésima victoria, se abre una nueva ventana en la pantalla. Es una invitación a un torneo presencial que se va a celebrar en verano, en un hotel de la Gran Vía. Se pone tan nerviosa que se echa a la calle, camina hasta cansarse y, al volver a casa, se excusa. No puede ir con sus setenta y dos años a jugar en público con unos críos, aunque arda Troya. Pero, por fortuna, Troya no arde, porque Héctor gana el torneo.

Sin embargo, unos meses más tarde, en el torneo navideño, pierde ante Aquiles para que las llamas reduzcan a cenizas el palacio de Príamo en millones de pantallas de todo el mundo.

—¡Pero, Héctor, qué has hecho! —musita con los ojos llenos de lágrimas—. Pues al Campeonato Nacional voy —le dice a una foto en voz alta—. Te prometo que voy.

Por eso, el Miércoles Santo, en lugar de irse a la playa con Pepe y con Diana, se presenta en el salón más grande de un hotel de la Gran Vía.

—Perdone, señora —le dice un chico muy joven que vigila la entrada—, no puede pasar, aquí se celebra un torneo de videojuegos y...

—¡Ay!, sí, perdona —la anciana busca en su bolso y

se cuelga del cuello la identificación que ha recibido por correo—. Ahora sí puedo, ¿verdad?

—¿Andrómaca? —y el chico de repente está tan pálido como si Adela hubiera rejuvenecido cincuenta años y llevara una túnica blanca, al nieto de Príamo en sus brazos—. ¿Usted es Andrómaca?

—Sí, yo soy Andrómaca.

—¡Arturo! —entonces sale corriendo—. ¡Curro! No os lo vais a creer...

Tres días más tarde, en la final, le llega a ella el turno de la palidez y el asombro.

No ha perdido ninguna batalla, pero tampoco se ha quedado ningún día a celebrarlo porque, a su edad, irse con esos muchachos a tomar unas cañas... La otra manga se juega en una sala diferente y no conoce a su contrincante, pero tampoco le tiene miedo. El día de la gran final, ocupa su silla frente a la pantalla gigante, saca la foto de Miguel del bolso, la besa y la coloca a su lado. Un segundo después, alguien la coge y no se la devuelve.

—Hola, abu —al girarse, ve que su nieto Jose está sonriendo con la foto en la mano.

—¡Jose! —le mira y siente una incomprensible especie de miedo—. ¿Qué haces aquí? Tú...Tú... ¿Lo sabe tu madre?

—Pues claro que no, ¿por quién me tomas? —él se echa a reír, se acerca a ella, la besa—. Le he dicho que me iba a quedar estudiando para que luego no diga que soy un irresponsable y un frívolo. Mamá no entiende estas cosas.

—¿Pero tú...? —Adela intenta encontrar una explicación que no sea la única evidente—. ¿Tú...? —porque su nieto puede haber venido a ver la final entre el público—. ¿Tú...? —porque puede ser amigo de otro jugador—. ¿Tú...? —porque a lo mejor estaba en el hotel y se le ha ocurrido entrar a mirar—. ¿Qué haces tú aquí?

—Yo soy Héctor, abu.

Adela cierra los ojos y sólo vuelve a abrirlos cuando el árbitro de la partida se acerca para comunicarles una mala noticia.

—Tenemos un conflicto.

—¡Uy! —Adela levanta la cabeza, le mira—. Si sólo fuera uno...

—Ya —Jose sonríe—. No pasa nada, yo seré Aquiles.

—De ninguna manera, tengo mucho gusto en cederte...

—Que no, abu. Tú tienes mejor historial que yo. Tú sigues siendo Andrómaca.

—¿Abu? —pregunta el árbitro, pero ninguno de los dos jugadores le responde.

De repente, los altavoces inundan la sala con un sonido de clarines y platillos. La batalla va a empezar, pero esta vez los dos finalistas no se limitan a darse la mano. Una anciana y un chico de veintiún años se abrazan en el centro de la sala mientras el público aplaude. En el último instante, Héctor, reencarnado en su enemigo, pega su cabeza a la de Andrómaca y le habla al oído.

—¿A que estás pensando en dejarme ganar? —ella lo niega, él no lo cree—. Como lo intentes, no te vuelvo a dirigir la palabra, que lo sepas.

—Pero, Jose, si a mí me da igual...

—¿Y a él? —su nieto señala la foto que les mira desde la mesa—. Troya no puede arder, abuela, no puede arder, ¿entendido? No tengas piedad.

—Tranquilo, cariño —ella comprende, se pone de puntillas, le besa en la mejilla—. Procuraré no tenerla.

Tres horas más tarde, los griegos se rinden.

Aquiles nunca ha celebrado tanto una derrota.

La puesta de sol les parece tan espectacular que se lanzan a aplaudir, siguiendo el ejemplo de dos guiris, practicantes de kitesurf, que recogen sus bártulos unos metros más allá.

Luego se besan. Para ellos es una fiesta besarse al aire libre, sin preocuparse de si alguien les está viendo o no, después de un invierno de disimulos y achuchones de urgencia en el cuarto de la fotocopiadora de la comisaría. La inspectora Fernández y el agente Ferreiro están pasando su primera noche lejos de Madrid, en una playa rodeada de dunas y pinares, desierta siempre y sobre todo ahora, unos días después de que haya terminado la Semana Santa. Todos los besos les parecen pocos hasta que cae la noche y cambia el viento.

—¿Nos subimos? —ella se rinde antes, cuando nota que la humedad le está poniendo la piel de gallina.

—Sí, ya deben de ser... —él busca su teléfono en el interior del pantalón enrollado que ha usado como almohada y pega un grito—. ¡Son las diez y cuarto, tía!

Pero todavía se besan otro poco antes de levantarse y subir la cuesta. Al pasar junto al chiringuito, Miguel le pregunta a su hermano hasta qué hora se puede cenar.

—A la que queráis. Cerramos la cocina a la una o así... Esto es Cádiz.

El bungalow es pequeño y monísimo, como una casita de cuento, una sola habitación con la cama adosada a una pared, un sofá adosado a los pies de la cama, una mesita delante y enfrente, muy cerca, una estantería de la anchura del televisor que contiene, flanqueada por dos muebles bajos de cocina a cada lado, con una encimera con placa encastrada y una nevera. El único espacio aislado es un cuarto de baño completo y diminuto. Lo único grande es la cama, y ellos no necesitan más. Lo mejor es que la única pared libre es una cristalera que se abre directamente a la playa, aunque al salir no se pisa la arena. En la tarima larga y estrecha, de tablones de teca, caben dos tumbonas pegadas entre sí, un velador, cuatro sillas y una sombrilla. Al fondo, a la izquierda, está el nuevo chiringuito de Pedro Ferreiro. La última vez que fue a Madrid, en Navidad, invitó a su hermano pequeño a conocerlo cualquier fin de semana, pero nunca imaginó que fuera a traerse al pedazo de mujer con el que ha aparecido esta tarde, cuando Auxi y él servían las comidas de los más rezagados.

—¿Allí os gusta? —Pedro señala hacia la mesa que ocupa una esquina mientras repasa con los ojos el cuerpazo embutido en un vestido de lycra rojo—. Ahora os bajo la mampara, para cortar el viento... —y mientras le da a la manivela, aprovecha para estudiar el escote de Raquel

Miguel se da cuenta de todo, pero no se molesta. Pedro es como es, un tarambana que no ha parado de saltar de mujer en mujer desde que dejó a Sofía Salgado cuando todavía estaba en la universidad. Los dos se encuentran en una situación extraña, sin embargo. Es la primera vez que Miguel tiene una novia que está más buena que la de Pedro y que es, además, la mayor de las dos.

—A ver, ¿qué os apetece tomar?

Auxi es muy joven, muy graciosa, tan redonda como si su piel aún conservara la condición tierna, esponjosa, de una infancia no muy lejana. Tiene cara de muñeca morena, rasgos pequeños, agradables, y un cuerpo que parece de peluche a pesar de la cintura estrecha, las caderas impecablemente curvas, los pechos altos de sus veintipocos años. La primera vez que la ve, Miguel piensa que no es ni la mitad de atractiva que el promedio de las novias que le ha conocido a su hermano, pero por la noche, mientras la ve moverse entre las mesas como si bailara de puntillas, se da cuenta de que Auxi es encantadora en sentido literal, una mujer tocada por la gracia, un encanto tan liviano, tan profundo a la vez, que no tiene que esforzarse para seducir. Raquel, mientras tanto, piensa en otras cosas.

—¿Puedo hacerte una pregunta? —le espeta sin preámbulos cuando, ya de madrugada, se sienta a tomar una copa con ellos—. ¿Esto... —y hace girar su dedo índice en el aire— es legal?

—¿Qué pasa? —Auxi se echa a reír y Miguel comprueba que la risa la hace aún más atractiva—. Tú eres policía desde que te levantas hasta que te acuestas, ¿no?

—Pues... Me temo que sí.

El fundador del chiringuito fue su abuelo, pero su bisabuelo ya había regentado antes, en el mismo lugar, una caseta donde servía comidas a los trabajadores de una fábrica de conservas de atún que desapareció con la guerra.

—Mañana, si dais un paseo por la playa hacia el pueblo, veréis unas ruinas en medio de las dunas. Eso era la fábrica.

El abuelo de Auxi decidió reconvertir el paupérrimo negocio familiar en un chiringuito muy precario, una barra, cuatro mesas y un techo de cañas, pero no prosperó mucho. A mediados de los años sesenta del siglo pasado, cuando los turistas británicos y alemanes empezaban a sucumbir al dudoso placer de achicharrarse por las mañanas, para consagrar sus noches al aún más dudoso entretenimiento de arrancarse mutuamente tiras de piel quemada de la espalda, aquella playa pequeña, insignificante, batida sin cesar por el Levante y por el Poniente, ya quedó al margen de la invasión. Su dueño nunca llegó a echar de menos el frenesí de otros chiringuitos, esos que, a mediados de agosto, se quedaban sin cerveza, sin pan y sin pescado todos los días.

—El suyo no daba para mucho, pero tampoco trabajo. Tan ricamente, solía decir él, total, para el crío y para mí... Porque mi abuela murió de parto al dar a luz a mi padre.

Tenía su clientela, sin embargo. Gente interesante, que iba a la playa a andar y a nadar, nada de tirarse sobre una toalla para rebozarse de arena. Mariscadores, y pescadores de los de verdad, no de esos que estrenan caña cada verano para hartarse de pescar algas. Familias de La Línea, y de Algeciras, los únicos que conocían aquella playa que ni siquiera venía en los mapas. Pero, sobre todo, el chiringuito, tan cerca de Gibraltar que los valientes se atrevían a llegar a la roca nadando, vivía entonces del contrabando. Territorio neutral, como una Suiza diminuta de arena y cañizo, en su barra alternaban los contrabandistas con los guardias civiles, cuando no coincidían apaciblemente los unos con los otros.

—Mi abuelo les servía a todos y no hablaba con ninguno. Guardaba muy bien los secretos, así que nunca perdió un cliente, ni de un bando ni del otro. Hasta que a finales de los setenta se jubiló y mi padre heredó el local, pero tampoco tuvo mucha suerte. Entonces llegaron los hippies y, según él, todo se empezó a fastidiar...

Porque eran hippies tardíos y pobretones, cargados de niños que sólo se acercaban a la barra a pedir vasos de agua. Sus madres, eso sí, tomaban el sol desnudas, y a algunas daba gloria verlas aunque no consumieran. Y sin embargo, mira por dónde, justo cuando volvió a abrirse la verja de Gibraltar, cuando se acabó el contrabando y parecía que el negocio iba a echarse a perder, fueron los nudistas quienes salvaron el chiringuito del padre de Auxi. Hombres y mujeres en cueros, menos guapos que feos, menos jóvenes que viejos pero casi siempre con dinero, empezaron a abarrotar las mesas desde mayo hasta octubre ante la impasibilidad forzosa de los guardias civiles, que no podían obligarles a vestirse porque el primer ayuntamiento democrático había clasificado aquella playa como nudista.

—Hasta ahí mi padre aguantó bien, pero con el windsurf... Con eso ya no pudo. Me jubilo, me dijo hace tres años, todo para ti, y yo le dije que sí, que me quedaba con esto encantada.

Porque Auxi había crecido en la confusión, un barullo de gente vestida y desnuda, rica y pobre, deportista y perezosa, delincuentes y servidores de la ley, juntos y además revueltos. A ella le gustaba el orden escondido en aquel caos donde tríos de señoras gordas se daban un paseíto con sus nietos de la mano entre parejas de nudistas, no siempre de distinto género, que se besaban en la boca sin fijarse en que, a dos pasos, un chaval con traje de neopreno armaba una vela junto a una pandilla de guiris que excavaban en la arena para untarse de un barro verdoso, buenísimo para la piel, según ellos, y secarse al sol.

—Esto ya no hay quien lo entienda, opinaba mi padre, y es verdad. Yo tampoco lo entiendo, pero me gusta. Yo soy de aquí, y esto es Cádiz. Quien no lo conoce, ni siquiera se lo puede imaginar...

Cuando su padre le dejó el chiringuito, Auxi estaba empezando a salir con Pedro, que seguía teniendo el suyo en una playa de Tarifa donde ya no se podía dar un paso sin chocar con algo, una tabla, una vela, un monitor... La playa de su novia le gustó mucho más, se ofreció como socio y los dos salieron ganando.

—Pedro tuvo la idea de construir dos bungalows en el terreno donde habían estado la casa y la caseta de mi bisabuelo. Y son legales, porque el terreno, que hasta hace nada no valía un céntimo, es propiedad de mi familia desde mucho antes de que se hiciera una ley de costas. Además, están a más de cien metros del punto máximo de la pleamar, aunque como ahora estos mamones quieren dejar edificar en la orilla...

—¿Y el chiringuito?

—Es desmontable. Ponemos todo esto en mayo y lo quitamos en octubre. En invierno parece que nunca jamás ha venido un alma por aquí.

A las cuatro de la mañana, deciden levantar la tertulia.

Ya se han ido a dormir todos los clientes, los nudistas ricos, los hippies pobres, los andarines, los pescadores, los windsurfistas, los kitesurfistas, los sevillanos de fin de semana y los playeros locales, sólo quedan ellos cuatro. En la oscuridad cerrada de la luna nueva no se ve ni el horizonte, pero en el patio trasero, iluminado por los focos del local, sólo hay un coche y es el de Pedro.

Sin embargo, mientras llevan los vasos a la barra, Auxi se para de pronto y levanta una mano para pedir silencio. Le ha parecido oír algo y enseguida lo oyen todos. Son unas pisadas sordas, de pies descalzos, acompasadas con un ruido extraño, como de plástico que se arrastra. Pedro los manda al fondo, apaga las luces, cierra la caja con llave, y cuando está asegurando las mamparas de plástico, le ve.

Es un buzo. Con su escafandra, y su traje de neopreno, y sus aletas en una mano, y su bombona a la espalda, un buzo como esos que se sumergen en el océano delante del chiringuito de vez en cuando, aunque este arrastra por la arena un saco enorme de plástico negro.

—Es un buzo —informa a su novia.

—¿Un buzo? —pregunta ella en voz alta—, ¿a las cuatro de la mañana, sacando un bulto del Atlántico...?

Y el ruido cesa de repente.

—¡Auxi! —una voz llega de lejos, desde la oscuridad—. Auxi, ¿eres tú?

Ella no se decide a contestar y se vuelven a oír pasos, cada vez más próximos, hasta que una silueta negra y pesada se hace visible a la escasa luz del único foco del patio trasero.

—Buenas noches —el buzo deja la escafandra en el suelo y Pedro vuelve a encender las luces del chiringuito al reconocer su voz.

—Coño, Aurelio, qué susto nos has dado.

—Ponme una cerveza, compadre, que estoy muerto.

—Voy, pero ¿qué haces tú...?

—Pues qué voy a hacer, deporte no —y se ríe un poco, como si le hiciera gracia aunque tampoco mucha—. ¿A ti qué te parece? Ganarme la vida.

La inspectora Fernández y el agente Ferreiro se acercan poco a poco, con los ojos clavados en el saco de plástico negro asegurado, ahora lo ven, con dos gomas muy anchas del mismo color.

—A ver, con dos chiquillos y seis años en el paro... —Aurelio se toma media caña de un sorbo antes de quitarse el traje de neopreno y seguir contando su historia—.

Aquí no hay trabajo, ya se sabe, y el caso es que yo trabajo todo el año como un negro. En invierno cojo erizos y galeras, en primavera, caracoles, en verano, coquinas, higos chumbos, camarones, lo que haya, y lo vendo en la puerta del mercado, pero lo que se gana con eso... Ustedes, que me lo compráis, lo sabéis mejor que nadie. Además tengo una huerta en el campito de mi abuelo, y de vez en cuando, si alguien me avisa, me voy en un barco. Me quedo con la mitad de lo que pesco, pero mis hijos tienen que comer carne, ¿no? Hay que comprarles ropa, y zapatos, y darles para chuches de vez en cuando, y ya ni me acuerdo de cuándo se me acabó el subsidio. Cobro los cuatrocientos euros esos que dan de caridad, pero hay meses que me llega, y hay meses que no. Y cuando no... —vacía el primer vaso y empieza con el segundo—. El traje y la bombona me los presta Jorgen, ese danés tan alto que vive en la calle Larga, que es muy buen chaval. Me está enorme y es muy incómodo, pero sin él no podría llegar, así que...

—¿Te has venido buceando desde Gibraltar con ese saco atado a la cintura, a las tres de la mañana y sin luna, Aurelio? —Auxi pregunta, él asiente—. ¡Joder, macho, qué cojones tienes!

—¿Y qué voy a hacer, si no? ¿De dónde saco para darle a mi mujer el dinero de la compra?

La inspectora Fernández y el agente Ferreiro se dan la mano, se la aprietan el uno al otro, se miran y descubren a la vez que ninguno de los dos sabe qué hacer.

—¿Me acercáis al pueblo en coche?

—Pues claro, hombre, pero antes... —Pedro saca la cartera, mira en su interior—. Dame dos cartones de Winston y dos de Marlboro, anda.

Aurelio quita las gomas, abre el saco, revienta con los dedos una bolsa sellada de plástico trasparente, saca cuatro cartones de tabaco y se los cobra al dueño del chiringuito.

—Parezco mi abuelo haciendo negocios con el tuyo, ¿eh, Auxi?

—Lo que parece mentira es que hayamos vuelto a estar así. Hay que joderse, vamos...

Antes de cerrar el saco, el buzo contrabandista se vuelve hacia esa pareja de desconocidos a la que por fin parece que se le ha pasado el susto.

—¿Ustedes queréis?

—Bueno —Miguel sonríe porque en el saco no hay bolsas de cocaína, ni fardos de hachís, sino dos mil paquetes de tabaco rubio de Gibraltar—, dame un cartón a mí también.

—Son mis cuñados —interviene Auxi—, el hermano pequeño de Pedro y su novia. Acaban de llegar y...

—Y nada —la interrumpe Raquel, levantando en el aire las palmas de sus manos—, porque nosotros aquí somos otra cosa. Nosotros, ha sido llegar aquí y ya no sabemos nada, ni nos acordamos de nada, ni... Nosotros, ¡hala!, a la playa, y a tomar copas, y... Pues eso, que estamos como nuevos.

Después se despiden, y mientras los ve subir hacia el bungalow, Aurelio se vuelve hacia Auxi.

—Qué raros son tus cuñados, ¿no?

—Sí, es que son de Madrid.

—Será eso —hace una pausa y vuelve a darle un trago a su cerveza con los ojos clavados en el sendero de tablas que lleva a los bungalows—. Y lo buena que está la tía...

En el desayuno está a punto de contárselo a Diana, pero se muerde la lengua a tiempo.

—¿Tienes algo especial que hacer hoy?

—¿Yo? —Pepe se señala a sí mismo, porque Pablo está desayunando a su lado—. Pues... —ir a las diez de la mañana al hospital a recoger los resultados—. No. ¿Por qué lo dices?

—Porque podríamos hacer algo, ¿no?, ir al cine o al teatro —Diana pone una bandeja con tostadas en la mesa, coge una, el salero, la aceitera—. No sé, como parece que el centro no lo van a cerrar de momento... —le pega un mordisco a una tostada empapada en aceite virgen, y a Pepe le conmueven sus labios, sus dientes, esa costumbre suya de cerrar los ojos para saborear mejor las cosas que más le gustan—. Llevo muchos meses ahorrando y me apetece gastar un poco, la verdad.

—Claro —Pepe se levanta, la besa en la cabeza—. Mira a ver qué te apetece, a mí me da igual —y nunca en su vida esas palabras han sido tan ciertas.

Sale de casa en mangas de camisa porque ya estamos en mayo. En el portal se da cuenta de que hace un frío como de marzo por lo menos, pero no sube a buscar un jersey, no sea que la debilidad de abrigarse le dé mala suerte. Aprieta el paso, los dientes, y antes de llegar al garaje contesta al teléfono.

—¿Se lo has dicho?

—No.

—Pero ¿por qué? —María, la amiga enfermera de su cuñada Sofía, es la única que sabe lo que tiene que hacer esta mañana—. No lo entiendo, Pepe, tío, tienes una mujer médico, y no es sólo por todo lo que te podría ayudar, es que además se va a cabrear un montón cuando se entere...

Cuando sale de la consulta de Digestivo donde le han hecho una ecografía de precisión que ha revelado el origen de las molestias que siente en el abdomen desde hace unos días, Pepe se tropieza con María en un pasillo del Centro de Salud.

—Tiene un bulto en el colon —el médico le trata de usted porque no sabe que es el marido de Diana Salgado, y no lo sabe porque su paciente no se lo ha contado.

—¿Bueno? —pregunta mientras intenta encajar con elegancia el tsunami de sudor que se ha declarado en su cuerpo en un instante—. ¿Malo?

—Eso no puedo saberlo todavía —su interlocutor sonríe antes de lanzarse sobre el teclado—. Va a tener que ir al hospital y hacerse pruebas, un TAC y una biopsia, ahora se lo explico todo...

Justo entonces, cuando sale al pasillo con media docena de formularios recién impresos, se choca con María, porque no mira por dónde va. Ella se hace una idea de lo que pasa sólo con verle la cara, se ofrece a acompañarle a tomar un café, le tranquiliza, le consuela, y le pide que vuelva a cruzar la calle y se lo cuente a su mujer. Pepe le responde que no, que tiene que pensar bien la manera de contárselo. María se lo repite una y otra vez durante las semanas en las que se convierte en su único apoyo, su única confidente, y él sigue respondiendo que no, que todavía está buscando una fórmula ideal para hablar con Diana. Esta mañana todavía no la ha encontrado.

—Pues te voy a decir una cosa —machaca María una vez más—, hay estudios que demuestran que los pacientes de cáncer con apoyo familiar...

—Yo todavía no sé si tengo cáncer, ¿verdad? Y además, seguro que también hay estudios que dicen que los pacientes tienen derecho a hacer lo que les dé la gana, ¿o no?

—Sí, seguro —reconoce María—. ¿Quieres que vaya contigo al hospital?

—No, voy a hacer esto yo solo.

—Pero ¿por qué?

—Pues porque sí —y como es ingeniero, y tiene cuarenta y ocho años, y hace muchos que dejó de creer en Dios, no le cuenta la verdad—. Porque quiero.

Pepe Martínez está convencido de que no se va a morir, y por eso no quiere hablar con Diana.

Todavía recuerda la muerte de su suegro, la dosis de angustia suplementaria que convirtió la vida de su primogénita en una pesadilla durante meses.

Diana era siempre la primera en enterarse de las malas noticias, la primera en transmitirlas, la única capaz de diagnosticar al enfermo, de interpretar los malos augurios, de pronosticar los plazos. También fue la primera en darlo todo por perdido. Pepe todavía recuerda cómo lloraba en casa, por las noches, después de animar a los demás, cómo abominaba de su oficio. Sólo por eso merece la pena esperar, pero su decisión no es tan valiente, tan generosa, como producto de una simple superstición. Todavía no estoy enfermo, piensa, así que cuando llegue el momento ya se lo contaré. Contárselo ahora sería como conjurar a la suerte, y como yo sé que no me voy a morir...

Pepe Martínez está convencido de que no se va a morir hasta que llega al hospital, esta mañana.

—La puerta de la sala de espera es la segunda a la derecha —le dice la enfermera que recoge su citación—. Espere allí hasta que le llamemos por su nombre, por favor.

En la sala, como en todos los hospitales, hace mucho calor, pero el inesperado frío de la calle le ha calado tanto que cuando se sienta está tiritando. Escoge un asiento frente a un ventanal que deja ver las copas verdes de los árboles recién resucitados contra un esplendoroso cielo azul, un sol brillante filtrándose con dulzura a través de unas pocas nubes que se deshilachan despacio, como si fueran de algodón de azúcar.

—También es una putada que me haya pasado esto en el mes de mayo —murmura para sí mismo.

Porque cuando llega el buen tiempo se piensa peor, y él tiene muchas cosas importantes en las que pensar.

Ahora, cuando ha llegado el momento de elegir, se da cuenta de que las cosas buenas, las personas a las que ha querido, las que le han querido a él, los momentos y los lugares donde ha sido feliz, la memoria de las risas, de los besos, la complicidad de sus amigos, la emoción del amor, el vértigo del sexo, ocupan casi la totalidad de su memoria. Lo bueno ha invadido el espacio de lo malo, los huecos del rencor, del dolor, de la rabia, todas esas viejas cuentas pendientes que ha ido acumulando a lo largo de los años como un equipaje incómodo pero imprescindible, y que ahora, de pronto, le dan igual. Es mejor empezar por la alegría, y eso hace.

Tiene que decirle a mucha gente que la quiere, y tiene que decírselo muchas veces. A su mujer y a sus hijos, desde luego. A sus padres, a sus hermanos, a esos amigos que ya son como su familia, pero también a personas más distantes, hombres y mujeres a los que no ve todas las semanas, compañeros de otras épocas, algunos tíos y tías, algunos primos, mucha gente que no ha compartido con él toda su vida pero sigue ocupando un lugar importante en su memoria.

Tiene que volver a leer algunos libros, volver a ver algunas películas, escuchar de nuevo algunas canciones muchas veces. No puede marcharse sin las palabras, sin las imágenes, sin el ritmo y los colores de su vida. Tampoco sin comerse un merengue de fresa. Han pasado tantos años desde que se comió el último...

No, se corrige a sí mismo, por ahí no, por ahí todavía no, porque la imagen del merengue trae consigo a un niño con el pelo muy corto y orejas de soplillo, vestido con una trenca marrón y una bufanda de cuadros alrededor del cuello, que es él mismo con seis, con siete, con ocho años y la nariz pegada al escaparate de una pastelería, y ese niño le hace un nudo en la garganta. Así que no, por ahí no, mejor mirar hacia otro lado.

Estaría bien que el Atleti ganara algún título, pero como con eso no se puede contar, tendrá que conformarse con ir al Calderón mientras pueda, ya no con sus amigos sino con su hijo Pablo, que siempre se queja, y con razón, de que no cumple sus promesas. Esta sí la cumplirá, y volverá con Diana al hotel de su primer verano, aunque ese pueblo ha crecido tanto y está tan lleno de adosados y pizzerías que ni siquiera parece el mismo. Tiene tantas cosas que hacer...

Arreglar todos los papeles, poner en orden todas las cuentas, dejar instrucciones sencillas para resolver lo complicado, comprarle a Mariana la guitarra eléctrica que pide por Reyes todos los años desde que cumplió trece. Va a ser incapaz de hacer nada con ella porque tiene un oído enfrente de otro, pero eso ahora ya da igual. Le comprará una guitarra eléctrica, y enseñará a Jose a conducir su Harley-Davidson, aunque antes también tendrá que sacarla un poco, ¿no?, hacer algún viajecito corto de esos que le gustaban tanto. Menos mal que no la vendió cuando le bajaron el sueldo, porque se acuerda de cómo le abrazaba Diana, de cómo se pegaba a él cuando eran novios...

No, por ahí tampoco. Todos los caminos llevan al mismo nudo, al mismo hueco, al mismo miedo, y en esta sala hace tanto calor... Por fin reconoce que si no se hubiera empeñado en hacerlo todo él solo, la lista le estaría saliendo mejor y todo sería más fácil. Pero no tiene ganas de pensar en lo malo, sólo en lo bueno, lo bueno...

Entonces alguien dice su nombre y el número de una consulta por megafonía.

Cuando se levanta, le tiemblan las piernas.

Le cuesta trabajo andar, pero la consulta está muy cerca. Al accionar el picaporte, se da cuenta de que también le tiembla la mano y se pone serio consigo mismo. Así consigue aguantar el tipo, entrar a un paso normal, dar los buenos días. Luego se sienta frente a una médico joven y bastante mona, que le mira, le ve, y decide acortar su tortura al máximo.

—Negativa —dice, y sólo después sonríe—. La biopsia es negativa. No se lo puedo garantizar al cien por cien, pero por lo que se ve en el TAC y con este resultado, estoy segura de que el bulto es un divertículo inflamado. A eso se deben sus molestias. Puede llegar a ser doloroso, podemos operarle incluso para quitárselo si le da mucha guerra, pero no es maligno en ningún caso.

—Entonces... —Pepe está aún tan aturdido que no se ha enterado bien del todo—. Quimio no...

—Nada, ibuprofeno y va que chuta —pero antes de completar la receta, levanta la cabeza, le mira—. Ahora, cuando salga a la calle, entra en un bar, pide una copa de vino, se la bebe a mi salud, y a casa.

—No hace falta que sea una copa de vino, ¿verdad? Puede ser otra cosa.

—Por supuesto —la doctora se echa a reír—, la que usted quiera.

Al salir del hospital, Pepe para un taxi y le da una dirección cercana a su oficina, la de una pastelería gourmet por cuyo escaparate pasa todos los días varias veces. En una esquina hay unas mesas donde sirven los productos del obrador y la bodega. Pepe ocupa una, pide una copa de cava y un merengue de fresa, y mientras se los traen, llama por fin a Diana.

—¿Qué tal? —su voz le parece tan maravillosa como si la llevara detrás en la moto, veinticinco años antes.

—Muy bien. ¿Y tú?

—Aquí, con mis gordos.

—¿Y te adelgazan?

—Pues no mucho, pero como saben que los quiero igual... A ti también te quiero, ¿para qué has llamado?

—Nada, sólo quería decirte que... —y Pepe Martínez descubre que hay muchas maneras de celebrar que sigue estando vivo—. Esta noche vamos a ver lo que tú quieras, pero que no sea de Woody Allen, ¿eh? Estoy harto de ese tío, ya no me hacen gracia sus chistes, se repite más que el pepino.

—Qué cascarrabias te estás volviendo, Pepe —Diana se ríe bajito—. Te tengo que dejar —pero todavía alcanza a oír algo más—. ¡Ay, Asun, Asun!, que me parece que hemos engordado...

El merengue de fresa sabe exactamente igual que los que se comía por la calle cuando salía del colegio.

Sofía empieza a preocuparse a principios de junio.

Debería haber reaccionado antes pero en los dos últimos meses, Sebastián ha absorbido toda su atención. No había deseado a nadie con tanto fervor desde mucho antes de que su marido se liara con su entrenadora personal, pero tampoco ha vivido nunca una relación tan intensa y tan compleja, tan fácil y tan difícil a la vez.

Su novio es un hombre herido que cuenta en cada minuto sus cicatrices. Habla con frecuencia de sus hijos, aquel Javi, aquella Elena a los que echaban tanto de menos otros niños en la playa el verano anterior, pero desde que salen juntos sólo ha mencionado a su mujer en media docena de ocasiones, nunca por su nombre. Sofía sabe que se llama Elena, igual que su hija, porque lo preguntó una vez, pero no está segura de los motivos de esa sistemática omisión. Quizás le duele hablar de ella, piensa, quizás no quiere hacerlo por no perder el control y decir cosas que después se arrepentiría de haber dicho. Al principio cree que su reserva implica que sigue enamorado de su mujer, pero después percibe su desprecio, una hostilidad que a veces parece a punto de desembocar en una misoginia que no llega a consumarse, porque en el último instante posible, la mira, sonríe y le pide perdón. Lo siento, no lo digo por ti. Esa frase reconcilia a Sofía con su suerte, asigna a su cautela un sentido distinto y mejor, pero interpretar que no quiere insultar a su mujer para no poner en peligro su relación con ella no le ayuda a entenderle.

Tampoco ha descubierto todavía si Sebastián es una persona complicada o un hombre sencillo atrapado en una situación conflictiva. A veces piensa una cosa y la contraria en un intervalo de pocos segundos. No es fácil decidirlo, porque él suele hablar poco, aunque le gusta escuchar, y sin embargo, cuando está contento, llega a soltar largas parrafadas sobre otras épocas o temas ajenos a la crisis, a su trabajo pasado, al actual. Sofía intuye que antes de trabajar en la garita de Soluciones Inmobiliarias Prisma, su novio probablemente no era muy extrovertido, pero tampoco un hombre reservado, taciturno. Empeña todas sus energías en sacar a la luz al Sebastián anterior, más seguro de sí mismo, más satisfecho con su vida, más capaz de ser feliz, pero eso es todavía más difícil porque nunca ha conocido fuera de la cama al hombre al que está buscando. Está enamorada de otro, que es él mismo cuando se olvida de todo, y su doble más siniestro mientras se deja gobernar por su desdicha.

En el centro exacto de esa encrucijada, Sofía Salgado se mece en una corriente alterna de placeres e inquietudes que la empuja hacia delante como un tiro de caballos desbocados. Ella tira de las riendas con todas sus fuerzas y siente las ampollas en las palmas de las manos, pero también un principio de equilibrio. El amor se ha convertido para ella en un ejercicio agotador, un frenesí que engancha como una adicción inesperada, pero los momentos de calma empiezan a florecer.

Ya pueden pasar por delante de una tienda que acaba de cerrar sin que Sebastián enmudezca de pronto, ya pueden hacer juntos la compra y pagarla indistintamente sin que se venga abajo, ya pueden fantasear planeando viajes exóticos que los dos saben que no harán nunca, cuando una mañana, al entrar en el colegio, Sofía se da cuenta de la fecha del día en que vive.

Esa misma mañana va a hablar con la directora sin muchas esperanzas, sólo por hacer las cosas bien, y ella no la defrauda.

—No.

Sofía habla y habla, insiste en que el centro no tiene por qué abrir el comedor, que tampoco se trata de mantener abierta la cocina, que sólo le pide un aula, una cualquiera, y ella se encargará de todo lo demás, de buscar gente que haga la comida, de buscar gente que la traiga, voluntarios para poner la mesa, para atender a los niños, para limpiarlo todo después.

—No.

Sofía sigue hablando, se pregunta en voz alta por qué no, el centro va a estar abierto todo el mes de julio, ofrece un campamento de verano por las mañanas, talleres gratuitos, grupos de apoyo, de judo, de teatro, un trajín de gente entrando y saliendo todas las mañanas. Nadie tendría por qué enterarse, y lo que pide no es un capricho, sino algo importante, lo más importante.

—Ya te he dicho que no, y es que no —la directora empuja la silla hacia atrás y se levanta para insinuar que la entrevista ha terminado—. Las directrices de la Consejería son muy claras. No voy a exponer al centro a una sanción por tus niños.

—Pero no son mis niños, son...

—Sí son tus niños, Sofía. Son tuyos porque has asumido una responsabilidad que no te corresponde. Llevamos todo el curso hablando de esto. Lo que está pasando es muy lamentable, pero arreglarlo no es competencia nuestra. Este colegio es un centro educativo, no una ONG. Te sugiero que animes a las familias para que busquen ayuda en otra parte, que...

—Muchas gracias por el consejo.

Sofía se levanta, se da la vuelta, sale del despacho sin decir nada más.

Los niños de Sofía Salgado siempre habían sido sus alumnos, y por ahí empieza todo una mañana de noviembre, a la hora del recreo.

—Un momento, un momento, un momento...

Está saliendo al patio y ve a Hugo tirando al suelo a Manuel de un empujón. Ya está a punto de sentarse a horcajadas encima de él, cuando su señorita lo agarra del cuello de la camiseta y lo levanta.

—A ver, ¿qué está pasando aquí? —pregunta mientras mantiene sujeto a Hugo con una mano y le da la otra a Manuel para ayudarle a levantarse.

—Es que Manuel no quiere compartir.

—¡Es mi bocadillo! —protesta el agredido, levantando en el aire un sándwich de jamón de York estrujado pero intacto—. ¡Quiero comerme mi bocadillo!

—Claro que sí, cariño —Sofía le acaricia la cabeza y luego se vuelve hacia Hugo, se pone en cuclillas para estar a su altura—. Tú también tienes razón, porque hay que compartir, los libros, los juguetes, pero como aquí trabajamos mucho, a esta hora estáis cansados, tenéis hambre, y cada uno tiene que comerse su bocadillo. ¿Dónde está el tuyo?

—No tengo.

—¿No tienes? Bueno, no te preocupes. Yo te traigo algo ahora, ¿vale?

Sofía vuelve enseguida con un plátano que ha cogido sin pedir permiso del desayuno preparado para los profesores, y se da cuenta de que Hugo lo engulle muy deprisa pero no le da importancia. Muchos niños vienen sin almuerzo un día, cualquier madre se lo puede dejar sobre la encimera de la cocina cuando está a punto de meterlo en la mochila. Pero al día siguiente, antes de salir al recreo, Hugo se acerca a su mesa y tira de su falda.

—Sofi, no tengo bocadillo.

—No pasa nada, cielo.

Esa mañana es una magdalena que Hugo devora a la misma velocidad, así que por la tarde, a las cinco, Sofía sale a la puerta, espera a la madre de Hugo y le explica que a su hijo le conviene mucho tomar algo en el recreo.

—Pero él... —ella baja la cabeza para esconderse de la mirada de la profesora—. Come en el cole, come bien.

—Claro —Sofía empieza a darse cuenta de lo que pasa—, pero es muy importante que a media mañana...

—Pero yo no puedo, señorita —Hugo empieza a llorar al ver la cara de su madre—. Ahora no puedo, yo...

—Nada, nada, no se preocupe —hasta que Sofía le pone una mano en la espalda y la aleja con suavidad—. Olvídelo, que esto lo arreglo yo. No pasa nada.

A partir del día siguiente, Sofía sale de casa todas las mañanas con el almuerzo de Hugo, y por si las moscas, mete en el bolso un par de briks de leche y zumo de frutas de más.

—¿Y a mí no me das, Sofi? —el primero es Stalin, bajito, moreno, de padres peruanos, que le pusieron el mismo nombre que los primogénitos de su familia llevan desde hace tres generaciones—. Yo no tengo nada.

—Claro que sí, toma. ¿Esto te gusta?

Stalin sonríe, asiente con la cabeza, deja que su maestra le ponga la pajita en su sitio y sale corriendo con los demás. Así, poco a poco, el cajón de la mesa de Sofía Salgado se convierte en un pequeño almacén de alimentos de larga conservación.

Mientras los va identificando, uno por uno, descubre también sus gustos y el drama de cada casa. Padres parados, padres desahuciados, padres enfermos sin derecho a cobrar ninguna subvención, abuelos que exprimen su pensión para repartirla entre dos, tres, cuatro hijos parados, desahuciados, enfermos, y así hasta el infinito. Luego, aparte, está Luna.

—Me preocupa mucho la niña nueva —le cuenta un día Susana, tutora de otro grupo de segundo de Infantil—. No sé por qué, pero me da que en su casa no andan bien las cosas. Es dócil, amable, pero está siempre callada y se relaciona muy poco con los demás. En dos semanas no ha hecho ningún amigo. Habría que hacer algo, ¿no?

—Supongo, pero ¿y a mí qué me cuentas?

—Es que como ella tampoco trae nunca bocadillo y tú te encargas de estas cosas...

—¿Que yo me encargo?

Sofía procura ser discreta desde el principio, pero en el patio las noticias vuelan, y enseguida empiezan a acercarse a ella en el recreo niños de otros grupos, a la salida incluso sus madres.

—Perdone, ¿es usted la señorita de los bocadillos?

Cuando quiere darse cuenta, tiene que comprar cada mañana dieciséis almuerzos para trece niños de Infantil, tres de Primaria, y aguantar un chorreo diario en el desayuno de los profesores.

—Te estás extralimitando, Sofía —la directora.

—Nosotros no podemos asumir eso —el jefe de Estudios.

—Además, si el centro estuviera en Vallecas pase, pero en este barrio no hay tantas necesidades —la profesora de educación física.

—Están abusando de ti —la tutora de segundo de Primaria B.

—A ver, la gente en cuanto se entera de que algo es gratis... —la cocinera que sirve el café.

—Menudos son —la propia Susana—, yo no me creo ni una palabra de lo que dicen.

—¿Pero no os dais cuenta de que esos niños pasan hambre? —Sofía—. ¿Es que su hambre es menos grave porque vivan aquí y no en Vallecas? ¿No os dais cuenta de que el hambre de esos niños es un fracaso nuestro, de toda la sociedad?

Silencio.

—Ponme un poco más de café, por favor —la directora.

—Estos bollos están más ricos que los de antes —el jefe de Estudios.

—Oye, y este año, ¿qué tema vamos a hacer en Carnaval? —la profesora de educación física.

—Eso, porque no lo hemos hablado todavía —la tutora de segundo de Primaria B.

Así, Sofía deja de desayunar con sus compañeros y se ofrece a vigilar el recreo todas las mañanas.

—Pero yo no estoy encargada de nada —le puntualiza a la tutora de Luna quince días después de reincorporarse tras las vacaciones de Navidad—. Yo sólo hago lo que nadie más quiere hacer.

—Ya, y yo te apoyo.

—¿Que me apoyas?

—Por supuesto —Susana la mira, muy ofendida—. ¿Por qué te crees que te estoy contando lo de Luna?

Cuando escucha el nombre de esa niña por primera vez, Sofía ya ha encontrado la clase de apoyo que necesita.

—Pues claro que sí, mujer —Marita, por supuesto—. Para eso fundamos la asociación. ¿Cuánto quieres?

—De momento no hace falta que me lo paguéis todo. Hago yo misma los bocatas, y en vez de comprar batidos todos los días, he encontrado unas botellitas muy monas en un chino y...

—¿Trescientos al mes?

—No, mujer. Con ciento cincuenta voy que chuto.

Y una mañana de enero, Sofía hace un bocadillo de chorizo de más, rellena con leche una botellita de plástico con un pitorro en la tapa, y en el recreo se acerca a una niña que está sentada, sola, mirando a su alrededor con unos ojos enormes.

—Hola —la niña mira la leche, el envoltorio de papel de plata, y no dice nada—. ¿Tú eres Luna? —asiente con la cabeza—. Yo me llamo Sofía, soy la profe de la clase que está al lado de la tuya.

—Ya lo sé.

—¿Tienes bocadillo? —Luna niega con la cabeza—. ¿Quieres este? —y la mueve ahora en sentido contrario—. ¿Y un poco de leche?

—Gracias —Luna coge el bocadillo, la botella, retira el envoltorio de papel de plata, le pega un mordisco, mira a Sofía—. ¿Tú no tienes hambre?

—Yo no —dice la maestra—. ¿Tú tienes?

Luna vuelve a asentir con la cabeza y sigue comiendo.

Por la tarde, Sofía no la pierde de vista y descubre que viene a buscarla una mujer de cincuenta y muchos años que tiene que ser su abuela. Su experiencia de este curso la ha convertido en una experta en problemas sociales y no detecta ninguno a simple vista. No le gusta, porque sabe que eso no significa que no existan, sino que resulta más difícil resolverlos.

—Sí, yo soy su abuela —va bien vestida, con un abrigo de paño que no parece muy viejo, un broche con una araña de bisutería en la solapa, las uñas pintadas de rojo, las cejas con un lápiz marrón, aunque sus zapatos están deformados por el uso—. Es que mi hija prefiere no darle nada a media mañana porque luego come muy mal.

—Bueno, pues... Esta mañana le he dado un bocadillo que nos sobraba y se lo ha comido en un periquete. A lo mejor, en casa come mal pero aquí necesita tomar algo, porque...

—¿No pretenderá usted conocer a mi nieta mejor que su madre, verdad?

La abuela de Luna está sonriendo y a Sofía no le gusta esa sonrisa.

—No, claro —contesta, curvando sus labios hasta donde dan de sí—, pero la observaré unos días en el comedor y volvemos a hablar, ¿le parece?

Durante una semana entera, Luna se come todo lo que encuentra en la bandeja y el pan, además de lo que Sofía le da en cada recreo.

—Mire, a lo mejor usted se cree que porque traemos a la niña a un colegio público somos unos muertos de hambre, como todos esos extranjeros que abundan por aquí.

Desde que conoce a Sofía, la abuela de Luna exagera progresivamente su maquillaje, cada día se emperifolla más, y se pone unas cadenas muy gordas de metal dorado, que no parecen de oro ni de lejos, para venir a buscarla al colegio.

—¿Pero cómo me dice usted eso? —la inquietud de la maestra crece en la misma proporción—. ¿Cómo voy yo a pensar...?

—Pues eso es lo que parece, señorita, porque lo suyo ya es ridículo. Nosotras no queremos que Luna coma en el recreo porque luego se deja la comida, ¿está claro?

—Yo sólo quiero ayudar.

—¿Sí? Pues ayúdenos. Métase en sus asuntos y déjenos en paz.

Durante todo el curso, la señorita de los bocadillos le da uno a su nieta en el recreo. Poco a poco, Luna hace amigos, participa en los juegos del patio y se bebe la leche mejor, más despacio.

—¿Qué te pasa, Sofía?

Están solos, desnudos, tumbados encima de la cama, en casa de ella. Nacho pasa el fin de semana con su padre y la ventana está abierta en una perfecta noche de junio.

—Pareces yo, de tan callada...

Sólo quedan nueve días de clase, pero el comedor seguirá abierto hasta el día 30 como una graciosa concesión de la directora del centro y la junta directiva de la AMPA, que corre con la mitad de los gastos de la última semana del mes. Sofía se ha encargado de todo lo demás, pero su novio no sabe nada excepto que lleva diez días muy atareada, quedando con gente todas las tardes. La situación de sus niños es uno de esos temas que ha esquivado hasta ahora con mucho cuidado, y como no puede pensar en otra cosa, lleva un rato muy largo sin decir nada. Cuando le pregunta por qué, se lo cuenta todo sin pensarlo previamente, sin haberlo decidido siquiera, y él escucha en silencio.

—He hablado con medio barrio, ¿sabes? He hecho un cuadrante para distribuir los menús de cada semana y he liado a mi madre, a la suegra de Diana, a mi amiga Begoña, que no trabaja, a Marita... Cuando las cosas se ponen feas de verdad, la gente es asombrosa, te lo digo en serio. María Gracia, mi asistenta, que últimamente estaba tristísima, como si estuviera pasando por una depresión, se ha ofrecido a hacer todos los días el primer plato aquí mismo, en la cocina de casa. Y Amalia, la peluquera, que no cierra a mediodía y no puede cocinar, se va a encargar de comprar el postre, fruta, natillas, helado, una cosa distinta cada día. Aunque el que se ha salido, pero de verdad, es Pascual. Si no llega a ser por él... Y eso que al principio nos puso mala cara, claro, porque una mesa para veinte niños, aunque le lleváramos la comida y la sirviéramos nosotros mismos, pues era una putada, le llenábamos medio comedor sin que ganara un céntimo, pero cuando ya nos íbamos, él mismo encontró la solución. ¿A qué hora comerían tus niños?, dijo, y yo vi el cielo abierto. ¿A qué hora hace falta que coman?, le pregunté, y me contestó que si le dejábamos las mesas libres a la una y media, él ponía el pan. Así que he hablado también con mi sobrina Mariana, que está todo el santo día en la okupa fumando porros, aunque ella dice que trabajando de voluntaria, para que trabaje de verdad y me ayude a servir, a atender a los niños, bueno, a mí o a quien le toque, porque vamos a ser varios, al final se han apuntado otros dos profes del cole. Pero hará falta gente de todas formas, porque alguien tiene que ir a buscar la comida, traerla, ir a la peluquería a por los postres... Aunque estoy pensando que los propios cocineros podrían acercar la comida al bar, ¿no? Todos viven por aquí, así que...

En ese punto, Sofía se da cuenta de con quién está hablando, se gira entre sus brazos, le mira, le pide perdón.

—Lo siento, a lo mejor no te sienta bien que te cuente todo esto, no me he dado cuenta, como estoy todo el día dándole vueltas...

—¿Y por qué me va a molestar, porque trabajo de portero? —pero Sebastián está sonriendo y la presión de sus brazos no ha aflojado.

—Bueno, sí, porque... —Sofía no sabe qué decir—. No sé, igual... —intenta ganar tiempo y no encuentra nada mejor que la verdad—. Es que siempre me da miedo hablar contigo de estas cosas.

—No me molesta que me lo cuentes, al contrario, me gusta. Me gusta lo que haces. Lo que no entiendo es por qué sigues estando preocupada si ya lo has arreglado todo.

—Es que falta lo peor, porque... Los padres no lo saben todavía.

—Ya.

—Y no sabes cómo son algunos.

—Sí, eso sí que lo sé.

Sebastián cambia de postura, se pone boca arriba, Sofía encarama una pierna sobre su cuerpo, acomoda la cabeza en su hombro y no puede verle la cara cuando habla.

—Hay que ser muy valiente para pedir ayuda, ¿sabes? Pero hay que ser todavía más valiente para aceptarla.

El día de la entrega de las calificaciones, Sofía sigue las recomendaciones de Sebastián al pie de la letra.

Ella misma compone e imprime en el ordenador de su casa un mensaje neutro, escueto y aséptico. «La Asociación Vecinos contra la Crisis inaugura su comedor de verano para niños y niñas, a partir de tres años, que se vean obligados a dejar de asistir al comedor escolar durante las vacaciones. Interesados contactar en el teléfono», y a continuación escribe su propio número.

Hace veinte copias, sus dieciséis clientes de los bocadillos y cuatro más recomendados por un tutor de Primaria que se ha ofrecido a ayudarla. Antes de recibir a los padres, los dos se encierran en Secretaría y meten los folios en los sobres de los niños que han escogido, en el límite de lo que pueden gestionar. Antes de entrar en su aula, Sofía le da a Susana el sobre de Luna.

—Vendrá su abuela, ¿no?

—Sí, eso me imagino, porque a la madre todavía no le he visto la cara.

—Bueno, pues aquí dentro tienes la hoja —abre el sobre, saca el folio, se lo enseña—. Explícaselo tú, yo no voy a poder hablar con ella.

—Me va a mandar a la mierda, lo sabes, ¿no?

—Sí —Sofía resopla—. Por si te sirve de consuelo, a mí me ha mandado ya un montón de veces.

El comedor resulta todo un éxito para diecinueve pequeños comensales que se portan muy bien, se lo comen todo y se llevan a casa una bolsa de plástico con la merienda gracias a la habilidad de Amalia para sacarle dinero a sus clientas. Pero son sólo diecinueve, porque la silla de Luna siempre está vacía.

Sofía llama a su abuela, intenta hablar con ella, colecciona desplantes, portazos, insultos, y al final consigue que le dé permiso para ir a verla a su casa una tarde, a partir de las siete. En el último instante, decide esperar hasta las ocho, ir a buscar a Sebastián al trabajo y pedirle que la acompañe.

—¿Qué pasa, te da miedo?

—¿Miedo? No sé... Bueno, sí —le mira, él sonríe—, un poco de miedo sí que me da, para qué te voy a engañar.

Pero la abuela de Luna no les deja pasar de la puerta.

—¿Sabe por qué la he dejado venir? —tiene las pestañas repletas de pegotes de rímel, un pintalabios de color coral embadurnándolo todo alrededor de los labios, sortijas de metal en todos los dedos—. Porque me conviene mucho para lo que voy a hacer. Yo soy española, no estoy indefensa, conozco a abogados. Ellos me han explicado mis derechos, y me han aconsejado que la denuncie por acoso. Eso es lo que voy a hacer si me vuelve a llamar, ¿se entera?

—Pero... Pero...

No pasa de ahí porque Sebastián tira de ella, la obliga a volverse, a bajar el primer peldaño de la escalera.

—Ya está bien, Sofía —dice en voz alta—. Que la den por culo.

—¡Uy! —la abuela de Luna sale al descansillo—. ¿Eso me lo está diciendo a mí?

—Sí, señora. Denúncieme, si quiere. Así le explicaremos a un juez quién le ha dado de comer a su nieta durante todo el curso.

Luego escuchan un portazo y nada más.

Esa misma noche, Sofía llama a Hawa y le dice que ha quedado una plaza disponible y que a partir del día siguiente también puede llevar a su hijo mayor a comer al bar de Pascual, aunque vaya a otro colegio.

Hawa responde con un torrente de sonidos incomprensibles. Está bendiciendo a Sofía en su lengua nativa, el bambara de Mali. Lo único que ella entiende es que está muy contenta.

Una semana más tarde, Susana la llama por teléfono. Esa misma mañana ha ido a las rebajas de una tienda de telas que le gusta mucho y ha visto una cola muy larga en la acera de enfrente.

—Era la sede de una empresa de esas que vendía sellos, de las que quebraron, ¿te acuerdas? Bueno, pues ahora la ha ocupado una asociación de extrema derecha. En la fachada hay un cartel muy grande con un lema, SI ERES ESPAÑOL, PODEMOS AYUDARTE. Me acerqué a curiosear, vi que estaban repartiendo comida... ¿Y a que no sabes quiénes eran las primeras de la cola?

—No me lo digas, Susana.

—Luna y su abuela.

—Te he dicho que no quería saberlo.

Pero lo sabe desde la primera vez que la vio.

Jaime no se atreve a contárselo.

Sólo salen juntos desde hace quince días, pero intuye que, si ella quiere, vivirán juntos el resto de su vida. También que nunca se lo contará.

La conoce en un bar, de madrugada y sobre todo de milagro. Porque hace más de un mes que está invitado al cumpleaños de Consuelo, pero si Ernesto, otro analista de la sexta planta, no hubiera ido a buscarle aquella misma tarde para preguntarle si tiene sitio libre en su coche, se habría zafado con cualquier excusa de una invitación que aceptó de la manera más tonta.

—No te lo pienses tanto, Jaime —le había dicho ella, muy sonriente, sin llegar a atravesar el umbral de su despacho—. Sólo es una cena, no una encerrona.

Le da tanta vergüenza decir que no, que dice que sí. Por la misma razón, acepta a Ernesto en su coche. Al llegar al restaurante descubre que Consuelo sólo ha dicho la verdad a medias, porque hay más de una docena de invitados pero la anfitriona decide dónde se sienta cada uno y le coloca a su derecha, a Ernesto a su izquierda. Por fortuna, en el extremo de la mesa que le queda más cerca hay un par de programadores de la cuarta planta, chico y chica, los dos muy jóvenes y bastante listos. Jaime se vuelca hacia ellos y

273

deja el campo libre para su compañero. Y hasta ahí, lo entiende todo.

No existen razones objetivas capaces de explicar completamente por qué se deja arrastrar a ese bar donde Consuelo se empeña en alargar la fiesta. Ha tomado una copa después del café, pero no está borracho. Le interesa mucho el proyecto de los chicos de la cuarta, pero podría quedar a comer con ellos cualquier otro día para seguir hablando. Al salir a la calle descubre que la temperatura es tan sofocante como se podría esperar de una noche madrileña a mediados de julio, pero él aguanta bien el calor y tiene un ventilador en el techo de su dormitorio, justo encima de la cama.

Jaime no acaba de entender por qué asume para sí mismo los argumentos con los que la mayoría de los comensales —venga, tío, sólo una copa, total, mañana es sábado, el sitio está aquí al lado, vamos andando, pero si todavía no es ni la una, ¿cómo te vas a ir tan pronto?— bombardea a su colega de la sexta planta, que sólo pretende escapar del cerco de Consuelo a toda costa. Sin embargo decide liberar a Ernesto porque con una súbita, nocturna clarividencia inspirada por el vino, el whisky y el análisis de datos, comprende en ese momento que su colega es gay aunque todavía no haya abierto las puertas del armario.

—Dejadle que se vaya, joder. Que haga lo que quiera, ya somos todos bastante mayorcitos.

Podría haberse ahorrado el alegato, porque antes de que tenga tiempo de decir la última palabra, Ernesto distingue a lo lejos la lucecita verde de un taxi libre, levanta el brazo, se mete dentro y desaparece.

Jaime debería seguir su ejemplo, pero sin saber por qué, se deja llevar a ese bar que está muy cerca, a un paso, a la vuelta de la esquina.

Eso significa que está bastante borracho cuando ve entrar en un grupo a una chica que le parece especial. Es guapa, pero lo importante no es su belleza en sí, sino la armonía con la que se integran en su rostro rasgos que no suelen aparecer juntos. Tiene ojos orientales pero la cara redonda, ni rastro del exotismo de sus párpados rasgados en la nariz, ni en la boca. Es alta, pero menos de lo que parece a primera vista, y más delgada que gorda aunque también hay que prestarle atención para descubrirlo, porque su cuerpo, los hombros anchos, las piernas bonitas aunque robustas, mucho pecho y poca cintura, no es nada corriente. Jaime concluye que es tan singular en sus defectos como en sus virtudes y que eso es lo que la hace tan atractiva, al menos bajo los efectos del alcohol y del implacable acoso de Consuelo, que, como regalo de cumpleaños, y ella misma lo advierte, se ha prometido a sí misma no irse sola a la cama esta noche.

Esa declaración lleva la impaciencia de Jaime a un punto óptimo de saturación que desemboca directamente en el empacho. De repente, está tan hasta los cojones de esa tía que ya ni siquiera puede creer que haya estado enamorado de ella alguna vez. Pero eso sólo lo piensa después. En un primer momento, ni siquiera piensa. Sólo siente que la chica que acaba de entrar le gusta. Anuncia que va al baño, escoge un buen puesto en la otra esquina de la barra, la mira, la vigila, la estudia, y descubre que ella también le mira de vez en cuando. Entonces Consuelo grita su nombre y le pregunta qué hace allí. La respuesta de Jaime consiste en cruzar el bar e ir derecho a por ella.

—Hola, ¿puedo hacerte una pregunta?

—Sí —ella sonríe—, pero ya te digo que no nos conocemos de nada.

—Lo sé, no es eso. Lo que quería preguntarte es si ya has hecho tu buena acción del día.

—Depende —Jaime se da cuenta de que además es lista, pero no se pregunta de dónde sale su propio aplomo.

—Lo digo por si te interesa rescatarme de esa mujer del vestido negro que llevo pegada a la chepa —una elocuencia que crece por momentos—. Porque eso sí que sería una buena acción.

—¿De esa quieres que te rescate? —ella se echa a reír—. ¡Pero si está buenísima!

—Qué va...

En ese momento empieza una noche perfecta, tanto que la perfección invade todo lo demás, la timidez y el pudor, la borrachera y la resaca, la memoria y las dudas, el tiempo y el espacio.

Se duermen muy tarde, muy pronto al mismo tiempo, porque cuando cierran los ojos ya ha empezado a amanecer pero el sueño les fulmina en un instante, a la vez. Al despertar, están abrazados. Se sueltan muy deprisa, porque les da vergüenza haber dormido así, y al estirarse en la cama, cada uno por su lado, ambos se dan cuenta de que echan de menos el cuerpo del otro. Ella ha tenido una pareja estable antes, aunque no le duró nada, él ni eso. Los dos han dormido acompañados otras veces. Ambos están más cerca de los treinta que de los veinticinco, pero ninguno sabe qué decir hasta que ella se vuelve hacia él, le besa, le sonríe y anuncia que se va a hacer el desayuno.

En ese instante Jaime mira la habitación, los muebles que le rodean, y es muy consciente de que esta no es su casa. Mira a su amante y siente una punzada de extrañeza, una sensación agridulce, ambigua, indecisa entre un profundo, asombroso bienestar, y la inquietud de estar inmerso en un paisaje ajeno. Al abrir los ojos, le ha parecido mucho más guapa de lo que recordaba. Cuando la ve salir por la puerta, ya no lo sabe. Y no sabe si debe protegerse o dejarse ir, disfrutarlo o asustarse, aceptar o rechazar lo que le está pasando. Lo único que sabe es que a él nunca se le han dado demasiado bien estas cosas. Por eso llega a pensar en vestirse y en marcharse de allí sin más, pero inmediatamente después, piensa que jamás ha pensado una tontería semejante. Entonces aspira ese olor, deja que penetre en su nariz, que se apodere de su cerebro, que le ponga los pantalones, la camisa, que le saque descalzo y a rastras del dormitorio, que le lleve hasta la cocina, que le prohíba terminantemente volver a pensar.

Ella le habla sin volverse a mirarle, pendiente de la sartén donde nadan unos bastones de pan frito.

—Estoy haciendo picatostes —ahora sí le mira y él advierte que sólo lleva una camiseta muy grande, un delantal encima—. ¿Te gustan?

—Sí, me encantan —Jaime se acerca a ella, se apoya en la encimera, la mira trabajar—. Mi abuela, la madre de mi padre, que murió el otoño pasado, me los hacía siempre para merendar, cuando era pequeño.

—Mi madre también murió, de cáncer, hace cinco meses —ella sigue friendo pan y ya no le mira—. Fue muy injusto porque era muy joven. Yo estaba todo el día discutiendo con ella pero la adoraba, y la echo mucho de menos. Por eso me gusta hacer las cosas que ella hacía. Cuando era pequeña, en los días malos, si estaba enferma, o triste, o muy cansada, siempre me hacía chocolate con picatostes. En los buenos, cuando había algo que celebrar, lo mismo —y vuelve a mirarle—. Estoy celebrando mi buena acción de anoche.

—Pero no has hecho chocolate —Jaime no sabe qué es exactamente lo que le emociona tanto.

—No, porque hace mucho calor, pero si abres la nevera... ¡Ábrela, vamos!

—¿Esto lo has hecho tú?

—Claro, antes de empezar a freír el pan.

Jaime saca dos grandes vasos llenos hasta arriba de un batido de chocolate helado y espumoso, y los lleva a la mesa de la cocina. Ella deposita en el centro un plato lleno de picatostes, se sienta frente a él, sonríe.

—Me llamo Adriana.

—Adriana...

—Sí, anoche no me lo preguntaste.

—Anoche no me importaba.

—¿Y ahora te importa?

—Sí, ahora me importa.

Ella se echa a reír, coge un picatoste, muerde una esquina, se quema, ríe otra vez, y Jaime empieza a aceptar todo lo que le está pasando con incredulidad primero, con gratitud después, con la naturalidad por fin de los afortunados, ese grupo humano del que nunca ha formado parte hasta esta mañana.

A partir de ahí todo es muy fácil, comer picatostes, beberse el batido, volver a la cama, aceptar el regalo que la vida le ha hecho al poner en su camino a una chica como ella, pasar todo el fin de semana en su casa.

El lunes por la mañana, cuando se despiden, Jaime aún no le ha contado que la mañana del sábado, al ver en una balda de la nevera dos batidos perfectos, cada uno con su correspondiente corona de espuma, se da cuenta de dos cosas raras, graves e irremediables.

En ese instante sabe que va a enamorarse de Adriana sin remedio. Y en el instante sucesivo comprende que con dos cafés con leche y unas tostadas, todo habría sido distinto y peor, más pobre, más triste, más dudoso.

No se atreve a contárselo porque tiene miedo de que interprete mal sus palabras, pero a partir de ahora, vivirá muchas mañanas de verano, muchas tardes de invierno semejantes, y siempre, antes de abrir la boca, cerrará los ojos, se concentrará en un aroma deliciosamente dulce, sonreirá sin darse cuenta, y se convencerá cada vez más de que su novia, el amor y hasta la felicidad saben a lo mismo.

Ni más ni menos que a chocolate con picatostes.

Está donde siempre ha estado, al borde de la carretera, en un llano inhóspito de las afueras del pueblo.

Al volver a verlo, Begoña decide que ahora no sólo es más grande, sino mucho más feo que antes. La fonda de una sola planta que el padre de Socorro levantó hace cincuenta años ha crecido hacia arriba de forma irregular hasta convertirse en un mazacote de hormigón de perfil escalonado, revestido con una absurda capa de pintura naranja que termina de asemejarlo a los edificios que construyen los niños con bloques de colores. Todo lo demás, el porche recubierto con unas baldosas rosadas que parecen de fiambre barato, la barandilla verde, la carpintería metálica mal rematada, con picos en las esquinas, y los toldos desteñidos por el sol, está igual, tan horroroso como siempre.

—¡Bego! —Socorro tampoco ha cambiado mucho—. ¡Qué alegría!

En ese momento se siente más fracasada que nunca, y aún más arrepentida de haber cedido a las presiones de su madre, de sus hijos, de su marido.

—No podemos ir a la boda, mamá. No tenemos dinero, ya sabes cómo están las cosas, así que...

—¿Pero cómo me dices eso, hija? Es tu hermano.

—Pues que se case en Madrid, como todo el mundo.

Pero no. Su hermano pequeño se ha empeñado en casarse en el pueblo de la provincia de Almería donde veraneaban de pequeños. Allí, donde ni siquiera existe ya la casa de sus abuelos maternos, sólo hay una pequeña playa de piedras asfixiada por invernaderos de plástico, los cultivos intensivos a los que sus habitantes sacrificaron el turismo. Por eso no hay hoteles, ni apartamentos que puedan alquilarse por un par de noches. Cerca, sí. Las playas cercanas ofrecen muchas posibilidades, pero Fernando ha decidido que no pueden pagarlas.

Su madre es quien le propone que se queden en el hostal de Socorro. He hablado con ella, dice, y le hace muchísima ilusión volver a verte. Begoña no le agradece la gestión. Hasta el último momento conserva la esperanza de que ella, usufructuaria vitalicia y administradora única del patrimonio de su difunto esposo, les invite a su hotel, igual que a sus hijos. Está dispuesta incluso a pedirle dinero prestado para forzar esa invitación, pero su marido lo echa todo a perder.

—¿Qué dices, Bego? Si ese sitio nos conviene un montón... —¿y este no habrá hablado con mi madre?, se pregunta ella al escucharle—. Mira, lo he estado mirando y no todo son tomates. En los alrededores hay bastantes invernaderos de flor y de planta ornamental. Ya he arreglado varias citas y me han dicho que el hostal de tu amiga es el único alojamiento disponible en la zona, así que, si quieres, podemos quedarnos unos días más. Tú te vas a la playa con los niños, yo me dedico a ver proveedores y nos desgravamos una parte de los gastos, ¿qué te parece?

Begoña no dice nada, porque interpreta que esa birria de vacaciones es la contrapartida del último proyecto de Fernando, que hace un par de meses se convirtió en el dueño del vivero que ha dirigido durante años. Ella ha ido a verlo varias veces, porque desde que impuso un corralito a su tarjeta de crédito, su marido le hace más caso que antes, pero trabaja tanto que no tiene otra forma de entretenerla.

Al principio, le pide que le acompañe como consejera. Si el negocio tira, quiere ampliar la oferta con muebles de jardín y decoración de exteriores, y a su mujer eso le gusta y se le da muy bien, los dos lo saben. Durante un tiempo, Begoña se divierte explorando y copiando ideas en los centros comerciales a los que antes iba a comprar. Pero un par de semanas antes de la boda de su hermano, la cosa se pone seria. Una tarde, mientras ella se entusiasma al explicarle cómo podrían reorganizar el espacio para incluir una sección nueva de lámparas de jardín, Fernando le suelta que le vendría muy bien que empezara a trabajar con él desde septiembre, porque la cajera está embarazada de mellizos y no sabe cuándo podrá reincorporarse. Begoña no responde enseguida. Le dice que ya hablarán, que ahora tiene que mirar unas cosas, coge el coche, se va a un Leroy Merlin, se lo patea durante dos horas y vuelve al vivero a recoger a Fernando.

—Una cosa... —se atreve cuando están ya saliendo a la autopista—. Lo del trabajo ese que me has dicho antes... ¿Me pagarías?

Ahora, el que tarda en responder es él.

—No, Begoña —y su mujer detecta el rictus doloroso que, desde que empezó su particular episodio de la crisis, amarga la boca de Fernando cada vez que hablan de cualquier cosa que pueda comprarse o venderse por unos cuantos euros—, no te pagaría, pero yo tampoco cobro. De eso se trata, de que nos ahorremos un sueldo —ella detecta la primera persona del plural y se pregunta si debería asumirla—. No sé, como te gusta tanto el dinero, pensé que igual te interesaba. Porque si tengo que contratar a una suplente, tardaré más en tener beneficios, claro.

—Bueno, yo no he dicho que no, ¿eh? —aunque la idea de levantarse todos los días a las siete de la mañana para irse a Algete y tirarse las horas muertas cobrando macetitas no le hace ninguna ilusión—. Lo que pasa es que como no he trabajado nunca, pues no sé...

—Llevar una caja es muy fácil, cariño —Fernando sonríe porque la conoce muy bien—. Tienes capacidad de sobra, te lo aseguro. Y si estás allí, podrás trabajar al mismo tiempo en las secciones nuevas que quieres montar. A lo mejor, te diviertes y todo.

Begoña es egoísta, impulsiva, caprichosa, terca y buena persona, todo a la vez. Su marido sabe que vive haciendo equilibrios en una cuerda floja pero, al final, siempre se cae del lado correcto, siempre acaba haciendo lo que tiene que hacer.

A Sofía le sorprende mucho más que se ofrezca voluntaria para ayudarla en el comedor que ha montado para los niños. Begoña no le cuenta que es una especie de experimento, pero descubre que trabajar unas horas le sienta bien. Eso tampoco se lo cuenta a nadie, a Fernando menos.

—Pues vamos al hostal de Socorro, lo que tú digas —si voy a ponerme a trabajar de cajera, total, ¿qué más me da?—. Pero no te haces una idea del agujero donde nos vamos a meter. Es que ni te lo imaginas.

Socorro les ayuda a subir el equipaje en un ascensor con el que Begoña no contaba, aunque ese detalle no mejora mucho su humor.

—Venid por aquí, voy a enseñaros la habitación. ¿Y los niños? ¿Cómo es que no los habéis traído?

—Es que al final se han quedado con mi madre en el Paradiso. Están allí sus primos y...

Sus hijos están con su abuela en el hotel de cuatro estrellas donde al día siguiente se celebrará el banquete, el hotel que su marido opina que ellos no pueden pagar.

—Pero sólo hasta la boda, los traemos pasado mañana —interviene él—. Tienes habitación para ellos, ¿no?

—Claro, al lado de la vuestra. Son de las mejores que tenemos, pero no os hagáis muchas ilusiones. Este es un hostal modesto. Nuestros clientes habituales son camioneros y representantes de pesticidas, así que... Pero os he guardado unas desde las que se ve el mar.

Desde su habitación, sus hijos no sólo verán el mar, sino que podrán oírlo. Verán también jardines, piscinas, un paisaje delicioso de buganvillas florecidas y paredes resplandecientes de cal, piensa Begoña mientras Socorro sube la persiana de su cuarto para enseñarles las vistas a un océano asqueroso de plástico blanco rematado allá a lo lejos, lejísimos, por un raquítico cordón azul que se confunde con el cielo.

—Oye, pues no está tan mal —pero a Fernando, por supuesto, hasta eso le parece estupendo—. Tiene aire acondicionado y todo, y por treinta euros... Anímate, mujer.

La puerta del baño no cierra bien. El plato es tan minúsculo que con la mampara cerrada no queda espacio para maniobrar con la ducha de teléfono, y si tienes tetas, ni siquiera te mojas los pies. La televisión, enorme, está casi en el techo, tan arriba como si el que la instaló calculara que hacía falta que se viera a cincuenta metros de distancia. Los muebles son de forja barata y una madera barnizada, húmeda, pringosa, que rezuma pelusilla. El armario, muy pequeño, tiene cuatro perchas de plástico. El suelo huele a lejía, el aire al tristísimo aroma de los hoteles baratos.

—Vámonos a la playa, ¿no? —pero antes de que Begoña se recupere de la decoración, Fernando empieza a quitarse los pantalones—. Ya que estamos...

—¿A la playa? —los labios de su mujer componen una sonrisa falsa—. Está a veinte minutos andando, no sé si lo sabes. Hay que cruzar la carretera, bordear los invernaderos...

—¿Y qué? Hasta esta noche no tenemos otra cosa que hacer.

Fernando ya está desnudo en medio de la habitación. Su mujer le mira, le admira, no por su belleza física desde luego, sino más bien por su ausencia. Su marido nunca ha sido feo de cara, tampoco muy guapo, y conserva todo el pelo aunque tiene muchas canas, pero lo que Begoña valora no es eso, sino la barriga de un hombre de más de cuarenta años que bebe demasiada cerveza aunque esté todo el día trabajando en el vivero, los músculos de los brazos mucho más desarrollados que los del resto del cuerpo y esté muy blanco, grotescamente pálido en comparación con el bronceado característico de quienes pasan muchas horas al sol, con una camiseta de manga corta y unas sandalias como las que le han tatuado los pies. Y sin embargo ahí está, con el bañador puesto, delante de un espejo en el que tiene que verse a la fuerza, y tan tranquilo.

—¿Qué haces ahí parada? Vámonos.

—¿Y qué me pongo?

—Pues no sé, un bañador, ¿no?

El caso es que lo único que se ha traído, aparte de un biquini, es una especie de poncho de tul estampado, transparente y elegantísimo, tan propio de la piscina del Hotel Paradiso como impropio de una larga travesía entre paredes de plástico.

—¿Tú crees que con esto hago el ridículo?

—¿Pero cómo vas a hacer el ridículo, mujer? Estás muy guapa. Tira ya, anda, que vamos a perder la mañana...

Al salir de la habitación, Begoña se pregunta qué pensará la gente al mirarles, quizás que ella es una señora que está liada con su jardinero, aunque a nadie se le ocurriría escoger un hotel como ese para tener una aventura. De todas formas se queda con las ganas de averiguarlo, porque no les mira nadie. En el pasillo se cruzan con una pareja de jubilados que bastante tienen con acarrear sendas sillas de plástico, bolsas de playa y una sombrilla. En el porche, otra pareja con niños se prepara para emprender la misma travesía. Begoña entra en el bar a comprar provisiones, una bolsa grande de patatas fritas y una botella de agua, y Socorro le explica que el camino sigue siendo el de siempre, así que Fernando y ella echan a andar bordeando la carretera, bien integrados en una fila india de animosos bañistas. Un cuarto de hora después, al fin, descubren el Mediterráneo.

La playa es tan pequeña que se llena con muy poca gente, y está tan lejos que cada familia ha dispuesto un pequeño campamento de mesas plegables y neveras portátiles alrededor de cada sombrilla. Fernando monta la suya en un momento, porque como el suelo está lleno de piedras, basta con acumular unas pocas para asegurarla, pero cuando Begoña extiende a un lado las esteras que compró en Mallorca el año anterior, la superficie se llena de bultos, como si fueran dos empanadas mal cocidas.

—¡Qué horror! —murmura mientras quita las piedras más grandes e intenta equilibrar las demás para fabricar un lecho razonablemente plano—, ¡pero cómo puede veranear así la gente!

—Pues como veraneabas tú, Begoña, hasta que tu padre montó la constructora —Fernando se tumba en su estera, la mira—. ¿O no te acuerdas?

Begoña es capaz de recordar, pero no entiende sus propios recuerdos.

Sabe que Fernando dice la verdad, que hubo un tiempo en el que Socorro era su mejor amiga, aquella playa de piedras un paraíso tropical, y el pueblo de sus abuelos, su lugar favorito del universo, pero ya no sabe quién sentía eso. Porque aquella niña también se llamaba Begoña González Uriz, y sin embargo no la conoce, no logra reconocerse en ella, aunque cuando al fin se relaja y acepta al sol como una bendición en lugar de un enemigo, recupera la sensación de un bienestar conocido, una placidez anterior a la aparición de esa bola que la ha gobernado desde su estómago, como un dispositivo de control remoto, durante muchos años.

—¿Quieres patatas? —ese ruido también le resulta familiar, y el sabor salado, crujiente, asociado con un mar azul, limpio y transparente, un mar igual al que está viendo.

Esa noche, cuando van a cenar con toda su familia en un restaurante del puerto, Begoña habla poco, observa a sus hijos.

—¿Y por qué no podemos estar con vosotros? —le pregunta Raúl, el pequeño, que tiene siete años y está muy mimoso—. Aquí no nos dejan tirarnos de bomba en la piscina.

—Pues en nuestro hotel no hay piscina, así que...

—Da igual, yo quiero irme con vosotros.

—Yo también —Fer, el mayor, la ataca por sorpresa y por el otro oído.

Así que al día siguiente, después de la boda, se los llevan con ellos al hostal de Socorro. Y una semana más tarde, antes de arrancar el coche, Fernando se gira hacia atrás y mira a sus hijos, asilvestrados, morenos, guapos y un poco tristes.

—A ver, ¿qué hotel os ha gustado más, el de la abuela o este?

—¡Este! —gritan los dos a la vez.

Porque aquí no hay piscina pero el hotel es tan pequeño que han hecho pandilla con los niños que han conocido, porque ir a la playa entre los invernaderos es como de película de aventuras, porque les ha encantado comer un bocadillo encima de las piedras, porque les han dejado quedarse a jugar con sus amigos en la terraza por la noche, porque han podido estar todo el día en bañador y chanclas, porque le han cogido cariño al perro de Socorro, porque ella les dejaba mojarse con la manguera cuando tenían calor, porque les habían dicho que este año no iban a tener vacaciones y resulta que no sólo han tenido, sino que además se lo han pasado muy bien.

—¿Podemos volver el año que viene? —preguntan al final—. ¿Podemos? —Fernando mira a su mujer—. ¿Podemos?

—Lo que diga mamá.

Begoña es capaz de recordar y empieza a entender sus propios recuerdos, aunque le falla la edad. Si tuviera siete años, piensa, si tuviera once sería tan fácil...

—Bueno, ya hablaremos.

Sus hijos gritan y aplauden desde el asiento trasero, porque la conocen muy bien, casi tanto como su marido.

—Pero, bueno, y a tu padre ¿qué mosca le ha picado?

Marisa guarda el documento en la carpeta del libro, en un *pendrive,* de nuevo en la carpeta del libro, mientras habla con su marido.

—Pues no lo sé, pero me ha dicho que como no le llevemos en el coche, se coge un autobús.

Están en Cercedilla, pasando el verano en Villa Araceli, un chalé de piedra, antiguo, con un jardín pequeño y bonito, cuajado de rosales, donde el padre de Roberto vive todo el año desde que se quedó viudo.

—Es que vamos a ir apretadísimos, y no sé yo si en el maletero habrá sitio para todo.

—Se lo he dicho, pero ¿qué quieres? Ya sabes cómo es, no se puede tratar con él...

Ángel escucha esta conversación desde el jardín. Sabe que su hijo y su nuera no le entienden, que están menos enfadados que preocupados, que interpretan su insistencia como una muestra de senilidad precoz desencadenada por la gran catástrofe, el cáncer que se llevó a Araceli para partirle por la mitad, pero se mantiene firme. Entre Cercedilla y el aeropuerto de Barajas hay casi setenta kilómetros, el coche de su hijo no es muy grande, en el maletero no habrá espacio suficiente para el equipaje de su nieta, tendrá que hacer el viaje de vuelta con un bulto sobre las rodillas, pero tiene sus motivos y ni su hijo ni su nuera pueden entenderlos.

Laura sí, y por eso es imprescindible que le encuentre en el vestíbulo del aeropuerto.

En el verano de 1964, Ángel era muy joven, muy inculto, muy valiente, muy insensato.

—Toma —le dijo el farmacéutico de su pueblo, poniéndole dos mil quinientas pesetas en la mano—. Si de verdad quieres a mi hija, coge el dinero, vete a Suiza con tu primo y vuelve con algo que ofrecerle. Si no, olvídate, porque Carmencita nunca se casará contigo. Antes la meto monja.

Ángel era hijo, nieto, bisnieto de jornaleros sin tierras, pero no era tonto. Se dio cuenta de que ese dinero era una trampa, el precio de su noviazgo con la única hija de uno de los terratenientes más ricos de su pueblo, pero también una oportunidad que no volvería a repetirse, y estaba muy seguro de su amor, del amor de su novia.

—Trabajo hay, allí eso sobra —Lucas se rascó la cabeza cuando le puso al corriente de sus intenciones—. Pero tú no tienes papeles, y sin papeles no puedes entrar en Suiza.

—Eso ya lo veremos.

Al día siguiente pidió un pasaporte y se compró un billete de tren con el dinero que tenía ahorrado de los jornales de la última vendimia. El 28 de agosto se fue con Lucas a Madrid en el coche de línea mientras Carmencita lloraba hasta vaciarse de llanto. El 29 se montó en un tren que, después de cruzar media Europa, le depositó en la estación de Ginebra. Allí, rodeado por todas partes de compatriotas provistos de un montón de documentos, comenzó su aventura.

Ángel se dio cuenta de que era el único español sin papeles de toda la cola, y estiró el cuello para descifrar en varias lenguas distintas la misma expresión, «contrato de trabajo», pero no se amilanó. Pase lo que pase, se prometió a sí mismo, yo no me vuelvo al pueblo con las manos vacías. Con esa certeza, llegó hasta la ventanilla y sostuvo sin arrugarse la mirada de un pulcro, cortés funcionario ginebrino, que le soltó una parrafada de la que no entendió ni las comas.

—¿Qué dice? —le preguntó a Lucas.

—Que con qué intenciones entras en Suiza.

—Dile que vengo a hacer turismo —y su primo le miró como si se hubiera vuelto loco.

—¿Pero tú estás tonto o qué? ¿Cómo se va a creer que vienes a hacer turismo con esas pintas que traes?

—Tú díselo, venga.

El funcionario suizo no movió una ceja. Preguntó cuánto tiempo pensaba quedarse Ángel visitando el país, escuchó que tres meses, volvió a preguntar cuánto dinero traía para hacer turismo, escuchó que dos mil quinientas pesetas, lo anotó todo, abrió su pasaporte y lo estampilló muchas veces antes de devolvérselo con la misma pulcritud y cortesía con la que se había comportado en todo momento.

—¿Y esto qué quiere decir? —su propietario enseñó a su primo aquellas dos palabras, *faux touriste*, que ocupaban todas las páginas del documento.

—Pues dice que la has cagado, Angelito...

Después se separaron. Lucas se despidió desde el vestíbulo, agitando la mano en el aire antes de coger otro tren que le llevaría a Lucerna, su destino final, mientras un policía acompañaba a Ángel hasta una ventanilla donde le regalaron un billete de vuelta de tercera clase, derecho a España. Pero él no estaba dispuesto a volverse a su pueblo con las manos vacías, así que se bajó en la primera estación con parada que encontró más allá de la frontera con Francia, en un pueblo que, nunca podría olvidarlo, se llamaba Bellegarde.

Lo recorrió de punta a punta, buscando grúas. Porque debajo de las grúas siempre hay obras, y en aquella época, en aquella zona, donde había obras, había albañiles españoles. Ellos le ayudaron.

—Mira, a ese acaba de parirle la mujer y seguro que necesita dinero. ¿Hablas francés?

—No.

—Pues ven conmigo, yo te traduzco.

Lo único que le preguntó aquel argelino tras aceptar dos mil quinientas pesetas como precio del viaje, fue si sabía conducir.

—Claro —le contó él, muy ufano, al albañil de Lugo que le servía de intérprete—, no tenía ni nueve años cuando mi padre me enseñó a llevar un tractor.

—Ya, pero... —preguntó el gallego por su cuenta—. ¿Tienes carné?

—¡Ah!, no, de eso no tengo.

—Pues mira, eso no se lo vamos a decir.

Lo que tuvo Ángel fue, por fin, mucha suerte. Dos kilómetros antes de llegar al control de pasaportes en un puesto pequeño y poco frecuentado, el argelino le cedió la plaza del conductor. Confiaba en que la matrícula de su coche, fronteriza, disuadiera a la policía suiza de exigir la documentación de sus ocupantes y en que, si lo hacía, se conformara con la del copiloto. En efecto, les dejaron pasar sin ningún trámite. Unos kilómetros más allá volvieron a intercambiar sus lugares y llegaron al destino pactado, la estación de Ginebra, sin novedad. Allí, él esperó al tren en el que debería haberse subido el día anterior y se encerró en el baño hasta que pudo desembarcar en Lucerna, donde paró un taxi al que le dio la dirección de la granja donde trabajaba su primo.

—¿Pero qué haces tú aquí? —Lucas le miró como si fuera un fantasma—. ¿Cómo has llegado...?

—Calla, anda —le respondió Ángel—, y paga al taxista este, que yo no tengo ni un céntimo.

—¿Y por qué me cuentas todo esto, abuelo?

Ha pasado casi un año desde que Laura le hace esta pregunta en el jardín de Villa Araceli, muy cerca del lugar donde él escucha ahora la conversación de sus padres a través de una ventana abierta.

—Para que sepas lo que es emigrar —contesta Ángel—. Para que te preguntes si tú serías capaz de hacer lo que hice yo, si estás tan desesperada como estaba yo.

—¡Pero lo mío no tiene nada que ver! —su nieta sonríe, le mira como si supiera más que él de todas las cosas de este mundo.

—Yo creo que sí. Tú tampoco tienes contrato de trabajo.

—Ya, pero porque voy con una agencia que tiene un programa para licenciados universitarios y ellos se encargan de buscarme trabajo allí. Además, yo hablo alemán. Y a ti tampoco te fue tan mal en Suiza, abuelo.

—¿Ah, no?

Estuvo tres meses dándole vueltas a la manivela de un asador de pollos, el único empleo disponible para un inmigrante sin papeles. Dormía en la habitación de su primo, en un colchón tirado en el suelo, pero sólo podía colarse allí a las once de la noche, para que no le viera nadie, y por la misma razón se levantaba a las cinco en punto, tres horas antes de entrar a trabajar. Todos los días pasaba horas y horas andando por la ciudad, haciendo tiempo, hasta que conoció cada calle y cada banco, cada edificio y cada parque de Lucerna.

Cuando ya llevaba tres meses viviendo y trabajando en Suiza, fue al consulado a intentar arreglar su situación. Allí conoció a Araceli, que había nacido en una aldea de Asturias de la que no tenía recuerdo alguno, porque sus padres emigraron cuando era un bebé. Ángel le cayó en gracia a aquella secretaria del consulado que le buscó alojamiento en casa de una viuda española que no exigía papeles a sus huéspedes, y un trabajo mejor pagado en un taller mecánico donde le aceptaron con una carta firmada por el cónsul que certificaba que su permiso de trabajo estaba en trámite. Antes de que obtuviera otro pasaporte y la residencia permanente, Ángel rompió con Carmencita por carta, le explicó que lo sentía mucho pero que se había enamorado de otra chica, y nunca recibió respuesta. Después, cuando Araceli y él ya eran novios, se colocó en una fábrica de maquinaria para automóviles donde aprendió mucho y ascendió bastante deprisa.

—Nos casamos, nació tu padre, la abuela volvió a quedarse embarazada, y cuando estaba de tres meses le dio el antojo de volverse.

—¿Y tú no querías?

—¿Yo? ¿Con el trabajo que me había costado conseguir los papeles? Ni hablar, yo estaba muy bien allí. Pero si tú ni siquiera te acuerdas de España, Araceli, le decía yo, si no tienes ni idea de cómo es... Pero ella, dale que te pego, que si no volvíamos los niños iban a ser suizos, que ella no quería tener hijos suizos, así un día, y otro, y otro, y todo el rato llorando y vomitando, vomitando y llorando, así que... Nos volvimos. Y te voy a decir una cosa,

Laura, después de todo, a mí me fue mejor aquí que en Suiza.

—Pero porque habías ido allí antes —objeta su nieta, que conoce esa parte de la historia—. Si no hubieras trabajado en esa fábrica no habrías podido convertirte en el representante de la marca, ni convencerles de que abrieran otra aquí.

—Sí, eso es verdad. Pero también lo es que tú podrías quedarte a hacer el máster ese que te interesa tanto y marcharte después. Yo te lo pago, ya lo sabes.

—Que no, abuelo. Mamá me dice lo mismo, que me lo paga ella con la indemnización que le dieron al echarla, y yo os lo agradezco en el alma, de verdad, pero tal y como están las cosas, es mucha responsabilidad. Si esto no mejora, ¿qué pasa con Carlos, que está haciendo la carrera todavía? ¿Y con los primos? Imagínate que despiden a la tía Teresa, a su marido, a mi padre... No es justo que os lo gastéis en mí. Es mejor que lo guardéis y que esperemos a ver qué pasa. Yo, de momento, me voy a Alemania. Tengo un par de compañeros que han encontrado trabajo allí. Intentaré ahorrar todo lo que pueda, y... No me mires con esa cara de pena, abuelo.

Ángel no puede evitarlo.

Laura tiene veintitrés años, es licenciada en Biología Molecular, tiene un expediente académico brillante.

Pero su abuelo sabe que en Frankfurt no lo va a pasar bien.

Al principio, cuando llama sólo una vez a la semana para contar problemas, él está tranquilo.

—Hemos estado hablando con la niña por Skype —le cuenta su hijo, como si él supiera lo que le está diciendo—, y la hemos encontrado animada, ¿sabes? Aunque dice que todo es muy difícil, que las cosas no son como las pintan aquí, que ha encontrado una habitación que no le gusta mucho, que las que le gustan son muy caras, en fin...

Ángel no sabe lo que es Skype, pero sabe lo que le pasa a Laura y todavía no está preocupado.

—La niña ha vuelto a llamar —empieza a contarle Roberto demasiado pronto—, y eso que llamó anteayer, pero está muy contenta. Ha encontrado dos trabajos, uno por la mañana y otro por la tarde. No le pagan mucho, pero la he encontrado más ilusionada, no sé, con más esperanza...

Malo, piensa Ángel, aunque no lo dice en voz alta. Malo que llame tan seguido, malo que dé tan buenas noticias, malo... Por eso, la tercera etapa no le coge por sorpresa.

—Oye, ¿y Laura? —es él quien se anima a preguntar cuando Roberto deja de informarle—. ¿Qué sabéis de ella?

—Pues no mucho —le confiesa él—, porque ahora llama muy poco, menos que al principio.

—Yo no sé... —interviene su nuera, que nunca lo ha visto muy claro—. Dice que nos echa mucho de menos, que los días son muy oscuros, que está un poco triste.

—Pero que le va muy bien —remata su marido—. ¿O no?

—Sí —asiente Marisa—, eso dice.

—Bueno, pues si un día de estos lo que os dice es que está pensando en volverse, decidle que vuelva, que no lo dude, que nosotros también la echamos mucho de menos.

—Pero ¿qué dices? —protesta Roberto—. ¿Ahora va a volver? ¿Ahora que tiene dos trabajos, que está contenta, que ha hecho amigos? Ni hablar, yo no le digo eso.

—Que sí, hazme caso —replica su padre.

Lo demás, que la verdad es que no tiene dos trabajos,

que no está contenta, que no ha hecho amigos, se lo guarda Ángel para sí mismo.

Por eso, cuando Laura llama para anunciar que se ha sacado un billete muy barato y vuelve a casa en un avión lleno de turistas el 31 de julio, su abuelo se empeña en ir a buscarla al aeropuerto.

Y por eso, cuando sale por la puerta y le ve, su nieta se lanza a sus brazos antes de abrazar a su padre, de besar a su madre.

El 1 de agosto, a media tarde, Pepe Martínez encuentra al fin el momento ideal para hablar con su mujer del bulto que tiene en el colon.

Cuando vuelve de la comisaría, Diana está sola, sentada en el suelo del porche, la espalda apoyada en la fachada de esa casa que siempre les ha hecho tanta ilusión, que ahora les ha complicado tanto la vida.

Está llorando.

No habla, no se queja, no grita, no maldice, sólo llora.

Los ladrones han quemado la alambrada con un soplete, han metido un todoterreno marcha atrás llevándose el seto por delante, han atado una cadena a la reja de la ventana de la cocina, la han arrancado y han roto el cristal para entrar.

—¿Tenían alarma? —le pregunta el agente que escribe la denuncia.

—Sí.

—¿Con cámaras?

—No. Era una alarma antigua, que ya estaba en la casa cuando la compramos porque... —y Pepe recuerda en voz alta—. Mi mujer dijo que ya estaba bien de gastar dinero.

—Bueno, si se hubieran empeñado, también habrían sabido inutilizarlas, si es por eso... ¿Y qué se han llevado?

Pepe saca un papel del bolsillo y va recitando los objetos de la lista que han hecho entre todos. Una televisión. Una cafetera de cápsulas. Una balanza digital de cocina. Dos máquinas de afeitar. Una batidora de brazo. Dos planchas, la de la ropa y una de esas para hacer parrilladas que se enchufan. Una impresora corriente. Dos aparatos de depilar. Una guitarra española. Una minicadena de sonido.

—Total, una mierda —recapitula en voz alta—. Quitando la televisión, todo lo demás junto no vale lo que nos va a costar arreglar la ventana y poner una reja nueva.

—Ya, pero ellos no lo sabían. ¿Tienen seguro? —Pepe asiente con la cabeza—. Pues muy bien —y el policía le alarga la denuncia para que la firme—. Con esto pueden solicitar la indemnización...

Hace veinte años descubren por casualidad este lugar insólito del sur de la provincia de Alicante, muy cerca del límite con Murcia. Nunca habían oído el nombre de este pueblo pequeño y bonito, al pie de un monte, con una playa magnífica, pero desde entonces cruzan los dedos para que nadie lo pronuncie en su presencia y sólo le cuentan a los íntimos que veranean aquí, en El Pilar de la Horadada, primero en un apartamento pequeño, luego en una casa alquilada, por fin en la suya, un chalé apartado, rodeado de árboles, lejos del ruido y el bullicio del pueblo pero lo suficientemente cerca del mar como para ir a la playa dando un paseo. Cuando se enteran de que está en venta no tienen ninguna intención de comprar una casa, pero van a verla por curiosidad y a él le gusta mucho. A su mujer le encanta, así que no se lo piensan, porque en España, en 2008, nadie piensa. Después, cuando empieza la crisis y a Diana le recortan el sueldo primero, a él más tarde, la hipoteca de aquella casa tan deseada les obliga a sacrificar muchos pequeños gastos placenteros, pero no les importa. El verano es el tiempo de la felicidad, y la felicidad, para ellos, es esta casa, la misma que acaban de desvalijar.

Tampoco ha sido para tanto, piensa Pepe mientras regresa con la denuncia en el bolsillo. Un coñazo, eso sí, pero ha encontrado un cristalero dispuesto a ir a tomar medidas a primera hora de la mañana para dejar lista la ventana por la tarde, y en una empresa del polígono le han prometido que le instalarán una reja nueva en una semana como máximo. El seguro mandará a un perito incluso antes, y si no hay problemas, correrá con todos los gastos. Con ese ánimo sólido, confiado, vuelve a su casa, sale del coche, se sienta en el suelo, al lado de su mujer, y la pone al corriente de todas sus gestiones mientras los niños van sacando, montando a su alrededor, los muebles que estaban guardados en el garaje.

—¡Anda! —exclama Mariana entonces—. También se han llevado el carrito con ruedas, ese que usábamos para servir la mesa.

—¡Qué hijos de puta! —resume Jose antes de dirigirse a sus padres—. Y vosotros, ¿por qué no os sentáis en el sofá? Más cómodos que en el suelo vais a estar.

—No quiero —Diana rompe a hablar sin dejar de llorar—. No quiero sentarme, no quiero estar de pie, no quiero hacer nada, quiero volverme a Madrid, eso quiero, y quiero que sea septiembre... No hay derecho, de verdad, es que... Es tan injusto, tan injusto... En qué hora se nos ocurriría comprar esta casa, en qué hora, primero que nos costó un dineral y ahora no vale ni la mitad, luego la hipoteca, todos los meses, que nos tiene asfixiados, y ahora, ¡hala!, como si no nos robaran bastante los del banco, llegan otros y nos roban también, y yo no quiero estar aquí, no quiero que sea verano, estoy harta, harta, estoy hundida, es que no hay derecho, con el año que llevo, sin saber si nos cierran el centro o no, si seguiré teniendo un sitio donde trabajar el mes siguiente o no, si cobraré el sueldo entero, o la mitad, o nada porque estaré en el paro, con todo lo que hemos pasado, un año de mierda, la puta hipoteca, y encima esto...

Diana ha hablado sin mirar a nadie, con la vista fija en algún punto del jardín, indiferente a la reacción que su estallido ha provocado en su familia.

Sus hijos están muy asustados, porque nunca la han visto así. Los ataques de su madre suelen ser distintos, cuatro gritos estruendosos y breves cuando todos se levantan a la vez y ninguno la ayuda a recoger la mesa. Entonces se pone a chillar y siempre dice lo mismo, yo un día hago algo, un buen día me largo y adiós muy buenas, y ese día os vais a enterar, que lo sepáis... Eso lo han visto, lo han escuchado otras veces, saben que se le pasa pronto, que dura poco, pero nunca habían visto llorar a Diana de esa manera desde que murió su padre, y tampoco, porque lo de ahora es distinto, un llanto menos triste pero mucho más angustiado.

Adela también está asustada, aunque menos que los padres de su yerno. Ella conoce mejor a su hija, recuerda una adolescencia tormentosa, aquella imprevisible secuencia de *no quiero* a la que su relación con Diana se redujo durante mucho tiempo. Entonces sus motivos eran nimios, triviales. Ahora también lo son, piensa su madre, pero le inquieta que no sea capaz de darse cuenta ella sola, porque eso significa que, después de un año como el que efectivamente acaba de describir, ha llegado al límite.

Pepe está muy tranquilo. Sus hijos, sus padres, su suegra, habrían esperado antes esta explosión de él que de su mujer, porque le pega más. Siempre ha sido menos paciente, más irascible, pero desde que volvió a comer merengues de fresa, no hay nada en este mundo que logre ponerle nervioso. Ni siquiera lo que le dice Diana cuando se vuelve hacia él.

—Pues la vendemos. Vendemos esta casa, liquidamos la hipoteca y a tomar por culo todo, mira lo que te digo.

Entonces se levanta, la coge de la mano, tira de ella hacia arriba y comprende que ha llegado la oportunidad que llevaba meses esperando.

—Vente conmigo, anda, que tengo que contarte una cosa.

—Pero, bueno, ¿tú eres gilipollas o qué? —Diana está sentada en el borde de la cama, mirándole con los ojos como platos.

—Pues sí, debo de ser gilipollas —él sonríe, arrodillado en el suelo, entre sus piernas.

Al principio ni siquiera le presta atención. Cuando Pepe le pregunta si se acuerda de aquel día que fueron al cine y él la llamó a media mañana para decirle que no quería ver nada de Woody Allen, Diana le responde que la deje en paz, que no tiene el cuerpo para tonterías. Él alega que no es una tontería, porque aquella mañana acababa de salir del hospital y se había enterado de que no tenía cáncer de colon, sino un simple divertículo inflamado.

—¿Y lo hiciste todo tú solo, la consulta, el TAC, la biopsia, los resultados, todo, tú solo, sin contárselo a nadie? —su marido asiente con un cabezazo a cada pregunta, celebrando que Diana haya dejado de llorar—. ¿Pero por qué?

—Pues... —se echa a reír—, porque soy gilipollas, acabo de decírtelo, ¿no? Porque tú estabas todo el día angustiada con lo del centro, porque me acordaba de lo mal que lo pasaste cuando murió tu padre, y porque me dije que, si era cáncer, ya habría tiempo para contártelo.

—No lo entiendo.

—Ya, bueno, es que además pensé que si lo empezaba a contar, habría más posibilidades de que fuera maligno, así que decidí callarme.

—Sí, pero eso es... Eso es como lo de la gente que se vuelve loca cuando alguien tira la sal... —no acaba la frase, recuerda algo, le mira—. Como tú.

—Justo, como yo.

Diana se queda callada. Mira a la ventana, al techo, a sus rodillas, a su marido.

—Pero ¿tú te das cuenta de lo que has hecho? —y le extraña sonreír, como si hasta hace un instante hubiera creído que había perdido esa facultad para siempre—. Con una mujer médico, con todas las facilidades, pasar tanto miedo tú solo cuando yo habría podido explicarte, tranquilizarte, recetarte ansiolíticos, mimarte... ¿Te das cuenta de que eres un gilipollas?

—¿Y tú? —Pepe la besa en una rodilla, después en la otra—. ¿Te das cuenta tú de que eres una gilipollas?

—¿Yo? —Diana vuelve a ponerse seria de repente—. ¿Por no haberte diagnosticado? ¿Por no haberme dado cuenta...?

—No, por eso no. Porque te has venido abajo por una puta televisión, una minipimer y dos máquinas de afeitar, y ya querías irte de aquí, vender la casa, armar la de Dios es Cristo —y sus manos empiezan a avanzar bajo la falda de Diana—. ¿Eso no es una gilipollez más gorda que la mía?

—No lo creo —y ella se deja—. Porque esto ha sido una putada, pero tú podrías estar muerto.

—Ya —y al llegar a su cintura, él la empuja, la tumba en la cama, se tumba a su lado—. Pero estoy vivo. Eso es lo único que cuenta, ¿no?

Y ni siquiera escuchan el motor del coche que sale del jardín mientras se besan.

Una hora y pico más tarde, Jose vuelve a dejar el coche donde estaba.

La expedición ha sido idea de Adela. Cuando Pepe metió a Diana en casa, miró el reloj, vio que todavía eran las siete y se acercó a su nieto.

—Llévame al pueblo, Jose.

—¿Al pueblo? ¿Ahora? ¿Y por qué?

—Porque voy a comprarle un televisor a tu madre.

—¡Qué buena idea! —Aurora es la única que lo entiende—. Levántate, Pepe, que nos vamos nosotros también.

—¿Que nos vamos? —su marido no—. ¿Adónde?

—Al pueblo.

—¿Ahora? —y se recuesta en la butaca como única respuesta—. Ni hablar, pero si acabamos de llegar de Madrid, yo no voy a ninguna parte, estoy harto de coche.

—Vamos a ver, Pepe —su mujer se acerca a él, levanta la voz, vocaliza como si se estuviera dirigiendo a un niño pequeño—. Han robado a tu hijo, ¿te has enterado? No tenemos cafetera, ni batidora, ni... Bueno, ni otras cosas. Y vamos a ir al pueblo a comprarlas, ¿entendido?

—Pero, abuela —Jose mira primero a una—, abuela —luego a la otra—, tenemos un seguro. Ellos lo pagarán, no hace falta...

—¿Y quién va a hacer el desayuno mañana, el seguro? —Aurora replica primero a su nieto—. No pensaba arruinarme, hijo, ya nos darán el dinero tus padres cuando cobren, pero ahora necesitamos resolver el problema, reponer lo que se han llevado, ¿o no? —luego se vuelve hacia su marido, se pone en jarras, eleva el volumen de su voz—. ¿Quieres levantarte de una vez, Pepe? Hay que ver, ¡qué hombre más pesado!

—No le digas eso, abuela —intercede Mariana.

—Si es que es verdad. Es un hombre muy bueno, buenísimo, yo no digo que no, pero muy pesado, qué le vamos a hacer...

Adela paga la televisión. Pepe y Aurora, una máquina de afeitar, una cafetera, una plancha y una batidora. Cuando salen del centro comercial, Pablo propone comprar unas macetas para animar a su madre y aporta los dos euros que lleva en el bolsillo. El resto lo pagan sus hermanos.

Cuando llegan a casa, no encuentran a sus padres en el porche, ni en la cocina, ni en el salón, ni en el jardín, aunque el otro coche no se ha movido. Todo les parece muy raro hasta que Mariana intenta abrir la puerta de su dormitorio y comprueba que el pestillo está echado.

—Total —murmura Pablo, al enterarse—, que podría haberme ahorrado los dos euros.

Antes de entrar en el bar de su tío, Andrés estudia su imagen en la cristalera y sucumbe a dos sensaciones contradictorias, de similar intensidad.

Ya puede decir que se ha encontrado en la misma situación muchas veces, pero nunca hasta hoy ha visto la cara, el cuerpo que tiene delante, reflejados en este preciso cristal. Siempre ha creído que cuando sucediera lo paladearía como el último bocado del dulce más exquisito, pero no es exactamente así. Lo que está viendo le gusta, pero le da miedo. Demasiado como para disfrutarlo sin más.

Andrés nunca habría elegido este barrio para vivir, pero la oferta del asistente social que le localizó en el restaurante de Santiago de Compostela donde su asociación le ha encontrado trabajo para el verano, era difícil de rechazar.

—Te ofrezco el mejor piso de alquiler social de Madrid, no te digo más. No es muy grande, pero está bien distribuido, y para ti solo, de sobra. Exterior, cuarenta y cinco metros, salón con cocina americana, dormitorio con baño incorporado y una terracita diminuta, eso sí. El edificio sólo tiene catorce años, el Ayuntamiento lo levantó sobre una vieja corrala y luego ha intentado vendérselo a un fondo buitre, pero los vecinos se movilizaron y contrataron a una abogada que es un animal, la tía, ha ganado ocho o nueve juicios seguidos, ya te la presentaré, se llama Marita, ella es la que me ha llamado. Por lo visto, el Ayuntamiento ha dado marcha atrás, pero a los vecinos no les interesa que haya ningún piso vacío, porque no se fían, así que... Has tenido mucha suerte, Andrés.

—¡Qué bien! —pero como la suerte es una novedad para él, todavía no se atreve a celebrarlo—. ¿Y dónde está?

—Eso es lo mejor... —hace una pausa para crear expectación—. Una bocacalle de Fuencarral, metro Tribunal, a cinco minutos de la glorieta de Bilbao y a diez de la Gran Vía, ¿qué me dices?

Andrés no dice nada hasta que su interlocutor pronuncia su nombre tres veces, como si temiera que se hubiera cortado la comunicación.

—¿Sigues estando ahí?

—Sí, sí, yo... Lo único es que... ¿Y en otro barrio no hay?

—Pues... —el asistente social se toma su tiempo—. Si quieres, puedo seguir buscando, claro —y Andrés se da cuenta de que está irritado, tal vez ofendido por lo que interpreta como una incomprensible manifestación de desdén—, pero voy a ser sincero contigo. La cosa se está poniendo muy fea. Cada día nos ponen más trabas, nos recortan un poco más el presupuesto, y no sé cuánto tiempo más va a durar el programa al que estás acogido. No me extrañaría que lo suspendieran de un día para otro. Y tampoco voy a encontrar una casa mejor que esta, así que... Yo que tú me lo pensaría.

No puedes esconderte, Andrés, eso no es bueno, su primer psicólogo.

El objetivo de la terapia es que llegues a vivir la misma vida, en la misma ciudad, los mismos lugares, de la misma manera que antes pero siendo tú mismo y más feliz, su segunda psicóloga.

310

La imagen que ves al mirarte en el espejo es la única verdad, Andrés, y es lo que ven los demás, un chico normal y corriente, su psiquiatra.

—Vale, me quedo con él.

—Estupendo. El único problema es que tienes que firmar el contrato la semana que viene. ¿Podrás venir un día a Madrid? Pásame a tu jefe, si quieres, y se lo explico.

Pero sus jefas, Candi y Sole, son una pareja de lesbianas, íntimas amigas del presidente de su asociación, que no sólo no le ponen pegas, sino que le arreglan el viaje para que le salga gratis.

Vuelve a Madrid de noche, durmiendo en el catre empotrado en la cabina de un camión frigorífico. El mayorista de pescado que abastece al restaurante es el tesorero de la federación gallega de asociaciones LGTB y el amigo del alma de Candi. Todas las semanas hace dos veces el mismo trayecto y se ofrece a devolverle a Santiago en un plazo inferior a veinticuatro horas.

El último lunes de agosto es un día de verano con una luz ya otoñal, como si el sol estuviera cansado de quemar, o se hubiera cubierto la cara con un velo de gasa. La ciudad ya está llena de gente, porque desde que empezó la crisis, nunca se vacía del todo, y las mesas vacías en las terrazas componen una imagen de melancolía indecisa, casi tibia, que entona muy bien con el ánimo de Andrés.

El piso le gusta mucho pero lo primero que piensa cuando lo ve es que es monísimo, y aunque no la pronuncia en voz alta, esa palabra le asusta. Entonces vuelve a acordarse de sus dos psicólogos, de su psiquiatra, de todas sus conversaciones sobre la excepción y la normalidad, los instintos y los conceptos aprendidos, el perfil de sierra, picos de subida y hoyos de bajada, que caracteriza cualquier proceso como el suyo. Así logra reprimir la tentación de llamar por teléfono, pero no logra tranquilizarse del todo. Cuando se reúnen con la abogada en el despacho del asistente social, está tan pendiente de su reacción que levanta la vista del contrato para espiar su mirada cada dos por tres, hasta que ella le pregunta si se conocen de algo. Él contesta que no, pero que le recuerda a alguien, ella sonríe y recibe una sonrisa por respuesta.

Por supuesto que la conoce, la ha visto muchas veces en el bar, cuando era una jovencita que bebía cubatas con sus amigas y se reía haciendo mucho ruido, los sábados por la tarde. En aquella época, Andrés pasaba en este barrio casi todos los fines de semana, porque prefería estar en casa de sus tíos que en la suya. No era sólo que se llevara mal con sus padres y peor con su hermano, es que se llevaba mal con todo el mundo, empezando por sí mismo y con la única excepción de su prima Lucía. Por eso venía aquí, para estar con ella, y por eso habría preferido vivir en otro barrio, no en este donde hoy se queda libre, sin nada que hacer, a las doce y media de la mañana. No puede volver a entrar en su casa nueva hasta que el Ayuntamiento le envíe por correo el contrato firmado, y el camión que le llevará de vuelta a Galicia no pasará a recogerle en la misma esquina donde le ha dejado hasta las cuatro de la tarde.

Le encantaría ir a ver a su madre, pero no se atreve, no se siente con fuerzas todavía para volver al chalé de Pozuelo del que se marchó hace tres años. Además, a lo mejor ella ya ni siquiera vive allí. Cuando se enteró por la prensa de que habían metido a su padre en la cárcel, le escribió una carta y aún no ha recibido respuesta, así que empieza a andar sin rumbo fijo y acaba pasando por delante del bar de su tío Pascual.

En ese momento está a punto de parar un taxi, de meterse en el metro, de irse andando al Retiro, lo que sea con tal de encontrarse en cualquier lugar donde nadie pueda identificarlo, reconocer al modelo de las fotos de su libro escolar en este hombre joven, apuesto, no muy alto pero tampoco frágil, más allá de los estilizados dedos que inducen a la gente a suponer que es, o al menos ha sido, pianista alguna vez.

Está a punto de huir pero se queda quieto, clavado en el suelo, mirando su reflejo hasta que siente en el paladar el regusto de una humedad amarga y fría.

Han pasado más de cuatro meses desde el día en que hizo lo último de todo lo que tenía que hacer, pero aún no lo entiende bien, no comprende por qué lloró tanto al cortarse el pelo. Aquella melena espesa, de reflejos dorados, que sus compañeras del colegio admiraban tanto, aunque quizás sólo fuera por decirle algo agradable, no le pertenecía más que otros rasgos físicos, pero siempre había llevado el pelo largo, nunca se lo había cortado del todo hasta aquel día. Antes de empezar parecía fácil, pero cuando lo intentó él solo sus dedos no le obedecieron, como si de repente hubieran descubierto que tenían voluntad, la facultad de negarse a manejar las tijeras. Al final se hizo tal destrozo que aquella misma tarde tuvo que ir a una peluquería y escogió la de su tía Mari, esa que está viendo ahora mismo desde la puerta del bar. Lo hizo porque era peluquera siempre le había caído bien, porque nunca le había hecho preguntas, porque sabía dejar en paz a la gente. Entrar por las buenas en un local desconocido le daba muchísimo miedo, pero aunque Amalia no le defraudó, aunque se portó tan bien con él como antes, sintió que sus pies se balanceaban al borde de un precipicio sin forma y sin fondo mientras los mechones caían al suelo. Nunca, ni siquiera en la puerta del quirófano, lo había pasado tan mal como en esa peluquería.

Quizás por eso, el miedo regresa ahora en este barrio asociado a otra vida, otra historia, el inimaginable sufrimiento que creía haber dejado atrás, pero no dura mucho. Andrés invoca a sus psicólogos, a su psiquiatra, y comprende que el azar le está regalando una oportunidad. El camino ha sido muy largo, pero el círculo tiene que cerrarse, no puede permanecer eternamente inconcluso. Por eso, se arregla el cuello de la camisa, se mete la mano izquierda en el bolsillo del pantalón, y con la derecha empuja la puerta, entra en el bar.

El paisaje que encuentra es muy distinto del que habría imaginado. Es lunes, muchos vecinos siguen de vacaciones, la barra está medio vacía, pero a su derecha un montón de niños están comiendo lentejas a la una de la tarde. Andrés no sabe quiénes son, qué hacen allí, aunque dos de las mujeres que están de pie, mirándolos, sirviéndoles agua, limpiándoles cuando se manchan, bebían cubatas con la abogada hace quince años.

Ellas no se fijan en él y no reconoce a nadie más. Va hacia la barra, le pide una cerveza a un camarero mayor al que podría haber saludado por su nombre, y mientras se la está poniendo, su hermano Cristóbal sale de la cocina. Al verle, Andrés se tapa las mejillas con una mano, como siempre que echa de menos la barba que aún no le ha empezado a salir, y baja la cabeza.

—¿Te atienden? —le pregunta Cristóbal sin fijarse en él, y cuando Braulio planta una caña en medio del mostrador, se responde a sí mismo—. Ah, vale.

Luego le pone delante una bandejita con una banderilla y vuelve a meterse en la cocina mientras Andrés siente que el corazón le late con tanta fuerza como si estuviera a punto de estallar en una lluvia de ignorados muelles y tornillos. Le da la espalda a la barra, apoya los codos en el borde, recuerda a sus psicólogos, a su psiquiatra, comprende que lo que acaba de vivir es un triunfo y no consigue sentirlo así. El primer sorbo de cerveza le sabe a humedad, más que a frescura, un regusto rancio, frío, que huele mal. Deja la caña casi intacta sobre el mostrador, saca unas monedas del bolsillo, y cuando levanta la cabeza, ve a Lucía entrando en el bar de su padre.

Su prima se para, le mira, avanza despacio, vuelve a pararse, vuelve a mirarle, le reconoce y corre hacia él.

—¡Pero qué guapo estás! —le abraza, le besa en una mejilla, luego en la otra, no deja de abrazarle mientras echa la cabeza hacia atrás para verle bien—. Es... No sé cómo explicarlo, es como si fueras tú, como si antes no lo fueras. Es... —y cierra los ojos, y vuelve a abrirlos, y se echa a reír—. ¡Eres tú! Ahora sí... ¡Cómo me alegro de verte, y de verte así! ¿Por qué no me has avisado de que venías?

—Pues... —él corresponde a su abrazo, siente que los ojos empiezan a picarle y no es capaz de acabar la frase.

—Da igual —a Lucía, la única persona que quiso, que aceptó, que comprendió a aquella niña tan rara que nunca llegaría a convertirse en una mujer, le da igual, porque va a seguir queriéndole—. Da igual, lo que importa es que estás aquí —y acerca su cabeza a la de su primo para hacerle una sola pregunta—. ¿Cómo te llamas?, ¿Andrés?

Él asiente con la cabeza, sonríe, y durante un instante se siente seguro, fuerte, casi feliz.

Desde detrás de la barra, su hermano Cristóbal le mira con la boca abierta.

III
Después

La familia Martínez Salgado vuelve de las vacaciones y parece que de pronto se llena el barrio de gente.

Aquí les despedimos, en este barrio de Madrid que es el suyo, distinto pero semejante a muchos otros barrios de esta o de cualquier ciudad de España, con sus calles anchas y sus calles estrechas, sus casas buenas y sus casas peores, sus plazas, sus árboles, sus callejones, sus héroes, sus santos, y su crisis a cuestas.

Aquí se quedan sus vecinos, familias completas, parejas con perro y sin perro, con niños, sin ellos, y personas solas, jóvenes, maduras, ancianas, españolas, extranjeras, a veces felices y a veces desgraciadas, casi siempre felices y desgraciadas a ratos, pero iluminadas ya por la luz de otro septiembre.

Los adultos que no están en el paro vuelven al trabajo, los niños a la escuela, y la vida sigue pasando.

Para algunos no cambiará mucho.

Para Cheung y Guan-yin sí, porque tendrán un hijo, Quiao, que les parecerá el niño más guapo del mundo, aunque pronto les obligará a volver a mudarse a otra habitación, en un piso para parejas con niño, que seguirá siendo propiedad de su jefe común.

Amalia no despide a su aprendiza pero tampoco podrá subir los sueldos, aunque recuperará a algunas viejas clientas.

Diana Salgado aprende a convivir con la incertidumbre del futuro del Centro de Salud, deja de teñirse en casa y está mucho más contenta. Dentro de unos meses, cuando un tribunal superior vuelva a paralizar las privatizaciones, lo celebrará poniéndose unas mechas rubias, aunque sepa que el gobierno de la Comunidad de Madrid recurrirá de nuevo la sentencia.

Pascual seguirá detrás del mostrador, pero no logrará ahorrarse un sueldo de más. Cuando su sobrino Cristóbal le anuncia que se va, de un día para otro y sin explicarle los motivos de su decisión, su hija Lucía le recomienda a un chico estupendo, joven, trabajador, que acaba de volver a Madrid y necesita un empleo. Pascual le reconocerá en el mismo instante en que le vea, pero no le dirá nada hasta que su sobrino Andrés decida contarle que antes era su sobrina Andrea.

La sede de Soluciones Inmobiliarias Prisma seguirá estando en el mismo edificio, pero no con la misma plantilla.

Para Sebastián Alonso se avecina una época de grandes cambios. La muerte de su madre es agridulce, porque pone fin a un largo sufrimiento. La convivencia con su padre, abismado en un desconsuelo sin límites, incapaz de disfrutar de los pequeños placeres de los que le ha privado durante veinte años la misión de cuidar a una enferma veinticuatro horas al día, se vuelve áspera, difícil. A Venancio no le gusta nada Sofía, a Sebas cada día más. Ella avanza despacio, con pies de plomo, y celebra más que nadie la nueva oferta laboral de Tomás, un puesto de nombre rimbombante, diseñador de proyectos, en una gran empresa de revestimientos cerámicos.

Sebastián se da cuenta antes que nadie de que ha aceptado un trabajo de dependiente capaz de dibujar planos, pero está contento porque le pagan bastante más dinero que en la garita, puede escoger la ropa que se pone cada mañana y deja de verle la cara todos los días al constructor que le arruinó. Sólo por eso ya habría salido ganando, aunque en los malos momentos recuerda la oferta que le hizo su cuñada Ana cuando su hermana se fue a vivir al campo.

La reforma de la casa de Charo tendrá que esperar, porque la finca se lo sigue tragando todo. Sin embargo, cuando da un paseo hasta la loma, por las tardes, ya no ve hoyos y tierra revuelta, sino olivos, vides y campos sembrados. La huerta es tan prodigiosa que la ahoga en tomates, y para entretenerse, empieza a procesarlos y envasarlos ella misma en la cocina de su casa. Al principio se conforma con repartir sus conservas entre los conocidos, pero tienen tanto éxito que, dentro de unos meses, con la ayuda de su hija Rosa, se animará a montar cada fin de semana un puesto en un mercado de proximidad de Madrid para agotar los tarros de mermelada el sábado a mediodía.

Mientras tanto, en sus ratos libres, sin contárselo a nadie, hace un estudio de mercado para exportar sus productos al resto de Europa. Cuando lo consiga, Pascual la acompañará hasta Stuttgart, donde visitarán al fin la tumba de su padre.

Antes de la cena navideña que habría señalado su primer aniversario, la pasión volcánica que unía al agente Ferreiro y a la inspectora Fernández se ha evaporado ya como el rastro de una señal de humo. Ninguno de los dos sabe por qué, y a ninguno le preocupa demasiado, porque se han cansado a la vez. Ella vuelve a tontear con agentes de paisano vestidos de Armani y él se sorprende a veces pensando en Auxi, calculando que haría tan buena pareja con él como Raquel con su hermano, aunque sabe que no debería pensarlo siquiera.

Marisa termina su libro, *23-F, una historia de amor,* en otoño. Cuando lo lee, Roberto no sólo la anima a publicarlo, sino que hace gestiones en un par de editoriales vinculadas al periódico donde trabaja para obtener un éxito descorazonador, un risueño fracaso. Todos los editores que lo reciben opinan que es un buen libro, interesante, intenso, poderoso, una novela estupenda. Pero no es ficción, objeta la autora, es un libro narrativo de no ficción, la historia que cuenta es real, la vivimos mi marido y yo el 23 de febrero de 1981...

En ese punto, el editor de turno deja de mirarla a los ojos, revuelve los papeles de su mesa, consulta el móvil y, mientras tanto, confiesa que como ficción lo publicaría encantado, pero de otra manera, con los nombres que aparecen, con las cosas que se dicen, y ese gobierno de concentración nacional, es mucho riesgo, sería un escándalo, terminaría en los tribunales...

A continuación, Marisa se levanta, coge su manuscrito, se va y hace una nueva tachadura en una lista donde cada vez quedan menos nombres limpios. Pero no se desanima, porque es española, conoce su país, y está cada vez más segura de que ha escrito un buen libro. Quizás por eso, este año su madre decide esperar a diciembre para poner el árbol de Navidad.

Toni, el rey de las multiplicaciones con decimales, aprovecha el principio de curso para volver a estudiar. Se matricula en un programa a distancia para adultos que le permitirá obtener un título de Educación Secundaria en un solo curso sin dejar de trabajar. No le sale gratis.

Cuando empieza a encerrarse todas las noches para preparar los exámenes, su novia le deja porque está harta de quedarse en casa y le sobran pretendientes. Toni está a punto de abandonar, pero Jaime, que queda con él de vez en cuando para supervisar su trabajo, le convence de que siga estudiando y le advierte que no piensa dejarle en paz hasta que termine el bachillerato.

Algunas veces viene con Adriana, que se mudó a su casa tres meses después de que se conocieran en aquel bar.

Cuando la mira, Toni piensa que es muy guapa y eso le ayuda a no echar tanto de menos a Lorena.

Begoña trabaja en el vivero. Tiene días buenos y días malos. En los primeros hace cambios sensatos, razonables, que mejoran la distribución del espacio y permanecen en el tiempo. En los segundos, la paga con las palmeras. Levanta las macetas a pulso, las cambia todas de sitio, decide que no están bien, las devuelve a su emplazamiento original y así se tranquiliza. Pero los viernes por la tarde, y sobre todo los sábados, cuando no puede apartarse de la caja ni un momento porque no dejan de llegar clientes que pagan, y pagan, y siguen pagando sin parar, es cuando más se divierte.

Pepe Martínez, un hombre dispuesto a cumplir sus promesas, va al Calderón con su hijo Pablo desde el primer partido de la Liga. Esa tarde, su hijo es muy feliz. En el segundo partido que ven juntos, aún más. En el tercero no habla mucho, y en el cuarto le pregunta si no echa de menos a sus amigos. Pepe se da cuenta de que es su hijo quien echa de menos a los suyos, que ven jugar al Atleti todas las semanas en el bar de Pascual aunque Felipe sea del Madrid. Eso, las pullas, los chistes, las peleas de las que ahora disfruta Alba en solitario, es lo que Pablo añora más. Pasa tanto tiempo mirando el whatsapp que ni siquiera ve los partidos, así que un día su padre le pregunta si le molestaría que el domingo fuera al campo con sus amigos y su hijo le responde que para nada.

Pepe añade que cuando quiera volver a ir al fútbol con él no tiene más que decirlo.

Pablo no se lo dirá en lo que queda de Liga.

María Gracia se arrepiente de haberse cortado el pelo.

Sigue trabajando como una burra, limpiando casas por horas y desayunando en el mismo bar del metro, aunque vivir ya no le hace demasiada ilusión.

Laura la ha recuperado, sin embargo. Por fin está haciendo el máster que le gustaba y que su abuelo no ha consentido que pague nadie más que él. No se siente culpable porque lo ha intentado, ha estado casi un año en Frankfurt lavando platos, poniendo copas, trabajando en una gasolinera con su flamante título de bióloga molecular. Ahora comprende que se ha equivocado, que emigrar fue un error, que no tenía ni la preparación, ni la fortaleza, ni el grado de desesperación suficiente como para aguantar, pero se castiga a sí misma estudiando como una fiera y no se lo dice a nadie.

Ángel, naturalmente, lo sabe pero tampoco lo dice. Su nieta y él ya no necesitan hablar para entenderse.

Adela y Jose aún menos, sobre todo cuando deciden empezar a jugar juntos a la modalidad por parejas de *¡Que arda Troya!*

En invierno, ganan el campeonato de España en un torneo presencial que se celebra en Valencia. Allí, Héctor conoce a una Ifigenia que no juega muy bien pero es monísima, y Andrómaca intuye que su reinado va a ser muy breve, aunque lo celebra tanto como un día celebró Aquiles su derrota.

Luna ha cambiado de colegio pero Sofía Salgado la recuerda todas las mañanas. En cada recreo se pregunta dónde estará, qué le estarán enseñando, cómo le hablará su abuela de aquella profesora tan pesada que la persiguió tanto el curso pasado.

Sofía también lo ha intentado, ha hecho todo lo que ha podido, y sin embargo se siente culpable.

No tanto como Marita.

Todos los éxitos de Vecinos contra la Crisis, que en buena medida han sido sus propios éxitos, no la consuelan del repetido fracaso de sus gestiones en el caso de Fátima y Mohamed. El contrato que firmaron es uno de los más cabrones que ha visto en sus años de profesión, pero ese no es el único problema. La caja que les concedió la hipoteca quebró, el banco que la absorbió no se hace responsable de la gestión previa, el director de la sucursal ha muerto y los padres de Ahmed no se integraron a tiempo en la demanda colectiva que presentaron hace un par de años otros clientes en situaciones parecidas a la suya.

Marita va a hablar un montón de veces con los abogados que los representan, con la asociación de usuarios de banca, les explica que actúa en nombre de un inmigrante marroquí prácticamente analfabeto que no entendía lo que firmaba, que no lee ningún periódico, que no sabía lo que tenía que hacer, y no consigue que le dejen sumarse a la demanda colectiva, porque todos los plazos han expirado, ni que desistan de la anterior para presentar otra que incluya a su cliente, porque retrasaría el proceso. No le queda más remedio que emprender una acción individual, y aunque pide más favores que nunca, no logra gran cosa. Está media España igual, María Antonia, le dicen unos y otros, ármate de paciencia porque esto va para largo...

Mientras tanto, los padres de Ahmed siguen pagando la letra todos los meses para que no les expulsen del país. De donde les echan sin remedio es de las espaciosas habitaciones exteriores del hotel abandonado donde viven, y aunque la asociación les busca refugio temporal en tres casas distintas, y aunque ocupan otro edificio en menos de quince días, su nuevo alojamiento es mucho peor, una sola habitación, interior y mucho más pequeña, en una modesta casa de pisos donde no sobra espacio.

Marita se siente tan culpable que recurre a su hijo Edu, el mejor amigo de Ahmed. Le pide que le explique que no duerme por las noches, que no descansa de día, que no piensa parar hasta que encuentre una solución.

Su hijo le responde que intentará hablar con él, aunque está muy raro y ya no le ve mucho. Hace unos meses empezó a ir a la mezquita con sus padres y cada día pasa más tiempo allí, pero sabe que suele ir a un cibercafé todas las noches.

Allí, después de mucho buscar, Ahmed ha acabado encontrando una web donde reclutan voluntarios para ir a luchar a Siria, porque él no está dispuesto a seguir besando el pan de la miseria.

Pero esa, aunque también es esta, es otra historia.

Colección Andanzas